Los impacientes

Jurado del Premio Biblioteca Breve 2000

Seix Barral Premio Biblioteca Breve 2000

Gonzalo Garcés
Los impacientes

Diseño colección:
Josep Bagà Associats

Primera edición: abril 2000

© 2000, Gonzalo Garcés

Derechos exclusivos de edición
en castellano reservados para
todo el mundo:
© 2000: Editorial Seix Barral, S. A.
Provenza, 260 - 08008 Barcelona

ISBN: 84-322-1064-1
Depósito legal: B. 15.913 - 2000
Impreso en España

A Bonnie

Cuando dos de vosotros os reunáis en mi
nombre, yo estaré entre ellos.

MATEO, 18:20

PRIMERA PARTE

HAMLET EL MUDO

Otoño: las últimas calles, el río. Hoy es sábado por la mañana. En esta quietud de templo preparo mi partida. No puedo recordar de qué manera fue decidido esto; cada vez que me hice la pregunta, encontré que todas las disculpas y rabietas del pasado no bastaban. Vi la comba del sol en mi casa vacía, vi las paredes vacías. Ayer, por fin, algo cedió en las ramas del jacarandá de enfrente: toda la tarde, detrás de la ventana, llovieron los reflejos isócronos y húmedos de un violeta imposible. También esto, esta calma, esta falsa impresión de antigüedad, son parte de la ciudad que dejo: hay aquí una costumbre, un juego que me formó, mientras fui un habitante de ella, y que no tiene fin. Y por eso toda conclusión, respecto de las cosas que me han pasado, sería un mero anacronismo... ¿hasta cuándo? Vamos, Keller, no hagas más preguntas.

¡Te fue prometida Jauja, no una excursión al país del miedo! Para la muerte, demasiado cuerdo. En amor, un paladín con la bragueta floja. ¿No es siempre así el que parte? Mi privilegio es el de Lázaro: contar la historia de la hecatombe propia en vísperas del día nuevo. O bien, haber sido, yo solo, el sitio del entierro de tres nombres distintos. Los nombres de mis amigos, ardientes como piedras preciosas: Mila. Boris. Boris y Mila. Y el tercero ¿dónde está? ¿Qué ha sido de él? «*¡Ay, amor, amor, qué cosas dices!*»

Estos días no logro escribir con soltura. Rompí tres cartas para Mila: no puedo decirle lo que siento realmente, mientras Boris siga internado en la clínica.

La última vez que nos vimos, al salir de la visita a Boris, ella, la gran Mila de siempre, fue más clara al respecto de lo que yo he podido serlo nunca: «... y ahora que sé que vas a irte, ahora que es irrevocable, descubro de a poco una especie de dulzura: por eso, a causa de eso. No voy a llorarte. No quiero. Prefiero imaginarte volviendo, un día, dentro de muchos años. Te imagino mayor: a lo mejor alguna arruga ya, tal vez algún pelo blanco. Me estoy burlando, por supuesto. Y claro que también hablo en serio. Es que no me creo que tengas todavía veinte años; nada más que veinte años, mi Keller, como yo, como Boris, como antes de ayer. Estos tres días deberían haber contado por siglos, por generaciones enteras. ¿Te acordás de nuestras pretensiones de otra época? ¿No pasamos todo aquel tiempo, en el fondo, hablando siempre de lo mismo? ¡La edad, siempre! ¿Te acordás, no es cierto? ¿No juramos que si no podíamos tener treinta años, o cuarenta, antes de haber cumplido los veinte, entonces no valía la pena tenerlos nunca? ¡Es para morirse de risa! ¡Qué mocosos adorables éramos! Y ahora, justamente, cuando toda esta historia increíble parece darnos la razón... bueno, no sé cómo decirlo. Es que ahora, Keller, por primera vez, quisiera verte envejecer *de veras*. Creo que nos lo debemos, es un derecho ganado, siempre y cuando no olvidemos. O alguno de los tres no olvide. Espero que hayas anotado lo que nos pasó en tu diario. Yo no puedo hacerlo. Será un registro parcial, de acuerdo, pero es mejor que nada...»

Estaba más hermosa que nunca, con su aire de princesa y de mendiga ante la fachada de la clínica bañada en sol... Pero se le escapa un detalle, me parece. Contar nunca es fácil, al menos para mí. ¿Cómo puede decirse lo que está pasando? Solamente hay alegría en la evocación de cosas lejanas; cuando un final está cerca, su idea nos obsesiona, y *muerte* sólo es una palabra grande justo antes de la muerte.

Y Boris: «No sé, me parece que no lo hice tan mal. Estoy vivo todavía, eh. Y ya es mucho. Voy a dejar el departamento, te imaginás. Y está bien. Es realidad estoy ansioso por mudarme. Para mí empieza una vida llena de precauciones, una vida amortiguada. No creo que esto vuelva a pasarme, fijate. Quiero decir que no creo que vaya a *morirme* de esto. Creo que voy a llegar a viejo, aunque te parezca raro. Tal vez lo más extraño es eso: comprender que ésta va a ser una vida de hombre, entre hombres. Ése es mi camino, y yo lo sé, aunque llegue a casarme y todo eso. Tu caso es diferente; hay en vos algo travestido, algo lunar. Algo que sólo puede vivir entre mujeres. O a través de ellas. Podrías haber sido marica, claro que no es eso, ya me entendés. Espero que no tomes a mal que te lo diga...»

Lunes. Por tercera vez consecutiva he soñado con ellos. Curioso, teniendo en cuenta que nunca soñé, antes, con cosas que me importaran realmente. Desde los párrafos anteriores ha pasado algún tiempo. Con excepción de esas dos últimas, arranqué todas las páginas escritas de este cuaderno. ¿Por qué? Necesidad de marcar los límites, supongo. Recordar: parecía tan fácil. Lo *parece*. Pesar, cortar, pulir las joyas de una memoria ya inerte y sin embargo demasiado próxima, que vuelve con cierto insidioso ritmo, en las imágenes del sueño: la vieja luna del puerto, el cielo como una carpa de circo desgarrada, la noche a lo Mantegna con su crueldad azul, sus murmullos y sus ladridos en la humedad de los pastos altos. Ahí estábamos Mila y yo, las bocas pegadas, unidos como bisagras entre una vida y otra, el olor a deslealtad, a grasa de barco; y allá arriba las grúas oxidándose, poniendo límites a la ciudad, nombrándola...

Al volver a casa, por la tarde, miro otra vez las hojas arrancadas sobre el escritorio. Hacen un buen montón. ¡Cuánta ridícula soledad, y cuánta juventud! Ningún escrúpulo me impide tirarlas a la basura. Y ahora que estoy realmente solo, ahora que ya no veo a Mila ni a Boris, los dos se han puesto a respirar de tal modo en estas páginas, que sé que *nunca y en modo alguno* éste podrá volver a ser un simple diario. Me doy cuenta, también, de lo mucho que esto se parece a lo que ella dijo. Sí, también yo quiero envejecer, y esta vez de veras. Mila. Mila. ¿De verdad pensabas que yo podría escribir lo que ocurrió? ¿Escribirlo *solo*? «La introspección, sin el aval de un tercero —así reza una de las hojas arrancadas—, es un juego perverso. El cronista, objeto de sí mismo, cambia de regla y de plomada al tiempo que anota y mide. La materia se le escapa, como a los físicos. Algo en la negrura se rompe, se expande; da lugar a la pluralidad, se contrae, vuelve a la nada; y aún no podemos jurar que todo no haya sido un sueño. Fijo la atención en un punto; de inmediato se me escapa. Y algo te dice siempre que la vida es otra cosa: que hace falta *constancia*. ¡Constancia! Aún no podemos jurar que todo no ha sido un sueño. *Nunca,* bajo ninguna circunstancia, podemos jurar que no fue un sueño...»

La última vez que los tres nos vimos, en la clínica, yo estaba dispuesto a jurar muchas cosas. Pensaba que se había cometido un crimen. Y creía, igualmente, que su autor era yo. En todo caso, parado ahí ante la cama, estaba convencido de una cosa: nadie, jamás, había merecido más que yo el castigo eterno. Parecerá que exagero; ya que jugamos a dejar un testimonio, digámoslo de otro modo: hacia fines del siglo veinte, los jóvenes occidentales no eran generalmente educados en el sentido de la culpa, al modo en que judíos y cristianos la entienden. Yo no me había reprochado una sola de mis faltas en el curso de mi vida; como todo el mundo, me creía emancipado, y como todo el mundo lo pagué con una limitación grave en el conocimiento de mí mismo. De pronto me iniciaba en ellos, en la comprensión y la culpa, bajo una forma inesperada y, de modo significativo, la única inteligible para mi yo de entonces. *Yo era un usurpador:* donde otros pecados me habían dejado frío, éste me aniquiló de golpe. Yo había tomado, sin derecho alguno, el bien predestinado a un hombre de mayor valía. Ese bien era Mila; y Boris, como confirmando su destronamiento, desde lo alto de su grandeza abrumadora, había caído fulminado, dos noches antes, en su departamento de la calle Freire. Ahora, en la clínica, Mila esperaba a mi lado. Pensaba acaso lo mismo; pero sus razones, por la fuerza, debían ser distintas a las mías. No sé cuánto tiempo esperamos que él se despertara; pero en mí, durante esos instantes, un cambio imperceptible y crucial tuvo lugar de golpe. Fue la culpa, y sus extraños poderes, la causa de que entonces y ya para siempre me supiera incapaz de contar la historia solo; fue entonces, y porque me sabía culpable, cuando Mila y Boris comenzaron a infiltrarse en mis palabras, a imponer sus voces: y mi tiempo personal, cansado de los embates de esos otros ritmos y presentes, se abrió, dando lugar a lunares de intemporalidad aislada. Y aquí empieza mi inquietud de cronista, Mila; porque incluso ahora sólo puedo registrar las cosas de este modo, que corre el riesgo de parecer caótico; porque nada de esto tendría sentido si omitiera que entonces, de pronto, me pareció oírte, me pareció oírla a ella, a Mila, mientras intentaba regresar mentalmente a esas calles, esos libros, esas ventanas de mediados del noventa, la época dorada y glandular de nuestros diecisiete años, y aquellas habitaciones donde un día nublado, a menos de retener mis taras naturales, podía hacerme concebir toda una teoría del tiempo... «¿*Y los días de sol?*», oí. Bueno, en otro tiempo, Mila, en días así, me gustaba ir a comer a lo de mi amigo Boris; como vivía solo (recién un año más tarde yo iba a repetir la hazaña), podía tocar el piano hasta la madrugada, y cocinar *knishes* y profundas marmitas de *bortsch,* que comíamos con pan de centeno y pepinos agrios, dejando todo hecho un asco. Aquel mundo de la casa de Boris era tan distinto de los demás que me producía, por momentos, la ilusión de un contacto. Era como una isla no registrada en los mapas, el piso de la calle Freire; si era cierto que yo estaba envejeciendo mal, allá al menos podía purgarme de malos sueños. «¿*De qué manera, Keller?*» Con vino blanco, querida mía, y sonatas al claro de luna; y un cigarro ocasional. Ninguna pregunta: bromistas del subsuelo. «¿*Y hablaban de mí?*» Hablábamos de tu enigma. *Nunca,* en la época dorada, en los breves años de amistad adolescente y febril, Boris dejó de creer que terminarías por ceder ante su idea fija. Su amor por Mila era tan completo como púdico: con medios de monarca, como cuadraba a su grandeza, Boris había ido construyendo en torno a ella un vasto palacio invisible, que Mila habitaba, sin comprenderlo del todo. «¿*Y la ciudad, Keller?*» Oh, la imagen de nuestra ciudad se desvanecía entre los martillazos del piano; volvía a aparecer como una oscura fiesta, a veces; la Historia con sus lentas máscaras bailaba en un rincón de la avenida, cada lámpara saltaba, cada ventanal crujía... «*Keller ¿y la ciudad?*» Qué importa la ciudad, Mila: la paciencia importa; sólo eso. Y tal vez la paciencia de Boris haya sido tan vasta, de un magnetismo tan fuerte, que terminó por aparecérsenos como un destino. ¿Por qué no? ¿Acaso no era Boris una cifra absoluta? ¿Acaso no parecía que *todo* lo que Boris tocaba se convertía en destino? Era una evidencia: Mila y él debían terminar juntos. Y cuando luego, abruptamente, todo quedó hecho pedazos, yo tuve la impresión de un desorden cósmico, una contravención irreparable a las leyes de la vida. «*Y hoy hubieras preferido estar en otro sitio para hablarle, ¿no es cierto?*» Ya lo creo que sí: en su casa en Freire; no en esta absurda habitación de hospital, años después, este sitio parecido a un campanario, adornado con blancas cortinas y tubos de goteo intravenosos, donde Boris, a los veinte años cumplidos, se recupera de un paro cardíaco. «*Él estaba siempre tan orgulloso*», comentó Mila. «El hecho de haber tenido, desde la infancia, un corazón frágil, lo volvió coqueto; mucho más de lo que habría podido serlo nunca, con una salud perfecta: se lo repetía a sus alumnas y a toda mujer a la que seducía, como una marca más de su distinción congénita. "Nunca late dos veces de la misma forma", decía. "Incluso un susto suficientemente grande podría hacer que se pare. ¿Saben cuál es, según estadística, la cantidad de personas que tienen esto antes de los treinta años? Menos que la de los genios precoces, los epilépticos y los hermanos siameses." Yo lo miraba caminar por la vida sobre esa cuerda floja, hermoso como una flor detrás de ese tórax y esos pelos, y compartía su orgullo. Esto es un gran acontecimiento: él debe estar contento ahora.» Y ahí estaba yo, Keller, el sin fe, el que nunca había construido palacios; el que no tenía el corazón ni la convicción necesarios para poner una piedra sobre otra, el triste caballero de la bragueta veloz, el que no había hecho nada para merecerla, en fin, esperando que Boris se despertara de su sueño de antibióticos y codeína, para contárselo todo. Nada era en absoluto claro, y aún me parecía escuchar el piano. Como yo, Boris solía ser incapaz de culpa; a diferencia de mí, tenía aún esperanzas de convertirse en artista. Esas virtudes nos convertían al uno en reflejo deformado del otro. Mierda, pensé ahora, mientras Boris yacía rígido como los bajorrelieves funerarios que solíamos estudiar en su enciclopedia *Britannica;* mierda, me dije con equidad y aún con cierta simetría, y después no pude pensar más nada. «¿Boris?» «Somos nosotros, Boris...» Boris no está tocando, y su perilla gotea; sólo sus dedos de tarántula, inertes sobre la colcha, siguen siendo los de antes. Todo ha desaparecido. No hay mundos ni muchas voces ni piso de la calle Freire, y en mi sitio, solamente un chico gordo y nervioso, parado al pie de una cama de hospital.

Por fin abre los ojos. Ella y yo esperamos en silencio. De pronto nos damos cuenta de que ha estado despierto todo el tiempo; se burla, medio muerto y todo. Empiezo a hablar. Boris me escucha, impávido, luego sonriente, finalmente divertido: aturdido aún por la anestesia y los antibióticos, que gotean en su brazo desde una botella invertida. Levanta monumentalmente el labio inferior. Y dice con parsimonia: «Pero Keller, eso no es nada... no significa nada... ¡terminó hace mucho tiempo!»

Aquello me dejó de una pieza. Me había acostumbrado a tal punto a imaginarlos juntos, de día y de noche, durante años, que me irrité: ¿no le dolía un poquito siquiera? Boris estaba ahí tendido, riéndose entre dientes: estaba claro que gozaba con la escena.

—Y ahora sabés cómo es —exclamó. Bostezó, guiñando un ojo a Mila, y de pronto agregó sorprendido—: Pero no, no lo sabés... Keller, escuchame. Escuchame por una vez y no digas tonterías. Te voy a contar algunas cosas de esa noche.

Y comenzó a hablar, como acaso no lo había hecho nunca, con la lengua entorpecida o liberada por la operación; Mila sonreía de esa forma peculiar suya, como si en realidad lo hubiese querido siempre, y como si aquello fuese en realidad el principio de algo. Y yo no pude por menos que observar, irónicamente, que había sido una intervención coronaria, y que si nos empeñábamos también podía tomarse como un hecho simbólico; ya que por lo menos muchos, y no sólo yo, habrían dicho que lo que él estaba haciendo era abrirnos el corazón; y lo más raro, desde luego, era que pareciese la primera vez, como si todos aquellos años de húmeda intimidad adolescente en verdad nos hubieran ocultado las cosas principales. No iba a serme permitido ya creer que aquella otra noche, la que me había obsesionado durante las últimas horas, yo estaba solo. Pues acaso hayas notado ya, amable lector —porque no tengo más remedio que imaginar un lector, si quiero seguir contando—: acaso hayas notado, entonces, amable lector imaginario, que desde el tiempo del que he hablado hasta que ocurrió lo que he de contar enseguida, yo había llegado a creerme, como la mayoría de nosotros, solo en el mundo. Y ahora empiezo a sentirme como quien debe traspasar un peligroso explosivo de un recipiente a otro: un movimiento en falso, y la vieja rueda de camión del Yo se rasga, aboliendo la existencia; un movimiento en falso, y uno vuelve a caer torpemente al otro lado, como a través del marco vacío de un espejo. Si algo del más allá transpira a través del muro, en cambio; si (como Boris me explicó una vez) una cuerda suena, y la misma nota, en alguna parte, en otro instrumento, se pone a vibrar como por arte de magia, entonces algo comienza a nacer, un semitono más allá en el pentagrama. ¡Qué tarea infernal! ¡Que Dios nos ayude!

Estar muerto no es nada fácil, sobre todo si se tiene un cuerpo sano; uno requiere toda clase de muletas y consuelos, y para aquellos que se niegan a reconocer a la propia muerte como una buena compañera para pasar los días, las ideas constituyen la muleta perfecta. Yo solía pasearme, elegante como un globo de helio, con todas las ideas y las desesperaciones del siglo agonizante adheridas a la piel como lapas. Ahora pienso que la juventud, con su idiotez galopante, no dejó de tener parte en todo aquello; en todo caso, los problemas empezaron por entonces. Ningún lugar común me fue ajeno, ninguna tara. A los quince años y a los ochenta un hombre puede, acaso, recrearse como un sólido y rechoncho dios ante la desintegración de la psique humana; a los veinte, es él mismo quien se desintegra. Uno o dos golpes reales, en fin, me habían marcado; algunos hechos vitales excesivamente obscenos me habían retorcido como un trapo sucio, habían hecho caer algunas gotas, y me habían forzado a una discreta retirada del terreno de la vida. Tales cosas son patrimonio de todo hombre, mujer o perro no del todo insensibles, se confunden con la historia universal y no merecen, por sí mismas, ser contadas. Ahora bien, nadie puede evitar dar un significado especial a los *blues* de sus veinte años, nadie puede evitar sentir que, con él, es la humanidad entera quien muere, ni siquiera en caso —que era el mío— de entender plenamente lo vulgar que resulta. Y hace bien, después de todo; porque precisamente por su vulgaridad extrema; su falta de ideas propias, su patetismo barato; precisamente porque entonces uno es, más que nunca, igual a todo el mundo, más igual por así decirlo, los veinte años pueden llegar a revelarte algo. Yo estaba obsesionado con las cosas vitales; había perdido la facultad de hablar, que es lo primero que pasa cuando el alma entra en coma. Así elegí mi metáfora para los veinte años y así me aferré a ella. Muerto: como las rocas, como el viento. Como cualquier cosa desnuda, antigua y muda que errase en este mundo añejo. Amable lector, busca en cualquier tratado la palabra *depresión:* verás que se le asocia una indiferencia profunda hacia las cosas inmediatas, la dificultad o el asco de hablar de ellas; echa un vistazo a una novela contemporánea, o en su defecto, al mundo que te rodea. Observa lo que queda del lenguaje que los hombres inventaron. Todo lo que pueda decirse contra las palabras es falso, todo intento de oponerlas a la vida es falso, y si no, es mera pose. Hablar es estar vivo y yo he visto, yo supe y sé que las ideas, los espejos rotos de la sinrazón y la paranoia finiseculares, aborrecen el lenguaje. Yo sé que el muerto se escandaliza ante el espectáculo de una idea que condesciende a la oración, o accede a la palabra bella: se le antoja de una cortesía excesiva para con el mundo real. Y así también nuestros titiriteros y hacedores de imperios invisibles mantienen desde hace años los labios apretados; por cierto nuestros universales decaídos ciudadanos de la calle nunca han hecho otra cosa; en cuanto a nuestros jóvenes y limpios escritores, desconcertados por un mundo que desde hace un siglo no es el suyo, tampoco usan ya palabras, sino que arriesgan sólo unas pocas diapositivas familiares, proyectadas sobre un muro al final del corredor. El mundo entero en su chochera se va desarticulando, se calla, vuelve a la tristeza y la suprema estupidez de sus veinte años. Bueno, Occidente habrá sido una aventura divertida: ¡*Incipit* Hamlet el Mudo, en imágenes de realidad virtual!

Menciono esto porque quiero contar, precisamente con palabras, la noche en la que encontré a Mila... la noche que volví a verla, quiero decir, pasado bastante tiempo, digamos dos o tres años después de la época dorada. Puede creérseme que ese jueves *algo* de toda esta cuestión sobre las palabras y Hamlet me había estado rondando la cabeza; las palabras exactas, ya no las recuerdo. Era al final de uno de esos días inútiles, a la salida de esa curiosa institución que no ha dejado marcas en mi vida, salvo una pronunciada aversión por los anfiteatros, los profesores y las asambleas públicas. No es que esperase algo indebido de esos muros, de las aulas con su olor a fritanga y la charla exaltada y deprimente, al contrario; pero las panoplias de semejante educación me impresionaban. Tenía un compañero, llamado Vásquez, que eructaba como un armenio, pero copiaba cada paráfrasis de Edmund Husserl con celo incomparable; solía acompañarlo un ser curioso, que sólo puede ser descrito como lo que los ingleses llaman *uncanny*, una suerte de corto obelisco rubio y bivalvo, tan silencioso e impenetrable que todos lo llamaban, por unánime acuerdo, Hegel. Nos reuníamos en el café de enfrente, contentos de escapar por un rato al ajetreo; un jueves cualquiera, a la noche, al cabo de un día en aquellos laberintos de abstracción, llegábamos a ser una docena. Otro de ésos era Pons, el topo, que husmeaba el aire con dulzura; a su lado se sentaba Carina, la novia, pálida, provista de un irreprochable candor de secretaria ejecutiva. ¡Qué bien caía la cerveza helada, junto con las primeras estrellas de la noche, con su promesa de la ciudad que respiraba al otro lado! Yo discutía con énfasis, con un terror cómico por debajo de mi habitual petulancia, y, en un nivel más profundo todavía, escribiendo fácilmente y sin temblores. Afuera, grandes nubarrones de oscuridad se estaban posando sobre la fachada grotesca de la facultad, suavizando las ventanas, depurando lentamente con un piadoso manto de negro el espacio andrajoso de pancartas bajo el enorme portón. Aún podían verse colgando los carteles de lienzo, con sus consignas no menos mohosas y comidas por las polillas; pronto iban a desaparecer tras la puerta de hierro, dejando la impresión de una herida suturada. En el interior del café, como uno de esos solitarios proyectores de cine que siguen funcionando cuando todo el mundo se ha ido, una voz colérica, cansada por el largo día, lanzaba imprecaciones a nuestras espaldas.

Sí, iba a hacer otro año en la universidad... para sentir mejor sus clavos. No iba a andarme con remilgos a la hora de sufrir mis veinte años. Era un deber, después de todo. ¿Cómo empezaba aquella canción de Rudel? ¡Oh, la ironía de pensar en los trovadores provenzales en esta atmósfera! Pero el Amor como forma de inquietud metafísica —como luminoso tirabuzón de certeza psíquica en medio de la helada charla gris de los papanatas— me seguía fascinando y podía ser, incluso, una idea en la que atrincherarme, para preservar mis testículos intactos hasta que terminara la melancolía de mi juventud crepuscular. ¿Cuánto me faltaba todavía? ¿Cinco años, seis años? Cristo: no iba a pasarme seis años musitando rondós. Esas chicas delgadas, esas cínicas y fibrosas flores de los puertos del sur, tan beligerantes y tristes, tan desprovistas de auténtico calor femenino, con sus desarreglos ováricos y sus incisivos diarios íntimos; esas jóvenes periodistas, libreras, pintoras, aspirantes a actrices, a psicólogas, e incluso alguna ladrona romántica de poca monta a la que había arrastrado deportivamente a mis sábanas, debían sentir algo de esa impaciencia cuando me ponía a sondearlas. ¿Qué soñaban en verano? ¿Qué pensaban del Egeo? ¿Sabían contar un buen chiste? Señor. *¿Cinco años?* Necesitaba algo más; necesitaba alguna inmortalidad fragmentaria, alguna forma de belleza cataclísmica, por modesta que fuese, antes de estar listo para afrontar mi plenitud sexual.

Me puse a caminar, avenida Rivadavia abajo. Pons acababa de darme a leer su último poema: la palabra *azulino* aparecía diecinueve veces, y no era ni siquiera el estribillo. Mientras tiraba el manuscrito a la zanja, me interné un poco más todavía en el pasado. Nunca antes me había sentido tan perdido, tan aislado de la verdadera fuente: hasta ahí estábamos de acuerdo. Lo que me quedaba de las imágenes y los pensamientos viscerales de la adolescencia lo consagraba a cierta ocupación egregia y solitaria, única disciplina de la que ni el tiempo, ni aún menos las mujeres, me habían quitado la perseverancia. A veces, sintiendo renacer en mí el fuego del poeta, redactaba una tarjeta postal; y si no había caído tan bajo como para hacerme colaborador de un suplemento literario, era sólo a causa de mi pereza invencible. Ahora bien, pensé, si yo fuera un auténtico sabio —cosa que ningún joven, por lerdo y poco entendido que sea, debe abstenerse de intentar ser—, haría descender largos paneles de malva, de gris perla y azul de témpera lavada sobre estos años y estas calles: haría una serie de paisajes claros, ligeros, con una colina nevada al fondo, una pagoda aquí, un árbol allá, un pájaro-lira, unos niños a lo lejos remontando un barrilete; y unos pocos ideogramas pertinentes al costado del cuadro. Lentamente, bajo la caricia de los pinceles sobre el papel de arroz, irían apareciendo los viejos y queridos lugares: el pasaje Piedad, la Torre de los Ingleses, la avenida Irigoyen... al estilo de los T'ang. Quien quisiera realmente (¡pero no hay razón alguna para que alguien quiera!) podría encontrar aquí, exactamente tal como fueron, las tribulaciones y el grasiento *angst* que nos había ocupado en nuestra humana juventud, hasta las pulgas, las colillas y los restos de caspa; pero la pintura en sí sería alegre, despreocupada, amoral, inerte. Volé arrobado con el ensueño de ese Buenos Aires chino, que parecía expandirse y penetrar profundamente todos los intersticios de la ciudad mental: ahora estaba seguro de encontrar un colectivo que me llevase al centro, donde tal vez me esperase una noche interesante (¡Retiro! ¡Belgrano! ¡Palermo con sus sombras! ¡Cuán suaves y prometedores eran los sitios de mi ciudad, en cuanto uno se enteraba de su origen chino!).

Fantasías, tímidos esbozos de un poema futuro: visitantes de una tierra extinta...

Pero, en serio: ¡el espíritu de la ciudad! ¡Cuánto nos habíamos esforzado en definirlo, en «dar cuenta de su verdadero sentido», como decían mis compañeros! Parece de broma, pero podíamos pasarnos tardes y noches enteras sentados en las terrazas de la Recoleta, el mundo entero apagándose a nuestro alrededor, y nosotros salmodiando hasta el hartazgo más monstruoso. Algo más que esos sueños empezaba a revelarse ahora: las luces de la avenida a medio derretir, los sucios cafés con el parpadeo de un televisor repetido en las ventanas —convulsiones de un cuerpo tras el colapso nervioso—; la llovizna como un álgebra recobrada después de una ignorancia de siglos (¿cuántos incendios, cuántas bibliotecas destruidas, cuántos cataclismos habían sido necesarios para que esta ciudad fuese posible? Ya que —lo había sabido siempre— la ciudad estaba hecha, ante todo, de olvido). Aquel impermeable brillante, ese rostro puramente italiano, este otro de barro a medio hornear, los ojos torvos y rasgados que me hicieron pensar en el limbo de pereza meningítica que este lugar debió ser ya antes, mucho antes de la conquista. Lo único que nuestros mayores habían aportado, si es que habían aportado algo, era un discreto sentimiento de culpa; el abandono, la llovizna, la lenta licuefacción del alma y los sentidos, habían estado siempre. En cierta forma era un alivio saberlo (pero había que saber mucho más aún, había que saltar por delante de los propios pensamientos, a fin de llegar a alguna parte; sentado ahora en el café que había elegido, no por ser distinto sino porque era, precisamente, idéntico a todos los otros: la mesita adecuada, la buena comida barata, que se iba con delectación al estómago, y ahora las caras que empezaban a develarse, a tomar forma en el cilindro de arcilla del recuerdo, a poseer una historia... el lento regreso a una tarde de verano... ¡Pero qué siniestras alusiones detrás de todo aquello!). En cierta forma, había completado un círculo: ahora no me importaría encontrarme con alguien, charlar, tirar el tiempo alegremente.

—Perdone. La cuenta, por favor.

—¿Y, jefe: hay fiesta esta noche?

—Por supuesto. Por supuesto.

Dos noches atrás —¿bajo qué negros auspicios?, ¿al cabo de qué puentes y qué fosos olvidados?— había vuelto a aparecérseme su imagen en las sombras: la cara blanca, orlada de lirios, reposando en la almohada, como el cuchicheo de una flauta en mitad de un bosque. Los muertos siempre tienen una verba y una música, un viento particular en su recuerdo: te acaricia levemente la cara, con dedos temblorosos, te llama, hasta que uno se despierta, con las costillas rompiéndose contra el pecho y los brazos vacíos («¡Ay, madre! ¡Ay de la madre, ay de las madres vencidas! ¡Ay de sus pobres alas, rotas demasiado pronto!»). ¿Quién se había levantado a la mañana siguiente, a pesar de todo, como si el mundo girara sobre su eje y comenzara un nuevo día? ¿Podía ser yo realmente? ¿Acaso es posible engañarse hasta ese punto? («*Una razón para querer seguir viviendo*», había dicho ella, «*es que todavía hoy, a los cuarenta años cumplidos, echo de menos a mi padre como el primer día*». Y sin embargo el aliento se le había ido espaciando, como el resoplido de una locomotora que entra en la estación o como un hábito perdido con los años, y luego el cuerpo quedó inmóvil y duro en la penumbra del cuarto.) Qué hacer sino callarse, retroceder, escapar de esas zonas anegadas por el horror...

«Y entonces él dejó la gran Urbe», me recité bajito, como una plegaria, o una anticipación de la historia: «Los caminos del sur, la geometría del sur, por esas otras Siracusas; abandonando a sus mayores partió, abandonando las nostalgias de una Europa perdida, eco y canción; saliendo por el río leonado partió, para entretejerse con otras noches de invierno; y dijo a todos adiós; oh Lejanos Escolásticos de la moderna poesía, adiós; adiós a la rémora de la antigua *psyché*, y a ustedes, agradables compañeros, los sabios y los viejos cantores del subsuelo... pues es justo que el hombre, libre aún, busque un aire más fino, más seco, desnudo de toda enjalma. ¿Pero dónde?» *Ach*, Keller, no digas idioteces, pensé con furia: sabés muy bien que no vas a ninguna parte. ¿Adónde ir, de todas formas?

¿Y cuando empezara de nuevo la ansiedad; cuando necesitase llamar a alguna vieja amiga y sacudirme el *Zeitgeist* entre sus piernas; entonces qué, oh Sabios? Suponiendo que un día me decidiera a partir, ¿no me arruinarían la fiesta las necesidades más pueriles? Y además: solo, en un país extranjero, ¡qué difícil inge-niármelas para ser un incomprendido! (¿Dirás: «yo, fulano; hijo de mengano; hombre de país tímido y pobre, hago elección de esta tierra de abundancia para cantar mi desdicha»?) Condición terrible... porque un extranjero es simplemente un extranjero. ¿Qué remordimientos me iban a servir como coartada y excusa? Consideré seriamente el problema; como la mayoría de los pro-blemas, tenía solución. Silbé un poco antes de seguir pensando. Caminaba muy rápido, con la vista fija en las terrazas; en muchas ventanas había luz, en ciertos casos una luz intensa, en otros lu-ces tenues de velador, o bizarras luces de colores de adolescentes o de pervertidos, y sobre todo parpadeos de televisores; cosa sor-prendente, los matices que pueden descubrirse en la luz de las ventanas, una vez que el ojo se acostumbra, son prácticamente in-finitos. Como fuera, esas luces significaban personas, historias, cosas inaccesibles, pero reales. Uno podía pasarse la vida en el ejercicio de imaginarlas, ejercicio melancólico, eminentemente romántico, y en alto grado lenitivo de la vida interior; al mismo tiempo, es fácil constatar que tales ejercicios acrecientan la con-ciencia de la propia soledad, a veces de modo irreparable. De acuerdo, las estrellas brillaban, yo estaba perdido; quizás toda mi generación, quizás la raza humana estaban perdidos; la avenida me ofrecía otra vez sus dones, tanto como pudiera pedir o desear. Las vitrinas a oscuras, el pavimento oscuro, coches entrando y sa-liendo de los círculos de luz, a lo lejos, como discretas e impreci-sas polillas. ¿Coartadas? ¿Excusas? Pero si *no había excusa alguna*, desde luego: pero si no había olvidado que uno como yo, razona-blemente, debía terminar siendo un perfecto cabrón. Silbé un poco más. Pasó un avión, muy alto, con su ronroneo provisorio y tranquilizador. Oh, siempre se puede sacar algún partido de estas cosas, y con tanto más desinterés si no hay esperanza alguna: ¡No olviden esto, queridos futuros malogrados de la tierra, hermanos, y no se desalienten!

«Buenas noches.» «Buenas noches.» «Llevo éste. ¿Cuánto es?» «Tres pesos con cincuenta.»

En un impulso de generosidad súbita, sin necesitarlo en modo alguno, me había precipitado sobre un kiosco abierto: y allá voy ahora, feliz poseedor de un diario. Qué joder, pensé enrollándolo y metiéndolo bajo la axila, hay auténtica sabiduría en esto. Qué demonios, todavía era temprano. De todos modos, era cierto: las pequeñas infamias que uno había cometido eran una materia en suspensión curiosa. Uno podía jurarse que no lo tocaban: podía repetirse que al igual que cinco años antes, en la Edad Dorada, todo iría a parar a la divina sinfonía del verano de la vida; y una y otra vez, como un idiota absorto en su celda almohadillada, iba a tener que rendirse a la evidencia. Yo ya no estaba intacto: sin embargo, no era un hombre. Era inaccesible a la culpa; cierta consistencia existencial, cierta pilosidad fundamental del alma, me faltaban en suma; sólo notaba cómo el asco me ganaba, de a poco. E incluso ahora, recordando el último año, sentía con perplejidad la extraña armonía átona (cuyo valor musical exacto había intentado en vano discutir con Boris) entre algunas de las cosas que había hecho, y las náuseas reales que me habían deparado. El pecado original, la conciencia ¿eh Keller? ¡Y qué oportuno, qué bien iba con la edad, con mis castrados veinte años de esta noche! De modo que Dios mismo era el tentador, y lo había sido siempre. Escalofriante, diría yo. Y por última vez: ¿*qué quedaba* del adolescente o niño-Dios, si le quitabas el lirismo glandular de los días buenos, y le dejabas la conciencia? ¿A qué tipo de entidad daba lugar? (A algo así como un personaje de novela de los años cuarenta... quizás algo peor: a un occidental común de hoy: oh, Señor, no lo permitas.) Y todo esto porque, desde hacía varias calles, venía pensando (como un chiste recordado por asociación de ideas) en la primera y única muchacha con la que había vivido. Una cosa curiosa. Sí. Una pequeña comedia cuyo final, también éste de noche, me había perturbado mucho más de la cuenta. El asunto del diario, sobre todo. Yo había sido muy feliz con ella y le tenía cariño; los pequeños engaños, las pueriles mentiras que le contaba tenían por única función permitirme conservar un mínimo de libertad, y poder seguir estudiando a otras mujeres de cerca. Resulta que una noche salimos a cenar juntos. La muchacha se mostró extraordinariamente tierna, la comida era excelente y el vino mejor; volvimos a casa entre risas, muy tomados de la mano. Estaba empezando a desnudarla frente al espejo inglés cuando me pidió, del mismo modo sedoso y susurrante, que le preparase una copa. No sé qué presentimiento me atacó en la cocina; volvía casi de inmediato a nuestra habitación: adentro, empapada en lágrimas, la muchacha, mi diario abierto sobre sus rodillas; y todas mis cartas dispersas alrededor. Lo primero que hice fue insultarla, un acto reflejo. Más tarde supe que llevaba meses revisando mis cosas. Por qué no había saltado antes es algo que no sé. Lo cierto es que me sorprendí a mí mismo llorando, pronunciado juramentos y pidiendo clemencia por toda la habitación, ordalía harto incómoda y casi intolerable que duró hasta el alba. No sé si debo agregar que, en determinado momento, me pegó con un paraguas. Luego se durmió llorando, se despertó una hora más tarde; me dio un beso, tomó la copa (dentro de la cual, intacta y melancólica, yacía una aceituna verde), la volcó sobre la cama, preparó su bolso y se fue. Desde ese momento no había vuelto a verla. Una cosa rara, como digo. Una ola de tácita y augusta desaprobación, minando poco a poco la vida, la mía, como una red de cloacas mal selladas. Y siempre esa absurda disonancia, esa impresión de ser *tocado* por los hechos, de ser en verdad responsable de las cosas que te pasan, que hace de la vida entera algo irreal y tedioso. Dios, el supremo responsable, debía ser el nombre de una condena eterna.

Resulta que, mientras estas interesantes cuestiones me trabajan, he llegado a las inmediaciones del centro. He debido tomar algún taxi o algún tren, sin darme cuenta; todavía no siento la fatiga, ya he dicho que tenía un cuerpo sano. Y hasta admirablemente atlético, considerando mis hábitos, y mi peso. En tiempos yo fui campeón escolar de lanzamiento de bala, pues todo es posible en este mundo bendito. ¡He girado como una peonza, en mi círculo de cal y arena, mientras las primeras lecturas de filosofía alemana corrompían mi visión del mundo! Para cuando superé los seis metros y medio, ya había dejado de creer en la realidad de la materia. No piense tanto y lance, Keller: después me explica la Reducción Trascendental.

Ahora, entre los cables tendidos de una terraza a otra, a lo lejos, asoma la cúpula del Congreso: su aire extático bajo el fuego de los neones. ¡Oh, magnífica república! ¡Qué niños patalean en tu pecho! Ninguna bruma ahora, ninguna impresión lejana, sólo el frío resplandor vertical del corazón de la ciudad moderna. En algún punto, como una ocurrencia de último momento, Buenos Aires se transforma en una gran capital contemporánea, antes de volver a disolverse en una serie de trabalenguas y frases inconclusas. Me sorprendí acelerando el paso; era como despertar de un largo sueño, aquel aproximarse al bullicioso centro que prohibía a la memoria imponer sus imágenes, y que anulaba incluso, al final, el reflejo animal del pensamiento.

Y enseguida, cuando llegue por fin a la zona de los cines y las putas (después de tirar el diario con las noticias de «nuestra» intervención en Bosnia), es posible, es probable en alto grado incluso, que me haga esta pregunta: ¿dónde han ido a parar los otros? ¿Por qué antes de hoy, antes de esta noche inmunda, no tuve ocasión de despedirme de los viejos y magníficos amigos? Oh Boris, tan frágil, tan cortés: yo esperaba que el delicado equilibrio de tu salud y tu fuerza no se rompiera nunca; no creía que fueras un gran músico, pero te consideraba un artista. Había estilo en cada uno de tus actos, incluidos tus actos en potencia; nunca hubieras pasado una noche merodeando, agotándote en ideas necias, para ahogar una angustia que no sentías realmente. O, precisamente, porque no eras capaz de sentirla, mientras los gusanos progresaban con entusiasmo en tus tripas. Qué me está pasando, pensé. Y me di cuenta de que pensaba en Boris como si fuese un muerto, o como si el tiempo lo hubiera enterrado muy lejos, en otro país y otras historias. ¿No era yo el que se alejaba? ¿O el que había muerto? Algunos recuerdos estaban sin duda terminados, galvanizados y bañados en cobre; muchas tardes y mañanas ofrecidas al viento en cortesías como éstas:

«—Salgamos al patio, Keller: hay sol.

»—¡No, no! Ya sé que preferís la sombra.

»—No, de verdad: te lo ruego.»

Todos los enigmas y las preguntas sin respuesta del milenio giran en torno a este problema: si toda personalidad, al igual que la velocidad y posición del electrón, es indeterminada, ¿cómo haremos para que una merienda a la inglesa, aun entre almas afines, resulte entretenida? Si toda razón debe limitarse a los fenómenos (y éstos mismos empiezan a resultar oscuros), ¿podremos permitirnos ser corteses —que es lo único que realmente nos ha gustado en lo que va de la existencia? ¿Dónde los vinos, dónde la amistad, si no en la fantasía y el recuerdo? Para contradecir estas tristezas teleológicas he vislumbrado, *a la hora precisa* en que estas cosas ocupaban mi cabeza, una curiosa imagen como de teatro en miniatura: la habitación en la que Boris comenzaba a vestirse para su concierto de esa noche: una habitación cálida y muy bien ordenada, iluminada con tonos anaranjados por dos lámparas indias; Boris va y viene, desnudo, llevando prendas de ropa que acumula en la cama. Tiene el pelo aún mojado, es flaco y sorprendentemente alto. El teléfono acaba de sonar. Él responde. Cambia algunas palabras joviales y precisas con la voz al otro lado. Mira su reloj y sonríe apenas; está solo en su departamento de la calle Freire, y se mueve con la segura presteza de quien es esperado en otra parte. Dentro de un momento volveremos a esta casa, con el objeto de seguir escrupulosamente a Boris en su andanza; pero antes debo llegar hasta mi encuentro, que, si mis cálculos no fallan, debería suceder de un momento a otro.

Así, como digo, iba dispuesto a divertirme como un número en una agenda: ajeno, como una cara entrevista en algún baile. A la entrada de la librería Gandhi me encontré con un antiguo compañero del colegio; unas pocas palmadas en la espalda, y ya estaba escapándome hacia una calle lateral, por un pasaje secreto que conocía, riéndome para mis adentros de mi infancia perdida. Oculto detrás de unas húmedas hojas de palmera, a la entrada de un centro deportivo, miré con ojos entornados la avenida que atravesaban blancas centellas y dardos curvos, helicópteros y jinetes finales, de cascos afilados como el pico de un ibis. «*El síncope parcial del alma en su palacio*», escribí en mi mente, y luego taché el primer adjetivo: «*¿Cuándo se perdió la antigua ciencia? Formas eróticas implosivas de este continente; siglos, acaso edades enteras, antes de que el amor sea aquí una ecuación posible.*» Pensé que tenía hambre otra vez. Un lugar podía responder, siquiera en parte, a mis profundas necesidades del momento. Y ahí me encontré, entre una boca del Subte y un último neón cubierto de telarañas; felicitándome de la suerte que me dejaba, a aquellas horas y en jueves, el lujo de una mesa libre. Era el viejísimo cabaret de los hermanos Moira, y el espectáculo había comenzado hacía un buen rato. Como de costumbre, los hombres simulaban prestar más atención a sus bebidas, o a un vecino (en aquella tierna y roja oscuridad de cabaret antiguo), que a las chicas que se contoneaban en el escenario. Juan, el mozo español, me ofreció unos trozos de queso y jamón crudo en un plato: «Hoy está bonito ¿eh? Las luces, mira; ahora funcionan de puta madre.» La música y el baile me llegaban como el ruido de una sartén caliente; frente a mí ondulaba una marea de sexo, de cansancio, deseos arrastrados de un hotel a otro como una bolsa de medias sucias... y calvicie precoz.

¡Qué bien conocía eso! Hacía tanto tiempo que las caras individuales de aquella mala vida, respetable y suave, se habían vuelto una abstracción para mí, que aquello ni siquiera me producía el cosquilleo de la tristeza. No, para lo que servía un cabaret, en una noche como ésta, era para pensar en la alta edad media. Y lo hice, me puse a pensar en Pepino el Breve. Pensé en aquello de pasar la corona a un descendiente, cómo se le había convertido en obsesión y casi le había costado la vida; y lo poco que había sospechado el destino grandioso de su hijo Carlomagno. De vez en cuando una teta entraba en mi campo de visión. Luego divagué, y terminé, no sé cómo, preguntándome cómo funcionaría la máquina que los polacos inventaron, en la segunda guerra mundial, para descifrar los códigos del ejército nazi. ¡A veces todo el curso de la historia puede cambiar por un detalle como ése! Después me acordé de Nietzsche, de lo mucho que se enorgullecía de su ascendencia polaca; y sus terribles pronunciamientos, y el verano aquel en el lago de Orta con Lou Andreas-Salomé y él que salía con su mala vista y un bastón alpino y subía a saltos las laderas, solo, rugiendo los primeros terribles fragmentos del *Zaratustra*: inventándolos sobre la marcha, si hemos de creer en sus cartas, como un loco inspirado *(Alle fünf Tage eine kleine Tragödie...*, etc.). Y aquélla había sido su única gran historia de amor, tan llena de migrañas y de fotografías color sepia; y el comienzo de su crepúsculo. ¿Lo roía ya la sífilis, sin saberlo él? Este último pensamiento, no sé por qué, me devolvió a la escena presente. Las mujeres, honestas como exploradores del polo, se movían valientemente sobre las viejas tablas: en sus artificiales sonrisas brillaba a veces, durante un breve instante, el reflejo inconsciente de una melancolía antigua y pura, un sonido de flauta pánica, por fin capaz de curar de veras. Cuando se quedaron en pelo, sudorosas, prístinas como yeguas aladas, justo delante de mi mesa, no pude reprimir una lágrima de alivio: vencida mi timidez, y crédito mediante, alguna vendría a consolarme esta noche.

La música empieza a decaer; con ella muere la atracción de la escena. Me he puesto a mirar también yo en torno a mi mesa. En pocos segundos más va a producirse mi encuentro. Un momento más para pensar en otros, tal vez en Boris... Ya está: la he visto. No. Todavía no estoy seguro. Dudo y bebo un trago. Una sombra con impermeable se interpone, y las mujeres salen por la puerta del costado.

Yo estaba mirando sin motivo una cara, a medias disuelta en un rincón, cuando comprendí que se trataba de alguien a quien conocía. Todavía no había decidido qué hacer cuando la figura se levantó, convirtiéndose así en una muchacha, mi vieja amiga Mila; y salió, con aire a todas luces indignado. Salí corriendo detrás, procurando no empujar demasiadas sillas, y justo antes de cruzar la puerta la tomé del brazo; la sorpresa (no entorpecida por el menor sobresalto) duró poco en su cara. Los dos entendimos de inmediato lo absurdo de la situación, y que las explicaciones a seguir nos divertirían mucho.

La muchacha sonrió. Yo comencé, como un adagio: «¿Empezarás por decirme, querida mujer a quien no he visto en años —y si no te importa mucho—, *qué hacías* ahí adentro?»

—Reconozco que me da vergüenza —dijo ella, sacudiendo alegremente el pelo como una muchacha de campo—. Una vergüenza terrible. Uno se hace tantas ideas románticas sobre lo sórdido. Quería verlas, ¿podés creerlo? Aquí estaba, en esta noche de luna llena, imaginando cuerpos de mujer, sintiéndome sola, y cuando vi el anuncio en la puerta pensé: ¿por qué no? Esperaba una caricatura. Pero esto... Es tan vulgar, tan deprimente. ¿Cómo estás, Keller? Hace dos años, exactamente, que no nos hemos visto.

Ahí estaba, efectivamente, como un dibujo de los que ilustran el *antes* y *después* en los avisos de las revistas. Tenía el pelo bastante corto, y guantes de cuero gastado y negro. La Mila que yo había conocido, años atrás, lo llevaba largo hasta los hombros, adoraba a destajo a mi amigo Boris, y, salvo error de mi parte, *no* imaginaba mujeres desnudas por la noche. Pero me impresionó por algo más que el simple encanto de lo inesperado y del contraste intenso: tenía algo fresco, como bajo el efecto del *shock* pero lista para todo, como un paracaidista que acaba de aterrizar en el campo enemigo. En cierto modo daban ganas de haberla tenido por hermana: habríamos jugado y llorado nuestra orfandad hasta perdernos en la noche... «Bueno, Mila querida», dije (y me di cuenta en ese instante de que estaba algo borracho): «Yo diría que tenemos unas cuantas cosas que contarnos. Y si no te importa cambiar este admirable vestíbulo de cabaret barato por una mesa de café cualquiera, yo estoy dispuesto a asegurar que un *amaretto* compartido tendrá las más interesantes consecuencias.»

Y ahora sí, vamos a dejar a Keller y a Mila, de pie en el cabaret de Lavalle. Dejemos que sigan conversando, ignorantes de las bárbaras danzas de Schwevingen perpetradas a su espalda, y del sombrío resplandor mercurial sobre sus caras sonrientes; y, por un momento, volemos hasta la casa de un buen amigo mío.

Al principio es apenas un sonido, o un reflejo; luego se añade, para mayor precisión, el *run-run* de una estufa eléctrica, en lo que ha resultado ser el baño de la casa. Sobre la repisa hay un cuenco y una navaja a la antigua: su mango puede ser de marfil.

De la habitación contigua llega el tamborileo de un viejo disco de jazz: *O, get out of here*, canturrea Boris, por encima de la voz del disco. Su voz retumba en el espejo, y lo empaña levemente. *And get me some money too...*

Después de enjabonarse concienzudamente, comenzó a afeitarse. Trataba de evitar los granos del mentón, que tanto dolor causaban, y de pensar al mismo tiempo en sus problemas. Era una cuestión de dinero, nada del otro mundo, lo que lo había tenido inquieto en las últimas horas. Primero el llamado de dos de sus alumnos, anunciándole que dejaban las clases; después, esa misma tarde, el intratable casero había bajado a decirle que si no se ponía al día con el alquiler, iba a rescindir el contrato.

Estas cosas ofendían a Boris en lo más hondo. Habituado a tratar a los demás a su manera mesurada y suave, hallaba cierta dificultad para entender la grosería de los otros. Deber dinero, más que un malestar moral, significaba exponerse a la vulgaridad ajena. Terminó de arreglarse con cierto apuro; esta noche, decidió, después del *show*, pediría a Pondanián un cambio sensible en los porcentajes.

Antes de salir, en el vano de la puerta, no pudo evitar echar una mirada amorosa a su alrededor; las fantásticas pinturas murales, los sillones raídos, su colección de lámparas indias, las fundas de discos que poblaban el techo: lo que todo eso era... no, no era exactamente su vida; era la *dulzura* de vivir. (Sobre el sillón había un libro ajado, *Simetría y amor en la poesía dantesca*, y un disco, el *Trío de Buenos Aires* de Lorenzo Darulli, ambos regalos de Keller, cuya coincidencia allí era puramente fortuita.) Frunciendo el ceño, tocó con dos dedos un grueso anillo de hierro en su mano derecha: talismán al que tomaba en serio, como es debido.

El tráfico intenso del Bajo, con su algarabía y sus bocinazos, le trajo la inquietud habitual: el hormigueo y la ligera náusea que preceden a cada concierto como un rito. Dobló por una calle lateral y se encontró en la vasta planicie de la Nueve de Julio, como un aviador que sale de una nube. Aceleró, contento; iba a su *pub*, esta noche. Iba a *tocar*.

El lugar estaba ya bastante animado cuando entró, dando la mano al chico de la puerta y mojándose los dedos en la pila de agua bendita: El Subsuelo, en su alarde de modernidad, y a modo de inocente provocación, la ponía a disposición de sus clientes. Le salió al encuentro Beppo, el sibilante y aterciopelado ayudante del dueño: «Ay, Boris, divino, llegás tan temprano; los chicos todavía no están, salvo Francisco, por supuesto, que está allá tomando un vodka.» «Ya sé», dijo Boris. «Lo que querría es hablar con Pondanián. ¿Está?» «Estar, está, pero si es por algo de *cash* vas muerto, querido: yo traté de cobrar mi sueldo y casi me come. ¡A ver si le cambiás el humor!»

Pondanián, sentado al fondo, le hizo una seña y Boris se acercó a su mesa. Después de alguna trivialidad, se puso serio y le expuso el asunto brevemente. Se daba cuenta, mientras hablaba, de que era por completo inútil, pero continuó hasta el final de todos modos. Pondanián lo miraba con algo parecido a la tristeza: su cara de un tono pardo, lisa y reluciente, lo hacía pensar en un buen habano. «Mirá», dijo el hombre. «La cosa no tiene vueltas. Mirá, Boris. Vos sabés cómo te consideramos acá. Para mí el músico es de oro. Y vos sabés que este lugar es tuyo. Pero hay cosas que...»

Boris dejó de oírlo. Al fondo de la sala, delante del espejo, debió haber una muchacha vestida de negro y de rojo; la buscaba con la mirada, a través de la oscuridad y el humo. Luego, detrás de la ventana y la cortina, empezó a llover. Boris se regocijó sin saberlo, mientras algo muy antiguo en su cerebro reconstruía, por debajo de la música y el ruido, el sonido elemental de las gotas golpeando en la ventana. «Es raro», pensó. Nunca decía, ni siquiera para sí mismo, que una cosa era triste: «Es raro. De verdad.»

Paseaba la mirada a través del público de El Subsuelo, orientándose como un animal nocturno. Tenía la falta de malicia del noble auténtico y que se ignora. Si Boris, en ciertos momentos de su vida, ha sabido que está hecho de una materia aparte, como una veta de metal noble, no dedicó al hecho un solo pensamiento; tampoco (con una sola excepción) lo hará en el futuro.

Dos chicas estaban sentadas a la barra, discutiendo. Una de ellas, desesperada, tiraba de la manga a la otra y le hablaba con vehemencia; Boris la conocía bien. No se sorprendió cuando la mayor, desdeñosamente, se levantó y se fue sin pagar su cuenta. La chica quedó sentada con su vaso delante, visiblemente hundida. Boris dudaba; finalmente se levantó y fue a sentarse a su lado. La chica reprimió un sollozo, sin mirarlo, y Boris le tendió un pañuelo.

—Era tan dulce, Boris —dijo por fin—. No podés imaginarte. Es verdad que últimamente estaba rara, fría. Pero yo no lo veía venir. Mis amigos me decían que no me preocupara; que ella simplemente no sabía expresarse. Y yo quería creerles. Ahora se acabó. Ella me lo dijo. Dice que la sigo como un perro. Y que nunca me quiso de verdad.

Las lágrimas seguían brotando, imparables. Boris pidió otra copa y esperó. Después de un rato, se inclinó y le dijo dulcemente: «¿Querés casarte conmigo, Eladia?»

—¡Ay, Boris! —gimió ella, riendo. Los preparativos sobre el escenario reclamaban ayuda. Antes de irse, Boris le regaló su anillo de la buena suerte.

Lentamente llegaron los demás músicos, se atenuaron las luces, el público pareció despertarse. Aún había un micrófono demasiado bajo, un monitor mudo, y Boris disfrutaba dando instrucciones precisas, como un capataz sobre un andamio; aquellos eran los momentos en que tenía más claramente la impresión de existir. ¿Y la música? Ah, tocar música era algo distinto; se parecía más a un rezo, o a una invocación a las puertas del templo. Una suerte de erección, a veces. Uno no se hacía preguntas sobre eso.

Faltaban pocos minutos para empezar cuando Francisco dijo: «Che, Boris, ¿sabés *quién* dicen que va a venir?»

Y mencionó uno de esos nombres inmensos, que entre los músicos producen más inquietud, y una reverencia más profunda, que entre los fieles de cualquier religión; era un nombre que ha llegado a ser sinónimo del éxito y la ruina, de la gloria insolente que funda imperios desde un escenario, cuya sombra recorre los diarios, las antologías, las biografías que se suceden a lo largo de una o dos décadas, para caer luego en la infamia, igual a un emperador corrompido y grasiento; y cuanto más se confunden la corrupción y la fama, tanto más odio y tanto más respeto inspira, oscuramente, en los jóvenes que empiezan su carrera. Boris sintió todo esto, sonrió, no dijo nada.

—¡Grande, Boris! —gritó alguien entre el público.

—¿Así que viene? Y bueno, que nos vea —murmuró Boris. Francisco se instaló detrás del contrabajo. El baterista hacía girar los palillos. Boris hubiera querido un ángulo más amplio para el piano, pero ya no tenía remedio.

—¡Que empiecen!

Y el grupo comenzó a tocar. Todos los focos se encendieron al mismo tiempo, cegándolo, mientras sus dedos se disparaban con perfecta obediencia, y el público desaparecía momentáneamente, tragado por la luz y embestido por la maquinaria bien engrasada del tema. Ahora, al comenzar, es cuando el público cree con más fuerza en la ilusión de la música, en su milagro; para el músico, en cambio, es un momento impío, en el que sólo se ve el trabajo, el sudor, el fruto de las horas de ensayo, las incontables repeticiones y ajustes; tan desprovisto de encanto o magia que por un segundo resulta deprimente. Luego vendrán los sueños de pájaros, la estrella ebria nacida de un arpegio, el latido de dos corazones idénticos en la oscuridad de una jaula de plata; más tarde sí, a veces, una cuerda por la que trepar, trepar hasta llegar, hasta lo alto; hasta asomarse a un balcón, pon-pon, con los labios rozar la luna, fría y fecundante luna, la muchacha del espejo, la que debió estar y no ha venido, el solo, mi casa, adiós, mi casa, adiós.

—¡Bravo! ¡Bravo! ¡Genio!

La primera parte había salido muy bien; Francisco insistía, con otro vodka en la mano, en que sólo en una sala más grande podrían mejorar el sonido. «Se ve en todas las caras, Boris, nunca aplaudieron como esta noche.» «Me mataste con la cortada; pensé que te ibas de tiempo, pero saliste fenómeno.» «Y a vos qué te pasa, Boris; a quién estás buscando.»

—No, a nadie —dijo Boris—. Una amiga que no vino, no importa.

Volvieron a subir al escenario. Esta vez, Boris pensó que tenía ganas de hacer una cabriola. No intentar nada arriesgado o juvenil, como todavía un año atrás le gustaba hacer; pero sí un pase modesto, con oficio, como alargar la segunda parte del tercer tema y arrastrar al grupo entero a una improvisación; eso podía permitírselo, sin faltar a su intención de convertirse en un profesional auténtico. Había olvidado casi por completo el estremecimiento sentimental de antes (su alma de barco volvía a equilibrarse, la insensible quilla cortando suavemente el agua).

Pasó por sobre la primera pieza como un jinete experto; la gente parecía atada al grupo como por hilos invisibles. Una sutil ondulación recorría las cabezas, de un extremo al otro de la sala. Vino la segunda, rozando la auténtica brillantez. Comenzada la tercera, Boris sonrió secretamente. Dejó pasar el estribillo; y ya se lanzaba a improvisar —los otros lo habían intuido: arrastraban levemente el ritmo para dejarle espacio— cuando vio una cara al costado del escenario. Era él: el hombre célebre.

Alcanzó el final del tema como se alcanza la otra orilla de un río: la improvisación se había estropeado, mala suerte. Hubo un silencio, la gente había cambiado. Boris hubiera querido empezar la pieza siguiente, pero algo se lo impedía. ¿Qué?

El gran hombre sonreía, igual a las portadas de los discos; revestido de una aureola invisible, parecía absorber en sí mismo el espacio de la sala. Boris podía sentir la atención del público retirándose de él y del grupo con silenciosa violencia, como la sangre de una cara que palidece. Todo refluía, volvía a organizarse en torno al otro. El nombre, el nombre famoso, estaba en todas las bocas, como un conjuro.

Por primera vez en muchos años, Boris se sintió débil. Sintió vértigo y rabia mientras presentía lo que iba a ocurrir, sin creerlo del todo. El hombre esperaba. Boris intentó comenzar una vez más: las manos no le obedecieron.

Francisco hablaba con Pondanián, que estaba al pie del escenario. En alguna parte parecía insinuarse un tumulto. Boris se dio vuelta con violencia:

—¿Qué pasa, qué dice?

—El tipo quiere subir a tocar. Dice Pondanián que lo dejemos.

—Ni loco. Volvemos a empezar y vamos hasta el final.

Pero el otro ya avanzaba hacia el centro del escenario, tomando una guitarra al pasar. Boris lo vio instalarse a su lado: estaba gordo, tenía la mirada vidriosa, la cara desencajada, burlona; apestaba a alcohol.

Nunca lo había visto de tan cerca. Sus caras casi se tocaban; Boris miró los ojos que alguna vez habían sido los de un gran artista; carecían de emoción, eran blandos e inertes. Detrás de ellos sólo había un pantano. Boris sintió que lo lastimaba su propio desprecio. El otro lo miraba, *y no lo vio.*

Del lado del público había empezado una lenta cantinela:

«Que toque... que toque... que toque...»

Pondanián le hacía señas al pie del escenario. Boris se imaginó a un entrenador, arengando a su boxeador caído. El humo y las luces. «Que toque... que toque...» Él era Boris; aquél era su concierto. Y quién sabe, algo de su juventud y su futuro podía estar en juego esa noche. Como todas las noches. Y los días. Quién sabe. Miró, ante él, las caras que momentos antes habían gritado su nombre, y que no lo veían; se dio cuenta, con sorpresa, de que en un instante más iba a golpear con todas sus fuerzas la cara del hombre célebre.

Alguien lo tomó del brazo: Francisco. «Dale, no te metas en problemas, Boris. Bajemos y ya está. Qué le vas a hacer.»

Se levantaron, se fueron. El público estalló en un prolongado aplauso.

Un grupo de amigos los rodeó; varios dijeron que tendrían que haber protestado, que no era justo, que ese viejo arrogante no podía atropellarlos así. Boris sentía a su alma regresar lentamente, como una pierna dormida que empieza a despertarse. Prueba de su templanza infinita es que, incluso entonces, habría estado dispuesto a dejar pasar aquello como un mal trago; su propia fuerza se lo mandaba, su orgullo estaba herido, pero, ¿acaso eso significa tanto? ¿No suceden cosas como ésta, mil y una veces, en cualquier oficio? ¿Acaso había jugado, por un momento, con la idea de que algo que tocaba a las paralelas perfectas de su destino, algo íntimo y cruel, animado por prejuicios fatales, le había salido al encuentro esta noche? ¡Qué idiotez! Era el tipo de idea con la que Keller gustaba de hacerse la vida más difícil. Y, para demostrárselo, se embarcó en una animada muestra de amplitud de espíritu; que no era para tanto, dijo, que el dueño necesitaba esa publicidad gratuita, y que a fin de cuentas al viejo ídolo le quedaba tan poco tiempo de vida, como se desprendía de su aspecto, que era un acto de caridad permitirle usurpar un escenario. Ellos, *los músicos,* tenían todo el tiempo por delante, y ya seguirían haciendo cosas serias, cuando los viejos se hubieran ido.

Boris estaba tan compenetrado con su discurso, que ningún argumento en contra lo habría convencido. Si de pronto se detuvo, fue porque algo más discreto —y más inexorable— que cualquier argumento o cualquier idea se había ido apoderando de él mientras hablaba: algo que reconocía mejor que la luz de la mañana, que el sabor del aire o su propia cara en el espejo, habiendo nacido, crecido y madurado bajo un solo signo, una ceremonia única y un solo lenguaje, la música. Lo que el hombre, en su escenario robado, estaba tocando con insolente desapego, era música; y no era sólo aquel instante, y no eran cuarenta y cinco o cincuenta años y la corrupción presente (que, de un soplo, había dado lugar a un ángel), lo que hacía la diferencia, lo que estaba destruyéndolo para siempre; eran siglos, era una eternidad de música, porque aquello, aquel punto resplandeciente que acababa de instalarse como una estrella recién nacida en el centro de su nuca, y para el cual no pueden existir palabras, aquello que dentro de un momento, cuando se diera vuelta, iba a arrancarle lágrimas como un viento, y tal vez incluso un grito de entusiasmo, porque Boris amaba aquello por encima de todo, lo amaba casi tanto como ahora, por primera vez en su vida, se detestaba a sí mismo, eso había existido siempre, era la voz de Dios, y ni ahora, ni acaso nunca, le estaba permitido hablar por ella.

¿O todos nuestros terrores piden —a fin de encontrar para sí un nombre— el punto de encuentro de una noche, su fiesta compartida?

Ahí se queda Boris con sus incipientes pesadillas. Volveremos a encontrarlo, insomne, en la desembocadura del río: envuelto (como se dice, como se dijo) en una música de efímeras...

«Vamos, Mila, no hay *ninguna* necesidad de que hagas esto para impresionarme», estaba diciendo Keller, es decir, yo. Yo estaba de pie junto a una reja y la voz de Keller decía: «Estoy seguro de que ahí dentro habrá un perro. *Varios* perros, de hecho. Caramba, ¿por qué tengo que salir con una mocosa incapaz de controlar sus impulsos asociales? Mila, creo que veo al perro. Cómo qué perro, ahí, atrás de ese arbusto. ¿Un enano de jardín? ¿Estás segura? Pensar que ves, en esta tiniebla profunda. Creí que habías dejado atrás la adolescencia. A tu edad deberías estar acumulando frustraciones, no margaritas. Mirá, creo que voy a dejarte ahí; cuando quieras buscarme, estaré en el país de la melancolía burguesa, tomando una cerveza fresca. ¿La tenés? ¿Todavía no? Traé también al enano, de paso. Vámonos, lo digo en serio.» En efecto, Mila, indiferente a mis quejas, estaba revolviendo un macizo de flores, al fondo de un pequeño jardín encontrado al azar entre dos edificios; antes había saltado la reja, al tiempo que declaraba que yo estaba muy flaco (!) y que era hora de hacerme un regalo. Y ahora se reía de mí, ofreciéndome la vista de sus ojos parecidos a la porcelana inglesa, burlones y extrañamente jóvenes, como provistos de una escandalosa inocencia, tanto más escandalosa considerando que debía andar ya realmente por los veinte años; todo esto, mientras regresaba al trote con la flor entre los dientes y volvía a saltar con destreza de ladrona. «Nunca pensé que fueras tan cobarde», declaró, entregándome la rosa al pasar. «En el increíble mundo de Mila, no existen la transgresión, ni el conformismo, ni el astigmatismo.» Para mi sorpresa, me encontré asintiendo; en su boca, aquella frase no sonaba ridícula, ni siquiera irónica.

—¿Estás contenta, entonces, rebelde de lechería? —dije con benevolencia, comenzando a seguirla sin apuro. Algo más lejos, Mila, como si respondiera desde la copa de un árbol, con las alas plegadas, dijo: «Sí, estoy contenta, Keller; no estoy contenta con mucha frecuencia. Por eso quiero llevarte a este lugar que conozco: vamos a brindar por mí, para cambiar la costumbre. A menos que se te ocurra un motivo mejor.» Yo me dejaba mecer por aquella energía, detrás de la cual parecían cernerse todas las tragedias del Orbe; como adormecido por la historia que esperaba oír más tarde, en el agua infestada de tiburones de la intimidad de madrugada, me oí preguntar soñadoramente: «¿Acaso estamos festejando algo?» «Sí: mi nacimiento», dijo. «Mañana cumplo veinte años.» Bueno, caramba, pensé. Y no pude evitar, gesto sentimental que pertenecía a otros días, y otras historias, echar un vistazo a un reloj cercano. «No nos queda mucho tiempo, Mila. ¿Y si comprásemos una botella para el camino?» «Jodido romántico», oí. Se reía, valiente: «Jodido romántico. Que sea champagne, entonces. Vamos a tomarlo en un parque, bajo la luna; y si me queda algo de gusto por los hombres, y suponiendo que tu barba no pinche demasiado, todavía es posible que te bese.»

Ya habíamos tenido tiempo de serenarnos, y Mila, rejuvenecida en uno o dos años, hablaba ahora un dialecto de gasas y terciopelo. Estábamos sentados en un banco, bajo un árbol más bien melodramático que me pareció un ombú: los largos y delicados dedos de Mila, libres de los guantes, trabajaban hábilmente el corcho de la botella que yo había comprado. «Y eso es, metafísicamente hablando, todo lo que puedo contarte», estaba diciendo, con un sonido tubular y festivo entre sus manos: *¡plop!* «No seré tan mal educada como para hablarte de Boris; basta con decir que él no tuvo la culpa de nada. He llegado a creer que no quería lastimarme: ¿sabés los años de entrenamiento que una cosa así requiere? En aquella época, cuando andábamos por la vida pegados como siameses, nadie podría haberlo imaginado. Pegados como siameses en versión triple, porque vos nunca faltabas. Quiero decir, ¿te acordás realmente? Cuando ustedes escribían y hablaban interminablemente y volvían a trazar los mapas del mundo; y yo escuchaba, no creo que te acuerdes, te lo veo en la cara: los escuchaba, sí, admirándolos, tímida y mal vestida. ¿Cómo se podrían haber imaginado lo que pasaba conmigo? Y además nadie se imagina nada, cada cual sigue su ruta sin tocarse. Los entiendo perfectamente, a los dos. Pobre Boris, tan lindo, tan lejano. Es natural que creyera que yo lo amaba; era lógico que quisiera acostarse conmigo: se imaginaba que yo era normal, que podía como él respetar a alguien *y a la vez tocarlo.* Yo preferí respetarlo, claro que esta manera de presentar las cosas me conviene demasiado, no olvido que esencialmente me porté como una puta. Qué raro decirte estas cosas; he imaginado este diálogo durante años, aunque más bien con Boris que con vos. Siempre creí que iba a terminar por hartarse de mí. No se hartó, y en cambio yo me fui, cosa que, aparte el remordimiento de todos estos años, lamento porque es motivo de que, esta noche, me escuches seguramente como a la Bruja Granuja. ¿No? ¿Con sinceridad? Salud por eso. A veces me gustaría verlo de nuevo, a Boris; ahora que me siento preparada, ahora que todo es distinto. Pero supongo que lo lastimaría, o tal vez no soy tan fuerte como creo y él me lastimaría a mí. ¿Cómo iba a saber él que lo que yo quería era ser él, convertirme en él, y no en su novia? A la tuya. Y perdón. Creo que también a vos te he escandalizado.»

La intimidad iba cerrándose en círculos sucesivos. Todas mis antenas, cada uno de mis filamentos mentales, buscaba ciegamente a Mila en la maraña de entredichos, de frases-trinchera, de subterfugios y desafíos bajo los cuales reverberaba una luz sin fin. La rabia y la revuelta que se debatían en cada una de sus sonrisas no alcanzaban, a pesar de ella misma, a definirla; de las ruinas de la muchacha que yo había conocido se alzaba, dolorida, una inteligencia violenta y aguda como un estilete. Una permeabilidad excesiva ante ciertas fealdades capitales: su fascinado y rabioso padecer de los rasgos menos perdonables del mundo. El mundo es una cloaca, no el pequeño y tibio mundo de las desesperaciones mentales, ese bolo, esa suerte de gran chocolatada que los viejos modernos hemos tomado y seguimos tomando con entusiasmo de parvulario; no, el mundo de las calles y los férreos atardeceres es una cloaca, y en esa cloaca espantosa una muchacha desgarbada lucha por su ignota porción de luz, que debe defender a zarpazos y mordiscos. ¿Cómo podemos tardar tanto, en ciertas ocasiones, para ver la cara de aquel o aquella que será nuestra perdición y nuestro paraíso? Pregunta absurda. Dios santo, Mila; ¿es ahora cuando veo esto, o lo veía entonces? Una muchacha corriendo: es de noche, y se escapa de la muerte; la han dejado. ¿Es su padre? *¿Ha tenido verdaderamente un padre?* No es su padre, es otro, y ella roba una cartera en una tienda, para nada, porque sí, y porque sabe que podrá olvidarlo más tarde: han pasado años, y todavía se escapa de algo. Alguien la empuja al cruzar la calle; es ella quien se disculpa, instintivamente. Va a odiarse por eso, está odiándose ya. No puede recordar cuándo o de qué modo recibió cierto golpe: una bofetada seca, no en exceso dolorosa, al menos en sentido físico (la piel se había puesto roja, sin embargo, cuando entró a mirarse en el espejo del baño). Sus pestañas en el espejo la engañan, desconfía de ellas, como de su cuerpo entero: los senos malignos, el vientre burlón, el sexo pidiendo abyectamente clemencia: volverá a recorrer todo el camino, una vida humana, para devolverlo a su verdadera dueña... Por reflejo yo escribía mentalmente estas cosas, tanto como podía, pero Mila iba más rápido. Y entonces lo dejé. Podía ver las invenciones, las fantasías, tomando forma bajo sus párpados, creciendo en torno a la verdad desnuda como formaciones calcáreas: mensajes esperanzados que debían traer del frente los refuerzos tan necesarios. Son cosas así las que solemos llamar, mostrando nuestra incomprensión de la ética y la física del diálogo, simples mentiras. En el tejido de araña de sus palabras más casuales se insinuaba la certeza de que nadie, y ella menos aún, existirá verdaderamente excepto por lo que inventa. Por un momento aquella rebelión fue tan violenta, tan presente entre los dos, que acabó efectivamente con el mundo: a una mirada de Mila, los vidrios de los coches explotaron, las chimeneas lanzaron llamas, el parque fue barrido por un viento ardiente, y la ciudad entera voló en pedazos, con un interminable redoble de escombros y de polvo...

Estaba recostada a medias sobre el banco: una premonición del invierno, proyectada sobre su frente por la luz de un farol, que filtraban las sombras de nuestro árbol. Jugando con su vaso de papel vacío, habla como quien se canta a sí mismo una canción de cuna:

«El primer otoño... los primeros meses sin Boris, sin vos... al principio estar sola es algo repugnante... yo quería tanto escribir... llevé mis papeles a un tipo: vivía en una casa solo y yo lo creía un poeta. Creo que usted es un poeta, le dije; quisiera que me enseñe a serlo, y si trata de tocarme le doy en la cabeza con esta tranca... Callate, no te rías; llevaba en serio una tranca, de fierro, asomando del bolso. Me quedé en su casa un mes; el día que me fui, en la puerta, me dijo: Me he equivocado sobre usted; yo la creía alegre y fuerte, pero usted es triste y es débil. Por desgracia yo había perdido la tranca, si no la que le daba. Y él tenía razón, recórcholis...»

A las tres y treinta y cinco, hora del Atlántico, las terrazas cercanas aún no acusan el menor indicio de la madrugada futura. Puede estar tan lejos como el día del Juicio, o puede no venir nunca. Puede haber una sábana agitándose en una cuerda para secar, puede haber un cigarrillo encendido bajo un portal cercano: los demonios más tímidos agitan las rosadas colas sobre el mármol tontamente colonial de una escalera. Con alegría, yo me dejaba invadir por la leche condensada del amor ligero: renunciaba a entender, renunciaba a leer más documentos oficiales sobre el tema. Mila se prodigaba de ese modo, con una ferocidad que ya era íntima, que ya prescindía de sus mujeres y sus hombres y del resto del mundo, a favor de este seguro servidor de ustedes... o más bien de aquella grieta, aquel oír desmesurado y sin piedad en el que la había envuelto. ¡Parecía tan poco importante! ¡Pero cómo decírselo! Cada sonrisa mía era rechazada con un gesto: apenas se dejaba querer de esa manera. Ella tampoco es capaz de amor, pero lo proclama a los cuatro vientos, con desesperada candidez. Yo, en cambio, sólo deseo hincar el diente en esos tristes muslos, arrancar chispas del dulcísimo rubí de vanidad y de dulzura que yace oculto entre sus piernas. Un avión pasó en el cielo, y Mila aún no me quería mucho. De modo que continué hablando. De esto, del amor, de nuestro siglo, de ella, de la duración del infierno, del futuro, al que súbitamente había inventado como una ocurrencia alegre: de todo lo que permitiese ganar tiempo para la gran batalla. Mila vaciló, se inclinó sobre el abismo, aguzó el oído; de pronto pude ver que había encontrado algo en lo profundo de un hueco, y suspiré para mis adentros, y me persigné en secreto, mientras ella se erguía, sorprendida, la cara blanquísima lacerada ahora por nuevas y deleitables sensaciones. Dijo con tono arrogante, triunfal:

—¡Pero vos sos bueno, sos hermoso, Keller!

Entonces incliné la cabeza, rindiendo mis armas ante el despiadado destino, y oscuramente rocé los labios de la muchacha a mi lado. Vi un río plácido cuya corriente arrastraba nuestros cuerpos inertes y, con ellos, varios pañuelos de seda, nuestros certificados respectivos de vacunación, y dos boletos para la montaña rusa. Vi su estremecimiento y vi su asombro. Llegué a saber muchas otras cosas. Y acaso un día Mila lo lamente, o lo haga yo. Llegar a conocer a otros, cantar las historias de los otros, es pecado contra el espíritu: de ese mal nacen los mundos, la historia, las disoluciones finales. *Yo* es el espíritu que se cierne sobre las aguas: el verbo es todo, pero está en la naturaleza del verbo el deseo de quebrarse y ser otros y dar lugar al recuerdo, de lo cual se desprende que el fin último de la creación no es la dicha, ni siquiera el dolor, sino sólo la memoria.

Y luego Mila me tomó del brazo, me prometió otro sitio, me condujo escaleras abajo, lentamente...

Boris se encontraba en las postrimerías de un mundo sonoro: de un país que había sido de estruendo y que acababa de quedarse súbitamente callado.

Se miró (por segunda vez en la noche) al espejo. Estaba en el baño del *pub*: un gesto impaciente lo había delatado ante sí mismo, en el acto de esperar que los otros se cansaran de esperarlo y se fueran. Miró con más atención: en los ojos que le devolvían la mirada había algo adusto, a la vez que puro y cristalino, como los ojos de un pájaro de presa joven que fuera al mismo tiempo un enfermo terminal, a punto de dictar el legado de sus bienes.

Se sentía dolido y molesto: la humedad maloliente del baño, el goteo de las canillas, repercutían en sus pensamientos como el eco de ideas funestas que hubieran pasado por la mente... cancelando deudas, cerrando confusamente el porvenir, y disolviéndose a continuación; tenía la incómoda impresión de haber pensado importantes cosas, sin llegar a tener real conciencia de ello. Por fin, con cierto desdén, atrapó a una rezagada; contrariado, como si sacara una cuenta, murmuró:

—Pero, ¿por qué ella no vino? Me lo había prometido.

Se lavó la cara, enojado. La autoridad, súbitamente desaparecida, había dejado en él un hueco que tendía a llenarse con reflexiones ociosas. Desconfiaba de tales pensamientos, que le recordaban a Keller: el hecho de querer y respetar a su amigo nunca le había impedido ver lo que había en él de postergado y de morboso. Ahora, por fin, le parecía comprenderlo; la tentación de teorizar venía con el debilitamiento brusco de las ansias de triunfo en la vida. ¡Pobre Keller! Y de pronto, sin saber por qué, sintió algo parecido a la vejez en sus huesos. ¡Qué barata le parecía ahora toda música, comenzando por la suya!

Se sorprendió de recordar, con memoria verbal inusitada, estas palabras de Keller, del eterno niño brillante y tonto a quien consideraba todavía como su mejor amigo: «Nuestra música está en coma, pese a la buena voluntad de almas nobles como la tuya; y aun a vos te he sorprendido, alguna vez, bajando arteramente de un sol mayor a un do para complacer a estos canallas fluviales de occidente... No te culpo: es verdad que es difícil, hoy en día, salir de este tobogán que simula la fuerza, este miserable cuatro por cuatro del rock que en realidad es solamente el ritmo primitivo y estupefacto de la fatalidad. Hombre blanco cantar muerte: *bóbock-bóbock*. Oh yeah. Yo mismo me he encontrado, acá donde me ves, moviendo alegremente mis gordas nalgas al son de esa música macabra. El corazón que agoniza bajo el estetoscopio: *bóbock-bóbock*.»

Boris se encontró riendo de estas sentencias. Lo había hecho también entonces, cuando las oyó de Keller; pero ahora le parecieron más sabrosas, porque no se veía forzado a separarlas de todo lo que, en su autor, le inspiraba una aprensión de tipo paternal: sus costosos chalecos manchados de pasta dentífrica, la destemplanza entusiasta que le quebraba con frecuencia la voz como a un adolescente; o su modo de engañarse por principio respecto de las mujeres. Empezaba a comprender que Keller daba lo mejor de sí a distancia: el terreno del recuerdo le devolvía todo el encanto que la vida, para la que estaba imperfectamente adaptado, le había negado con frecuencia.

¿Y yo?, pensó. Pero la pregunta parecía cómica en sus labios. Después de todo, Keller mismo decía que ciertas personas, como los lepidópteros, nacen de la crisálida ya hechas: «Son los regresivos anales como yo quienes pasan la vida buscando su forma: como yo y como tu querida Mila, que hasta el día en que te dejó parecía tan callada. A vos, suertudo, te bastará con educarte, como un buen heredero.» Y otra vez, porque ya era una broma entre ellos, para jorobar, volvía a leerle pasajes de *El Rey Marcos e Iseo la*

Rubia, que debían supuestamente conmoverlo. Pero Boris, aún apreciando la belleza de la lengua, era incapaz de identificarse a sí mismo con un personaje ficticio.

Ahora, cuando Francisco asomó su cabeza de martillo por la puerta y le pidió (con su quejumbrosa pleitesía de contrabajista) que saliese, Boris volvió hacia él una frente cansada, pero serena y límpida. «Ahora voy, Frank. ¿Hay mucha gente todavía?»

No sólo eso, la sala seguía llena. Muchos partidarios suyos, entre el público, querían darle la mano o pedirle autógrafos. No pocos se esforzaban en comunicarle su indignación por lo ocurrido. Se comprimieron en torno a él, como una jauría afectuosa y adiestrada a medias: «Estábamos diciendo... algunos muchachos querían devolver su entrada... juntar fondos para organizar otro concierto...»

—Bueno, pero a vos te vi cantando los temas del otro —dijo Boris a un muchacho menudo y delgado, que sobresalía apenas entre los demás como una caña mal fijada en una estera de juncos.

El acusado palideció: «¿Yo, maestro?», articuló, señalándose incrédulo con un hilo de voz. Hubo un silencio; Boris apoyó una mano en su brazo, riendo, y el aire en torno volvió a llenarse de carcajadas y afectuosas protestas.

—¿Cómo te llamás? —preguntó Boris al muchacho como un junco.

—Armando, maestro; te sigo desde siempre.

—Armando, gracias por haber venido. Te pido que vayas a la barra y pidas cervezas para todos: la banda invita.

Boris avanzó hacia las mesas del fondo, seguido por una estela de aplausos, cabezas sonrientes e inarticulada lealtad y compasión mezcladas. La marea de la vida seguía bajando, pero es en tales momentos, cuando la propia carne entra en recesión, cuando el sentido de la ceremonia aparece, como una ciudad hundida por cuyos muros, relucientes todavía, chorrean las algas y el agua.

«La situación actual de la industria del disco es, cómo le diría, peculiar; el progreso en nuestro país de los medios de difusión y la calidad de la promoción al músico ha sido en estos años, no hace falta que se lo diga, espectacular. Sin embargo, tenemos de otro lado ciertos signos de agotamiento o crisis de credibilidad: proliferación de producciones independientes, conciertos privados, descenso del precio de la entrada...»

Boris se separó suavemente del hombre canoso que, desde hacía un momento, le exponía concienzudamente estas cuestiones y respondió a la muda seña de Francisco:

—¿Sí, Franky, qué pasa?

—Nuestra celebridad está todavía allá; dice que te quiere saludar.

Boris se dio vuelta: al otro lado, junto a la barra, se había formado un grupo harto más grande que el suyo; de vez en cuando surgía de él, como una ola rompiendo, una gran carcajada colectiva.

—¿Podrías alcanzarme mi guitarra? —pidió.

El grupo en torno al viejo se abrió para dejarle paso. Detrás de él vinieron los suyos, mezclándose a la ronda. Boris se sorprendió de no encontrar a Pondanián; entre los afortunados que habían ganado un lugar en el círculo íntimo en torno al hombre, sólo reconoció a Beppo, que se secaba todavía las lágrimas de risa. Vio, sin asombro, los gestos de aprobación, ironía y respeto en todas las caras, no menos rígidos y rituales que las fórmulas de cualquier corte bizantina o mozárabe, pero, como todo ritual moderno, por entero inconscientes (*«¡Esas sonrisas, esos ceños fruncidos!»*, decía Keller. *«¡Cómo odio todo eso, las obleas y pamplinas de la mentalidad porteña!»*)

El viejo sonreía, acodado en la barra. Sin cambiar de posición, extendió una mano muy delgada hacia Boris; él se adelantó para estrecharla. Del viejo emanaba un olor sutil y penetrante a la vez, mezcla de alcohol y del aura de su fama inmensa. No el olor de la muerte; el viejo no olía a muerte. Todos los sonidos y las voces de la sala parecían haberse vuelto opacos como el azogue de un espejo.

—¿Querés tomar algo? —preguntó el viejo.

—Sí, muchas gracias. Un whisky.

El otro le tendió un vaso. Todavía bizqueando, todavía sonriendo:

—Se dice que estás enojado conmigo —dijo.

El tono de esas palabras era ineludible. Sintió la tensión de Francisco a sus espaldas. Esperó sólo un segundo de más, y luego dijo lentamente:

—Al contrario, fue un placer oírlo tocar. Creo que usted es un verdadero músico.

«¡Y un viejo drogón y puto!», gritó alguien al fondo. Boris, ignorando lo último con un gesto de desagrado, le tendió la guitarra y agregó:

—Me gustaría que acepte esto, como recuerdo. Es una buena Epiphone del '84; yo solía tocar temas de usted en ella.

El hombre famoso parecía de pronto pequeño, casi ridículo con la guitarra de Boris entre las manos.

Él le dijo todavía una o dos cosas; pero con tanta calma, con tal imponente dulzura, que el viejo —no pudieron dejar de notar algunos, incluso entre sus admiradores— parecía, realmente, casi intimidado...

> Entre los hombres,
> La mejor mujer;
> sale de noche,
> sin nada en los pies...

—Frank, el sábado que viene me gustaría que nos reuniésemos, todo el grupo, en tu casa. Hay una cosa que quiero decirles, pero no hay apuro.

—¡Estuviste impresionante, Boris! ¡Vení, tomate otra copa! ¡Salud, salud, maestro!

Why don't you do right,
Like some other men do?

Cuando llegó a su casa, cerca ya del amanecer, Boris fue directamente al escritorio, marcó un número en el teléfono y esperó. Nadie en casa: «Sol sostenido», pensó sonriendo.

Se dejó caer en el sillón, con un último whisky. Estaba agotado, y desde el final del concierto lo había molestado un persistente dolor en el brazo. Una pequeña luz roja, signo sin duda de su agotamiento extremo, parpadeaba detrás de sus órbitas.

No quería irse todavía a dormir, sin embargo. La casa, como siempre después de un espectáculo, le parecía más silenciosa que antes. Casi en broma, como por intentarlo una vez más, se preguntó:

—¿Por qué no vino? Es raro; me lo había prometido.

Y entonces, con la graciosa y perversa sencillez con la que un gesto descubre la mano y la paloma ocultos por un pañuelo, cierta verdad se reveló a Boris. Era tan abrumadoramente simple, y tan extraordinaria y ajena a aquella noche, a sus absurdas calamidades, a su vida entera, que parecía la esencia misma de lo falso. ¿Y cuál era la verdad? Algo vulgar y levemente embarazoso: Boris había querido a una mujer. Le había llevado dos años descubrirlo. Y ahora, al hacerlo, fue como si un telón descendiera lentamente sobre el escenario. Boris fue anulado y prensado y reducido a cenizas. Luego, por última vez, pareció sentirse mejor. Fue hacia la ventana, apartando cuidadosamente las macetas para abrirla, y miró la calle con una especie de intriga, como si hubiera olvidado su nombre. Se había desatado una brusca tormenta. ¿Cómo se llamaba la ciudad donde caía?

¿Cómo se llamaba, en efecto? Corriendo bajo los plátanos de la mano de Mila, la frente chorreando y los pies llenos de barro, yo me pregunté por aquel y otros nombres: los relámpagos nos hacían gritar, y contar chistes de mudos y de sordos. «Vení, es acá, en esta puerta», dice Mila. «Acá podemos pasar todas las tormentas del tiempo, siempre y cuando la oscuridad no te dé miedo.»

La oscuridad, piensa Boris, pensé yo.

La oscuridad no me ha dado nunca miedo.

Esta noche, mientras Mila y yo bajamos las escaleras de su bodega o cabaret o club nocturno, sitio oculto, recordado, elegido por misteriosas razones que no me atañen, esta noche la primera gran tormenta del año lanzará sus torpedos sobre la ciudad inmensa y olvidada. Y cuanto más bajábamos entre las lianas y las potentes enredaderas, tanto más resplandecía en la noche el nombre de las cosas licuefactas. ¿Qué cosas? No preguntes, Mila, no hables hasta que el momento venga, no hasta que tu brillo cegador se haya apagado. Pues Mila resplandece ahora, escaleras abajo, como una gran luciérnaga de sueño o pesadilla; y sus alas transparentes reverberan con sonido isócrono. Un ritmo de agonía: *bóbock-bóbock*. ¿Conoceré mi leyenda? La conocerás alguna vez, Mila, aunque hayas debido quemarte las dos alas, y aún alguna otra. «Debo reconocer que me siento algo culpable.» Yo no respondí de inmediato a eso, absorto como estaba en los escalones de piedra; tuve que sentarme, pedir de beber, volver a pensar en mi noche y mi madre y mis lejanos amigos y en mis pies cansados, antes de preguntarle qué quería decir. La ciudad, no iba a aferrarla nunca; y en esta existencia particular, eso significa que no sabré tampoco quién escribe, quién piensa, quién es este pintoresco yo que baja las escaleras; significa que esperé demasiado, significa que estoy ya muy cansado, que lo estaba ya antes de nacer, y que creyendo apartarme de un tiempo cuyas fealdades me ofendían, me he hecho cómplice de la muerte. Isócrono: *bóbock-bóbock*. Bajo el estetoscopio. Y ella reconoció que había ocultado algo aunque ya no tenía importancia. «Te oculté algo, aunque ya no tiene importancia», dijo. «Esta noche Boris tocaba en algún lado, y yo había quedado en ir a verlo. Me llamó el otro día, después de años, y yo le dije que sí. Pero después me faltó el valor, o las ganas, y me metí en el cabaret aquel. Hacía demasiado tiempo, yo había cambiado demasiado. ¿Tendría que lamentarlo? No creo.» Y como si conociera la respuesta, me incliné de nuevo y esta vez profundamente, y la lengua de Mila solamente estaba hecha de lluvia, tenía el sabor de la lluvia de afuera *(bóbock-bóbock)*, y Boris con la frente mojada comenzó a sentir los tirones de un instinto antiguo, poderoso como un ángel, que dominaba su cuerpo y le confirmaba lo que ya sabía, lo que era evidente, que no iba a ceder, que no iba a hacerlo en absoluto; pero ella extinguía la rosa de su rebelión sobre mi camisa arrugada, y yo había deslizado una mano impía, una mano que ella había prometido no sentir ya más, no admitir ya más, entre las piernas temblorosas, y las explosiones continuaban y dijo que me necesitaba y un momento después yo mencioné o aludí a la palabra mañana, y entonces Mila dijo es notable, «Es notable», dijo, «pero el gran secreto, si hay un gran secreto, es que no va a haber ningún mañana, y que en cierta forma esto es...» Y le tapé la boca para no oír la palabra que Boris también ha murmurado, qué infierno, ha dicho, y piensa en ella y piensa en mañana y se pone lentamente de pie, y antes de que vuelva a besarla surge de lo profundo como de bacante un gemido al principio suave *(bóbock)*, sin cara y sin historia, que no he oído desde mi infancia, desde que puse mi mano sobre cierta madera tapando cierto cajón, gemido que va creciendo, con los ojos cerrados, y él se lleva la mano a la camisa y es Boris y se dice sólo un mal sueño, un mal momento, mientras su pecho se raja y se parte en mil pedazos y cae, con rugido magnífico, cae al piso, hasta que vuelvo a apoyar mis labios en los suyos y nos quedamos en silencio.

Segunda parte

MILA EN GUERRA

1

Desde un segundo o tercer piso, en un lugar como éste, las cosas no tienen remedio, está pensando Mila, con una vaga sonrisa; apoyada la cabeza contra el vidrio sucio, el sol caliente en la cara y la vibración de la avenida allá abajo imprimiéndose en su frente. Desde un segundo piso la gente parece todavía gente: se ven hasta sus caras, casi puede verse lo que están pensando; pero ya no es posible defenderse. Los puños se aflojan, la panza se cree un poco más segura; uno los detesta y no puede ni hacerles frente ni olvidarlos. Los ojos de Mila se mueven solos, buscando. Piensa sin emoción, como si recitara un salmo. Tiene un mechón de pelo muy oscuro sobre el ojo; no deja de sonreír levemente, pero no lo sabe. Esa buena mujer, piensa; esa señora que ya llega a gorda, que sin embargo no ha dejado de mover las imponentes nalgas: oh incipiente Montgolfier, oh futura gran ballena de América, delicia de mi alma, ningún hombre está mirándote, es inútil que cogotees y que atisbes, que sin darte cuenta como siempre arquees la espalda, que te ajustes la blusa para marcarte las tetas. Y lo raro es que yo te veo y te desprecio, y sin embargo sos vos la que lleva la mejor parte. *En todo eso hay un orden,* piensa: algo malévolo pero fuerte, poderosamente organizado, ya que en el fondo el mundo parece siempre de acuerdo consigo mismo; sólo yo soy desorden, sólo yo estoy en desacuerdo, y hasta francamente en contra mía. Ese gallardo mancebo junto al semáforo, en cambio: dieciocho años tan enfundados en cuero, tan bien alimentado con cereales por su madre, mi niño, usted será rey y las mujeres se matarán por recibir sus miradas y su esperma, tome esta tortilla para el camino y píseme al salir, por qué no, pero es acaso razón para meterte así el dedo en la nariz, limpiándote en el pantalón de paso, santo Dios si yo entendiera, si algo de esto me fuera comprensible y ese que espera del otro lado, impactante: traje cruzado, anteojos oscuros asomando del bolsillo, calvicie moderada y ganas de hacer echar del partido a ese pesado que viene pisándole todos los proyectos, mañana hay que ir a visitar una villa miseria, acordarse de sonreír más, ya le dijeron que en la tele se lo veía muy serio, y ahora mira a la izquierda al cruzar ¿la viste, entonces? la vio, yo también, saco cruzado mira a la ninfa, a la sublime Louise Brooks de la esquina, que se sabe bien hecha y por qué no, todos sabemos que tenés esa boca como una flor y esas rodillas, no es necesario que te mires otra vez en la vitrina, ni que te alises la falda, aunque nos gustaría claro que ese asqueroso no te mirase, que no nos diese una infinita y casi insoportable vergüenza, y la triste verdad es que yo también pienso lo mismo que él, hermana, tengo algo de él, también sé que no hay nada en tu cabeza, que no podré hablarte de la flor de Coleridge ni querré hacerlo pero me gustaría mordisquearte un poco y echarte después y soy odiosa, sí, no soy mejor que nadie y ni siquiera sé qué soy realmente: desde un segundo piso las cosas no tienen remedio, y quizás desde otro sitio, algún piso más arriba, alguien me mire; y lo sepa.

2

Mila separa la frente del vidrio, toma el pasillo con un suspiro. «¿Soy yo realmente quien piensa estas cosas?» Y agregó que esa pregunta absurda se estaba convirtiendo, no sin peligro, en su lema. Le dolía la cabeza, y tenía la impresión lastimosa de pensar por reflejo, llevada sólo por el peso muerto de la propia identidad y de la falta de sueño. La luz polvorienta del sol entraba a raudales por la ventana; el reloj del edificio de enfrente estaba por dar las once. Bostezó; empezaba a sentir la ligera náusea de costumbre. Nunca había dejado de avergonzarla un poco venir a este sitio: respetable consultorio en un segundo piso de la avenida Las Heras al que, como todos los viernes, había llegado con un ligero adelanto. Pagar por tratar de sus sueños y recuerdos: había pensado dejarlo muchas veces, en los últimos meses, pero seguía viniendo. Cosa que habla, como siempre, de mi notable firmeza de carácter. *Aïe, mon cher Marc!*

—¿Matilde? Soy yo, Mila Sivelich.

Con estas ojeras de la noche en vela; con la cara sin pintar y la disciplina fascista que me lleva a iniciar de tan gracioso modo lo que podría revelarse como un día intenso: así comienza mi jornada, señores. En un diván de analista, para qué ocultarlo. Les presento a la intrépida Mila: alias Gertrude la Indomable. En versión lampiña. Y no puedo evitar una punzada de tristeza, pensando en lo que me imaginaba haciendo a los veinte años, cuando tenía quince: duras jornadas de trabajo intenso. Clavada a una máquina de escribir, produciendo grandes obras, fuerte y austera: sin temores.

Esa misma párvula, aún diáfana, los pechos todavía firmes (si bien no por mucho tiempo, pues éste, al igual que sus bromas y sus talas, no es secreto para esta notable joven), esa misma Mila, en fin, entró en la consulta con paso firme. Las frescas plantas de la ventana sonreían y cantaban; el mullido sillón de cuero negro aportó debidamente su ilusión de lujo. Y la templada voz de la doctora Matilde Acevedo, detrás de los gruesos lentes, se preparó para el ejercicio de la noble ciencia. Una cara apropiada para un buen veterinario, me dije, con algo balcánico en su lustrosa y confiable indiferencia: mejillas como de fruta modelada en cera y ojos de vieja lechuza. Siempre me he preguntado qué aspecto tendrá la doctora por la mañana, al levantarse, con la cara desnuda; pero no quiero interferir con su trabajo más de lo que ya lo hago.

—¿Qué es lo que le sugiere esto, Mila?

—¿Mi padre? Ya se lo dije, nada. No hay forma de enfocarlo; a veces dudo que haya existido de veras. Como el aterrizaje del Apolo en la luna. Usted sabe. De todos modos seguiré tratando por mi cuenta.

—Desde luego. La escucho, entonces.

—Quiero hablar de otra cosa. Ayer por la noche tuve un encuentro: un amigo de hace años, Keller. Hablamos toda la noche, hasta hoy a la madrugada, y bebimos, y algo enorme sucedió. Tuvimos un contacto como no he tenido nunca. Quiero decir que hablamos incluso de cosas que, en fin, hablamos, eso es todo. Tal vez demasiado. Usted dirá que también lo hago con usted, y yo estaré de acuerdo. Pero esto es algo que no puedo explicar. Incluso es posible que me haya enamorado. Y a usted ¿cómo le va? ¿Bien?

—¿Cómo se siente ahora respecto de esto?

—Un poco sucia. El pelo sobre todo; es que su ducha no funciona. Hicimos el amor y no estoy disgustada. Ni furiosa. Tuve algo de miedo y luego sensaciones raras. Y esto puede interpretarlo como un superlativo. Tal vez no hasta escuchar las trompetas de Jericó, pero quién soy yo para quejarme. Ya es algo saber que no se es sordo. Pero fue distinto de los otros porque a él, no sé por qué, pude hablarle. No, de nada en particular, ¿por qué lo pregunta? De cosas, de muchas cosas. Y después fue muy delicado, casi como una mujer. Y huele bien. Hasta en rincones improbables. Se lo garantizo. Es posible que nos veamos de nuevo muy pronto.

—La espero el martes próximo, Mila. Quisiera sugerirle que se abra más la próxima vez, en particular sobre sus recuerdos. No podemos llegar a algo serio sin eso.

Mila se retiró por el largo pasillo gris del purgatorio. Alegre y deprimida al mismo tiempo: salir de una sesión con la Acevedo siempre merecía un pequeño brindis. Y para ser sincera, tenía ganas de llamar a Keller. Una pequeña bola roja latiendo secretamente en su estómago: esto es el amor, qué absurdo, esta ridícula luz, tierna boca mía. Tus ojos, Keller, traslúcidos bajo las ramas, y la historia como tendré que contarla a mi turno, si algún día aprendo a contar las cosas. Diré: yo llevaba conmigo esta euforia y este miedo, desde que nos habíamos separado; yo intentaba a toda prisa hacer un hueco en mi mente, capaz de contener la incalculable novedad de tu presencia. Pero ¿lo hice realmente? ¿Lo hice entonces? ¿Por qué sentía siempre que estaba estafando a la doctora Acevedo? ¿Era porque le daba tan poco, apenas una parodia de mí misma y de mis palabras, adaptada a los usos de la consulta? Una vez, al principio del análisis, pensé lo contrario: es decir, que de algún modo la mujer se aprovechaba de mí. Oh secular banda de charlatanes marxistas freudianos masones abortistas. Y encima mujer. Andá a lavar los platos. No me atreví a decírselo, pero me prometí estudiarla de cerca, y llegué a componer un diagnóstico de variadas patologías de la doctora Acevedo. Para castigarme, después, de esto, colaboré con ella como una alumna aplicada. A veces, sin embargo, ensayaba otros juegos: una vez me pasé la sesión entera frotándome la nariz a intervalos regulares, sin dejar de mirarla significativamente, y reteniendo la risa cada vez que la doctora, sin notarlo en absoluto, se limpiaba instintivamente la suya. Esa sí que es astucia, Frau Sivelich. Y a pesar de mi formidable astucia, persistí: era mi problema, después de todo, si las personas me parecían eternamente rodeadas de púas, frágiles y peligrosas al mismo tiempo. Rapaces. Y si mi estrategia para defenderme del mundo seguía siendo ésta, por demás hábil, de pagar a un analista e impedirle hacer su trabajo. Y sobre todo, si, *una vez más,* había intentado hablar de lo único que importaba, de que me había traído a ese lugar, lo único que había estado intentando decir desde la primera vez: y había fracasado, de nuevo, estrepitosamente. Y ahora callate, Mila, ¿me oís?: callate. Hace veinticuatro horas que te condolés de tu destino. Hace veinte años que soporto tus quejas. Veinte años y un día, Mila; me parece que ahora basta.

3

Lo primero, despejarse y recordar. Poner en orden las últimas horas.

Ya en la calle, Mila respira profundamente y espera. Había ido sin dormir a la sesión con la Acevedo, de acuerdo. Le había hablado de Keller. Más aún, había encontrado a Keller, después de todos esos años. Se había acostado con él. Y después era ya esta madrugada, cuando ella había empezado a hablar; y el asombro de Keller y el asombro aún mayor de ella; y el espanto fundacional de la confidencia súbita, izándose entre los dos como una bandera al final de una batalla. Con ese espanto había venido a ver a la Acevedo; con esa bandera había empezado a hablar. Pensaba que hoy, tal vez, sería capaz de hablarle también a la Acevedo; no había podido. Se lo había dicho a otro. *Le había contado su secreto a Keller:* esto se lo repetía, ahora, con el aire de la mañana enfriando sus párpados, penetrando en cada rincón en sus pulmones doloridos. De pronto me sobresalté. Nada había terminado. Estaba viva, pero también algo más. Ahora volvía nuevamente a *sentir.*

Y el mapa de las últimas horas, así como del presente y acaso del futuro inmediato, se desplegó ante sus ojos, dócilmente, al tiempo que el dolor de cabeza cedía en parte; volvió a ver, como quien recuerda de pronto que una guerra se ha declarado la víspera, la cara de Keller saliendo a su encuentro de las sombras en el cabaret, a la vez ligero y grotesco como un fantasma de teatro de marionetas; sí, y el paseo hasta la plaza, y la manera en que él arrastraba los pies sobre las baldosas, dándole a ella, por contraste, la impresión de flotar: y la flor que había robado para irritarlo (era tan hermoso verlo escuchar, la cabeza inclinada y el mentón apoyado sobre un puño, parecido al pequeño torero de los chocolates «Jack»), la larga conversación bajo el árbol; recordó la lluvia y, justo antes, algo en la cara y en la voz de él que la había deslumbrado (Enternecida, intenté morderle la nariz, y él se alarmó: «¿Nunga engontraste un maestro, o siguiera un amigo? ¿Alguien gue hablase a tu verdadero centro?», preguntó, perplejo y gangoso, tapándosela con las dos manos), recordó también el bar y el hombre a quien habían pedido una dirección y aquel nuevo y grácil poder, algo que se había aposentado en su estómago y después, irresistiblemente, había hecho subir la marea de su alma hasta obligarla a hablar («¿Culpable de *qué*, Mila? ¿De *qué*? ¿Podrías haberlo previsto acaso?» «Sí, sí, te lo aseguro. Nos habíamos quedado solos, podría haberme ido, pero cuando lo pensé ya era demasiado tarde: tenía la mano en mi hombro y me dijo que lo besara.»), y yo sentí su mano, Keller, tu mano sobre mi pierna, y tuve miedo de no aborrecerte, lo tuve, tuve miedo de no tener miedo, temí que esta vez fuera todo distinto, temí que tu mano se quedara ahí, y que yo no quisiera ya dejarla irse, tuve miedo de que llegaras a saberlo todo: porque ya entonces sabía que ibas a saberlo todo («¿Y nunca se lo dijiste a nadie?» «Nadie me parecía lo bastante inocente, Keller, ni siquiera yo.»), y del fondo de un pozo inmundo helado y perpetuamente oscuro en los confines de la tierra iba a extraer una cosa por muchas eternidades prohibida, olvidada, mi deseo; y a colocarla allí, junto al cenicero, entre los dos, para que pudieras verla; *y la viste*; y yo la vi también, y no la encontré aborrecible («¿Y no volviste a cruzarte con él nunca?» «Nunca.»). Bien entrada la mañana tomaron distintos caminos; antes se habían besado una vez más, en la calle recién regada por los camiones de limpieza. Keller sonreía, lívido. Prometió llamarla esa misma noche («No sé si es cosa del sueño o del vino, pero me parece verte en el futuro. Me despido de la mujer invencible, la mujer de bronce en la que vas a convertirte. ¡Apártate del mal, hija de Elizer, suénate bien la nariz y no te tomes muy en serio! No, pero lo digo de veras, Mila.» Y ella, aludiendo crípticamente a un poema alemán que habían recordado antes: «Bueno, ya sé quién *lo murmurará conmigo*. Hasta la noche, Keller.»). Tomó un café en un bar recién abierto, recordó que era día de sesión, y una hora más tarde fue a ver a la Acevedo.

Y ahora tenía una idea. ¿O un propósito?

Era increíble.

Todo el juego había cambiado. Todo. Ahora (mientras recordaba de pronto que debía ir a cobrar sus artículos al diario, y, resignada a no descansar, llamaba a un taxi e indicaba al chofer, con una voz temblorosa que la sorprendió, la dirección del Bajo), se dejó llevar una vez más por aquella sensación de brusca opulencia. Era como si hubiera esperado años: como si desde el primer momento hubiera sabido que estaba preparada para aquel encuentro. Ahora parecía inverosímil que sólo hubiese durado algunas horas: la intimidad con Keller se elevaba como el humo de una pira enorme, visible desde todos los puntos de la comarca de su vida, como hecha de la infinita paciencia necesaria: infinitas noches y mañanas para despejar equívocos, para acercarse lentamente el uno hacia el centro y el álgebra del otro, en complicados círculos, y, por fin, un día, darse un codazo de cómplices con la primera y la única certeza. En vez de eso, él había adivinado todo... pero no como un mero prodigio de destreza emocional: era como si su propia historia, sus marcas y tatuajes mentales, y hasta su larga depresión (su muerte en vida, decía él) lo hubiesen preparado exclusivamente para abrir la puerta a los demonios de ella. ¡Él daba de tal modo la impresión de haberlo visto todo! Uno a uno, a medida que hablaban, habían surgido los monstruos, saltarines, inquietos, agitando sus colas, hasta que llegó el verdadero, el último: horror muy vivo para ella, que tantas noches la había hecho sacudirse de espanto en su cama: Keller, impávido, les asignaba su lugar, marcándolos como reses gordas, admitiéndolos en el largo y ancho mundo de representaciones que parecía ser el suyo («Tantas cosas que yo hubiera deseado hacer, Mila, y me atreví a imaginar solamente.»). Más todavía: ¡él la había hecho reír! (Normalmente era ella quien hacía reír a otros, con toda la secreta y fatal melancolía del payaso nato.) Las confidencias más sórdidas encontraban en él —oh herejía— una respuesta burlona, bajo la cual emanaba, como el calor de una cañería bajo la cal de la pared, una ternura estremecida, un refluir de los peces de la experiencia dolorosa, que desarmaba sus tragedias urdidas a lo largo de años. Mila había dado siempre por sentado que se salvaba de la acusación de melodrama, siendo siempre la primera en burlarse de sí misma en todo; salvo, por supuesto, en lo referido a *aquello*. Pero ahora se había encontrado, para su sorpresa y a instancias de Keller, riéndose precisamente de esos recuerdos, y tomando con cierta seriedad otras cuestiones más ligeras. El contacto con la sedosa indiferencia de Keller soltaba sus riendas como nunca nadie lo había hecho. Aquella dulzura suya era una máscara, no hacía falta decirlo; pero ahí precisamente estaba lo fascinante: porque detrás de la máscara presentía a una mujer... una irónica *prima donna* algo histérica y muy inteligente, de no fiar, con los párpados aún pintados de la última actuación y los labios recargados de carmín. Y que la miraba como una mujer, a lo largo de una vida, sólo espera ser mirada por su espejo. Por una vez un hombre no era objeto de su envidia o de su odio; al contrario, ella veía su fuerza ratificada por la misma distancia abismal entre sus naturalezas.

«Y sin embargo, todo esto no es nada. Salvo un principio, tal vez.»

Por supuesto, yo era consciente de eso. Y tal vez por eso, precisamente, a medida que la noche terminaba, después de despedirme, y hasta ahora mismo, camino de las oficinas del diario, una resolución tan súbita e inesperada como la misma aparición de Keller se había ido abriendo camino. Algo se había desencadenado; después de contar a Keller *aquello,* esa cosa sucedida a los quince años (uno antes de conocerlos a él y a Boris), eso que nunca había logrado siquiera nombrar, porque palabras como *abuso, violación* eran risibles, teatrales, obscenas, y no tenían nada que ver con ella, pero sobre todo *porque no estaba segura* de saber realmente qué había sido; después de eso no podía detenerse hasta llegar al final; y fue avanzando a tientas, hablando de sus intentos de aceptarla, de su larga lucha para exculpar a quien lo había hecho o para olvidarlo, deteniéndose cada vez que una mirada de Keller le hacía saber que se estaba mintiendo a sí misma; y llegó un momento en que no pudo avanzar más, y tuvo que admitir que le hacía daño, que nunca había podido acercarse ni por asomo a la aceptación o al olvido o la indulgencia elegante que es patrimonio de los *dandies* y los inválidos sexuales. Y después admitió que incluso esto era poco, y ensayó esta forma de la verdad: *Por esto vivo mal. Por esto soy un monstruo.* Y entonces, por primera vez, la contrarió la pasividad de Keller. Para él, todo dolor era imaginario; luchar, era luchar para darle una forma y un nombre en su mente. Ella dijo que no: aquello había ocurrido, aquel hombre existía: estaba segura porque dolía tanto, porque había dolido durante cinco años. ¡Diferencia tan grande! Y pensó que si volviera a verlo, si solamente pudiera volver a mirarlo a la cara y matarlo a palos, o para no salir de las posibilidades reales, meterlo en la cárcel, arruinarlo de modo satisfactorio y permanente, entonces tal vez sí, un día... Claro que *nunca* iba a hacerlo, agregó, porque no podía asegurar que aquello no hubiese ocurrido exactamente al revés que en su recuerdo. O, si lo prefería: porque la vergüenza era demasiado grande, y castigarlo sería delatarme. Sería admitir que *había* ocurrido; que la cosa más nauseabunda que pueda existir, me había sucedido *a mí. ¡A mí!* Forma curiosa de narcisismo, que consistía en sentirse inferior a todo el mundo. El horror de inspirar piedad; el horror de *no* inspirarla. ¿Era la locura, esto? Acababa de abrirse el vientre en canal ante Keller, y sintió que no bastaba. *¿Por qué?* Vio que él entendía perfectamente, y, por reflejo, imitaba con un complicado rictus el movimiento agónico de los sentimientos de ella; se había puesto a tararear, al hacerlo, la melodía de *La vie en rose.* No era la locura; era una forma claudicante de salud, algo en gran medida peor. De pronto Keller dejó de silbar y dijo: «¿Por qué dijiste que ibas a *contarme* algo? Solamente planteaste una pregunta. Una buena pregunta, eso sí.» Mila recibió esas palabras con escándalo y arrobo. Él tenía razón; pero aquí sus poderes no podían ayudarla. Para cuando se separaron, ella había decidido ya que ese día —no en un mes o en un año o en un futuro imaginario—, no, aquel día, *hoy,* ella iba a entender lo que le había pasado, iba a contestar a todas las preguntas, como fuere. Sin lamentos ni analistas ni helados de pistacho. ¿Qué había que hacer? ¿Adónde tendría que ir? Todo eso, estaba segura, lo sabría sobre la marcha. Lo esencial era estar resuelta. Se sentía como hecha de un metal forjado. *Hoy iba a buscarlo:* sólo esto era evidente. Por lo tanto, este viernes era un día de guerra: ella estaba en guerra.

Se revolvió en el asiento, divertida y asustada.

No dejaba de ser espeluznante, saber que todo lo que hoy fuera hecho o pensado tendría que serlo, por decirlo así, en medio de la agitación y la batalla. Su modo de desplazarse por la ciudad tenía, en efecto, algo de bélico. Cada calle, cada cara, cada pequeña decisión a tomar: otros tantos despachos del frente, que aseguraban un equilibrio de fuerzas aceptable, pero precario. Nunca, sin embargo, se había sentido tan ajena a su ciudad, y a las normas habituales de una vida urbana corriente. Sería más fácil si la gente fuera cortés, reflexionó; pero en esta ciudad, para saber lo que es la verdadera cortesía, hace falta una sensibilidad de artista o de visionario. Aquí la cortesía es una revuelta: *muchas gracias* o *muy buenas las tenga usted, señor,* son contraseñas; esbozos de una conspiración feroz contra la misma esencia de la ciudad de Buenos Aires.

4

Hundida en el mullido asiento del taxi, que olía a sudor y a maníes tostados, Mila fuerza a su mente a centrarse en cosas prácticas, a pensar en el próximo paso. Iba a las oficinas del diario, de acuerdo; y era importante recordar que el despacho del jefe estaba en el segundo piso: ¡la realidad era tan puntillosa en esos detalles infantiles! Lástima (agregó) que nada sea tan real como un edificio de oficinas. Debía sonreír, tomar con serenidad los galanteos del jefe, y mostrarse al mismo tiempo firme. Esta última idea la agotó de antemano. ¡Y sonreír! Su problema era cómo dejar de hacerlo, Dios santo, cómo evitar esa sonrisa inmunda y servil que su boca producía ante toda persona de la que desconfiara, y que le hacía doler las mejillas a pesar de ella. Abrió aún más la ventanilla del coche y buscó el encendedor en la cartera; su mano extrajo una suerte de mango de paraguas roto, que estaba segura de no querer. Empezaba a apretar el calor allá afuera: la gente procuraba desvestirse (los sacos, los elegantes *spencers* flameando sobre las espaldas) sin perder en ello la dignidad, como preservando el acuerdo tácito según el cual Buenos Aires *no* era un sitio caluroso, y menos aún tropical. La radio introducía en el taxi la monótona cantilena de un periodista: el enfático acento lleno de miel a punto de volverse agria, petardos y pequeñas explosiones que se extinguen sin haberse producido y enervantes vocales como dobles fondos vacíos, al que veinte años (y nueve horas) de vida en la ciudad no habían logrado acostumbrarla.

Salió del taxi con premura: las palmeras de la plaza que precedía al temible edificio rojo estaban en todo su esplendor. Esquivó abejas y grandes mariposas, y quedó paralizada de horror, durante uno o dos instantes, frente a la cara de varios metros de alto de un anciano, que sonreía con aire claramente postrero; una publicidad de jubilaciones privadas. Pasado este escollo, dejó su cédula de identidad a la recepcionista, tomó el ascensor verde en el que los hombres conspiraban con seriedad veneciana en torno a despidos y rivalidades mezquinas, y una vez más se equivocó de piso: como siempre, directo a la sección última página, horóscopos y entretenimientos. Detrás de un parapeto de vidrio opaco, una voz gritó:

—¿Qué les ponemos hoy a los de Géminis, gordo?

Volvió a bajar y dejó atrás a varias secretarias e intrincados pasillos; avejentados jóvenes asomaban sus caras decepcionadas detrás de los ordenadores y las tazas de café tibio; algunos se abanicaban con fotos viejas de archivo, indiferentes al trepidante ritmo de las noticias del mundo. Todo el lugar respiraba un rencor vago, un sentimiento general de estafa. Un hombre flaco y nervioso, ayudante del jefe, la interceptó en la puerta del despacho, y se empeñó en verificar él mismo su caso: parecía que lo hubieran conservado en reposo adentro de un ropero, durante años, y al sacarlo hubiesen olvidado sacudirle el polvo y el olor a naftalina. Entre Mila y él tuvo lugar este breve e instructivo diálogo:

—Su nombre está en la lista, Mila. Puede pasar a cobrar en la planta baja.

—¿Por qué un solo artículo? Me dijeron que iba a cobrar los dos al mismo tiempo.

—No va a poder ser. El mes que viene, entonces.

Mila, con su último aliento, pidió hablar con el jefe de sección:

—No está —dijo el otro, inexpresivo y polvoriento—. No viene todos los días. ¿Necesita algo más?

Comenzaba mal este día de guerra; troté con cierta indignación por la plaza y pronto las piernas, razonables, me llevaron hasta un banco. Así se sucedían las cosas: minúsculas, terribles, construyendo lo que un día, cuando ya no quede más tiempo, será la vida entera; y entonces (no pudo evitar pensar), la enorme mayoría de ellas habrá sido hace mucho olvidada. Ya que esto (y se refería a la ciudad, pero en el fondo a algo más vasto), este lugar en el que había crecido, y donde por primera vez se disponía a hacer algo definitivo (ella, la reina de las pequeñas cóleras, de los pequeños combates inútiles), esto era el purgatorio, y no otra cosa. En el purgatorio, yo. Estaba furiosa pero también divertida; con la visita al diario, y al mismo tiempo que confirmaba su bancarrota absoluta (le quedaba lo justo para comer tres días más), había acabado de despejarse: la facultad de describirse a sí misma sus actos y sus pensamientos volvía, un presagio de la imaginación a venir. ¿Un presagio o un recuerdo? («La neurosis, pese a las habladurías, es mala consejera para un joven escritor: hace que el mundo parezca un sitio feo y malo *que nos lastima,* mientras que debiera ser un sitio feo y malo que nos vivifica y nutre.» Muy bien, Keller, solamente esperá un poco.) La vida es un estado violento: esta frase, oída o leída en alguna noche de insomnio, en un libro que se había perdido, había sido largo tiempo una suerte de talismán o canción que Mila se cantó muy bajito a sí misma. Vivir es algo violento: ¿alcanzarían alguna vez las azaleas de Matilde Acevedo a convencerla de lo contrario? ¿O la minúscula ranita de madera pintada a mano que el portero del diario, retardado mental, le había regalado ayer mismo por su cumpleaños, dejándola hecha un furioso mar de gratitud y lágrimas? Lo cierto es que alguna vez, en los días en que soñaba con sus libros futuros, sin atreverse a agarrar un lápiz, pensó que su primera obra debería empezar así... dando cuenta de las cosas íntimamente sabidas, pero a distancia. ¿Y cómo tomar distancia? ¿En qué existencia, con qué cuerpo? ¿Era parte de la condición de mujer, entonces, aquella ineptitud casi absoluta para levantar la cabeza del barro, para ver filosóficamente más allá de las pequeñas y repugnantes heridas? La magnitud de su odio hacia su propia debilidad sólo era comparable a su hambre de claridad abrasadora. Atrás, atrás la compasión: la acunante ternura hacia sí misma, buena para las mujercitas, las amas de casa en sus furtivos tocadores, las hijas de papá. Yo no soy una mujer así, cabrones. Y esto otro, su ineptitud para olvidar, para abandonarse a la corriente. Acababa de pensarlo: las cosas, desde tiempo inmemorial, sólo tenían ángulos afilados, una prolija sucesión de detalles, que se clavaban en la conciencia como minúsculas espinas de ortiga: el cenicero repleto, hace un momento, allá en la oficina; las voces vulgares y ya viscosas y amenazantes de los empleados en el pasillo; el chasquido de una puerta de coche que se cierra, la mirada oblicua del secretario, su minúscula vena inyectando el borde húmedo y colérico del ojo; los innúmeros paneles, pasacalles, volantes y toda otra forma de publicidad cuyos colores y estúpidas consignas le hacían (por más que intentase olvidarlos) el efecto de un insulto personal. O, para no ponerme dramática, la alarmante falta de bolsillos en la ropa de mujer (había vuelto a buscar el encendedor en la cartera, sin resultado), falta que un día de éstos va a hacerme mandar todo al diablo y comprarme un despampanante traje cruzado como una auténtica lesbiana de *Las hijas de Bilitis*. Un cigarro entre los labios y órdenes tajantes. *¡Nada de peros, Gutiérrez!* Y dará tal puñetazo al escritorio, que volarán pisapapeles, contratos y su vaso de café no azucarado. Pensó, mientras salía, que detestaba andar por la calle con los brazos desnudos. ¡Los brazos regordetes, blancuzcos! Los hombres no tienen esa visión microscópica; casi nunca ven nada, pero sueñan; y, a pesar de sus quejas infinitas, son libres.

¡Aprender un arte! Sola, el pelo peinado en dos patéticas trenzas, volvía a ver a la pequeña Mila que una vez había buscado, en las páginas de una enciclopedia, un modelo en que inspirarse. Las llamadas mujeres artistas: mejor desconfiar de ellas. Instintivamente sabía que eran sólo otras tantas bolas de carne, de pechos y de sangre, como ella misma; algo informe y vacilante, que se había disfrazado con un barniz de espíritu. Los hombres les concedían una leve gloria, no sin secreto (y merecido) desdén. Algo más duro, sin embargo, algo casi hermoso había en unas pocas efigies de este siglo, que la tocaba a pesar de ella misma. Sí. Sí. En esa incomparable Marguerite Yourcenar, su perfil hecho de pórfido tallado; en Sylvia Plath, suicidada y triunfante... Se había mirado varias veces en el espejo, tratando de averiguar si, con el tiempo, llegaría a ser augusta y lejana como ellas: buscó a tientas, rozando el vidrio con dedos de ciega, las arrugas en torno a los ojos, la arruga que pondría un límite a su boca, junto a las comisuras, signo de risas y de fuerzas pasadas. Cosa curiosa: en las vitrinas, en la calle, y en las ventanas de los trenes, se encontraba con frecuencia bella; pero en el espejo de su cuarto, en la penumbra del cuarto en el que había pasado sus mejores momentos, sola, su fealdad le resultaba intolerable.

Continuó pensando así, en esa rara y furiosa desbandada de la vida mental, que nadie inicia voluntariamente ni puede resistir por mucho tiempo. ¿Lo sospechaba? Ni siquiera notaba que su cuerpo, cansado, se movía a mucha menos velocidad que su mente; se estiraba, aspiraba el aire, dejaba que el sol le calentase la cara; y de pronto sus manos se movieron con destreza, y comenzó a maquillarse tranquilamente. Un inconveniente de la guerra, en efecto, es que la paz se pierde; pero incluso en las más encarnizadas guerras, mentales o no, hay momentos de calma.

Y por eso, allá va ahora Mila, secundada por una bandada de palomas, sin saber ella misma que su lucha ha comenzado realmente, aunque de un modo distinto al que supone. Permitámonos esta intervención, y digámoslo con seriedad por un momento: no es que la tensión de su espíritu amenace quebrarla, y vaya a aumentar todavía más en las horas venideras (y Dios sabe que así es, y cómo); es, sobre todo, que sin haber realizado todavía nada, está ya comprometida en un juego en el que todo acto tendrá su consecuencia, y en el que no está permitido nunca volver atrás. No sólo hoy, desde luego, y no sólo ella. Para muchos (por elegir un caso extremo), el planeta entero entró en una vía fatal hacia la segunda década del siglo; para otros lo había hecho antes. Dos guerras mundiales descompusieron el antiguo orden; los estados evolucionaron hacia formas más o menos autoritarias, bajo el signo de la democracia o de la dictadura; hacia el final, la autoridad asumía en Occidente la forma confusa de vastas redes de influencia, impersonales, marcadas por una ideología de tipo individualista. En los países de la periferia (como Europa del Este o las Américas), la misma dirección fue seguida con cierto retraso; el cambio resultó en ciertas mejorías económicas relativas, formas complejas y extendidas de pobreza, un sentimiento general de desamparo, y considerable desorden. Esto es causa de que hoy, el tercer viernes de octubre, cierto número de sindicatos del país de Mila haya convocado a una manifestación. Como otras, ésta será numerosa y posiblemente violenta, debido a la tensión existente: su importancia histórica, sin embargo, puede considerarse nula. Es conveniente agregar, para comprender lo que va a seguir, que Mila ignora estos hechos por completo.

Que cruce la avenida, entonces: hermosa, para qué ocultarlo, con su mechón de pelo negro, y su aire de princesa y mendiga; que apure el paso, arrollada casi por un gordo de camisa azul, disculpándose por instinto (y golpeándose la frente al descubrirlo), mientras su futuro ensaya configuraciones y formas como las cartas de una baraja; y que su fiebre y su rabia la lleven muy lejos, porque hoy, y hasta el final del día, sólo podrá contar consigo misma.

5

Remansos de la ciudad. Hay un momento, al menos una vez por día, en que una humilde parte de nuestro yo profundo puede finalmente deslizarse a través de la demente actividad de las perforadoras de Hutchinson...

Soberbiamente instalada junto a la ventana de Il Mezzo Mondo, rodeada del bárbaro azul y el conmovedor mal gusto de las mesas de formica, Mila bebe su *cappuccino*, estira sus músculos con algo parecido al bienestar y ensaya por su lado una versión de la ciudad presente: miles de toneladas de cemento, infinidad de vigas monótonamente erguidas, ardientes soldadoras trabajando sin descanso, el pavimento sólo a veces mojado por la lluvia, fragante, y esos huecos que florecen por todas partes porque la maldad no puede verse y deja espacios vacíos en su sitio... Se forzó a detenerse; sentía que así tomaba un falso camino. Su sangre, la pesada esponja húmeda de su alma cedían al esfuerzo, se retiraban como la marea dejando al descubierto una forma nítida y extraña; las pequeñas aristas de su mente volvían a organizarse, a fin de despojar al lenguaje de sus tintes violentos. Entonces una garganta comenzó a gemir dulcemente; entre los ganchos y las cuerdas al pie de una grúa, otra le respondió, más fuerte; las voces subían por las fachadas de vidrio, se transfiguraban al pasar sobre una terraza desolada, arrastraban consigo los trinos que otra pena había acumulado en el patio umbroso de un conventillo; de todas partes llegaban las voces, todas distintas, ululantes, agudas, como una multitud de parturientas despertadas de su sueño de éter: no había nadie; Buenos Aires, la ciudad misma gritaba por todos sus poros. Por un momento Mila contempló fascinada aquel espectáculo dantesco, al que agregó por pura malicia una leve lluvia de ceniza violeta; luego pestañeó, bebió otro sorbo de café, y las voces cesaron bruscamente.

El cielo despejado. Un día como cualquier otro.

Era imposible, sin embargo, no pensar en sí misma, disimularse ciertos recuerdos que subían como burbujas de oxígeno estallando en la sangre. Cómo evitar que la imagen de Boris regresara, llena de ansiedades no curadas, quemando levemente los dedos. Las lágrimas de Boris: en esto pensaba. Lágrimas delgadas, como pintadas con un minucioso pincel, corriendo hasta el mentón, cayendo sobre el vientre desnudo, y la luz filtrándose en el cuarto por la puerta entreabierta del baño; su cara deshecha, enrojecida, como si acabara de llegar corriendo de muy lejos con una noticia urgente, y que la había fascinado por su fealdad instantánea: le gustaba la forma en que ciertas convulsiones deformaban la cara de los hombres y los volvían curiosamente nobles: casi amables. Pero el llanto de Boris, por supuesto, la convertía a ella en un monstruo. No había podido evitarlo en modo alguno. Tiempo antes, cuando lo conoció, habría sido incapaz de hacerlo, de herirlo de esa forma. Él la había encontrado una noche, junto a un pozo en una calle lamentable, intentando reparar una rueda de su bicicleta: al acercarse, con la intención evidente de ayudarla, una mirada categórica de ella lo había detenido en seco; así, sin mover él un dedo, mientras ella golpeaba, enderezaba e inflaba penosamente, se habían visto enfrascados en una animada conversación sobre el barroco en Flandes. A Mila la había conmovido aquel gesto; mucho más tarde, cuando el mero recuerdo de Boris llegara a enfurecerla, se obligaría a pensar en ese día para aplacarse. Había caído por completo bajo su influencia: admiraba la forma en que Boris atraía a las mujeres, el modo en que su cortés suavidad se deslizaba en una reunión como los efluvios de un incensario, insidioso, irresistible: ¡cuántas veces había exultado en secreto, observando lo que Boris, con un gesto casual —como encender un cigarrillo, o enarcar las cejas— hacía en el vientre de las mujeres presentes! Casi podía ver cómo se instalaba en ellas, latiendo, un pequeño Boris en cada hueco de esas caderas. Y ella no lo deseaba, y era feliz. Lo había escuchado, interminablemente; lo envidiaba con incorruptible discreción; había amado casi con ferocidad el pelo revuelto de Boris, sus camisas gastadas siempre azules o color kaki, los pañuelos impecables que guardaba en su bolsillo sin utilizarlos jamás, mientras él tocaba el piano, los ojos entornados y un vaso de vino apoyado en la tapa, y ella lo esperaba, encogida en un rincón del cuarto. A aquella imagen oponía ahora esta otra: el mismo Boris, visto a través de la puerta entreabierta, a la que Mila se había acercado una tarde, con su copia de la llave de la casa, llena de curiosidad y en puntillas: debajo de Boris una chica, estudiante de piano a la que Mila conocía, y que ahora se agitaba apretando sus nalgas contra el sexo de Boris: sus pechos se balanceaban pesadamente y un inverosímil hilito de saliva pendía de su boca. Mila no había olvidado ese hilito, ni la sorpresa de comprobar que aquella ridícula disposición de cuerpos, que siempre había asociado a las tiras cómicas, podía ser practicada en la realidad. Nunca confesó a Boris lo que había visto. Por discreción, desde luego, y no porque sintiera celos. Sí, Boris era distinto. De sus gestos, de su modo de hablar, de sus silencios, Mila sólo sabía una cosa con certeza: que no se parecían a los de nadie. Los dos pasaban noches enteras en la casa de él, conversando. Ella dormía en su cama; y al despertarse, intacta, no olvidaba nunca dirigir a Boris una primera mirada repleta de gratitud. No había vuelto a encontrar a Boris con una chica; en los últimos tiempos, se hubiera dicho que ya no le interesaban (a ella, por cierto, le pareció una pena). Como la primera vez, evitaba con gesto distraído algún intento de Boris de besarla; lo hacía insensiblemente, como se vuelve a poner en su lugar una escoba que se ha caído. Cuando estos intentos cesaron, más tarde, ella apartó ciertos silencios demasiado intensos entre los dos con el mismo gesto. Nunca se le ocurrió que detrás de aquello pudiese haber una pasión o un sentimiento profundos; los hombres tendían a los besos y al silencio, era inevitable. Pero aquel hombre en particular —tal era su convicción— tenía cosas que enseñarle. Y por eso apretaba los dientes, escuchaba, respondía lo menos posible. La conversación de él, apasionada y remota a la vez, su condición de artista, habían hecho algo más que mostrarle la medida de su propia timidez: habían puesto ante sus ojos su abrupta juventud, y sembrado en su interior un anhelo poderoso y nuevo: el de madurar. Envió una nueva mirada, cargada de nuevos perfumes y de una nueva gratitud, al piano negro y al hombre joven que se afanaba sobre él. Pero es que, además, el juego se había enriquecido con la llegada de Keller; tan significativo era, incluso, el hecho de que Boris hubiese tardado tanto en presentárselo. ¿Cómo era posible, justamente él, su gran amigo de la infancia? Mila, celosa, buscó a una chica cualquiera de su antiguo colegio y la declaró su amiga; pero pronto volvió a sumirse, fascinada, en el espectáculo incomparable que ofrecían esos dos. ¡Privilegio tan grande! Es sabido que, a cierta edad, los libros se leen con tal veneración que incluso las malas traducciones y las erratas sirven para alimentar la llama de la fe; así veía Mila a Boris y a Keller. Durante todo un verano y un invierno percibió sus flaquezas y sus niñerías, sin dejar de creer que todo estaba minuciosamente previsto en ellos, como parte de aquella trama masculina, de su autoritario encanto. Keller la intrigaba, tan distinto de Boris, y sin embargo su complemento evidente: hablaba con voz más aguda, y muy rápido, mientras que la charla de Boris era un lento contrabajo que parecía absorber sus golpes. Las frases de Keller eran truncas y brillantes, como bollitos de papel arrojados a un lado, por desesperación de dar con la ecuación perfecta; Boris resplandecía sobre él, alto y en cierto modo ecuestre, con la elegancia de una luna menguante. El otro era más bajo y más bien rechoncho, con pelo de color rubio ceniza, y ojos entre fríos y feroces. Era como una pequeña dínamo soltando chispas; Mila se lo imaginaba muriendo joven, como una abeja o un colibrí, como cualquiera de esos animales demasiado vivos a los que mata el acto mismo de fecundar. Iba vestido casi como un *dandy*, con chalecos grises y, a veces, corbata; los llevaba bien para su edad, pero daba la impresión de que acababa de pedirlos prestados, y lo mismo pasaba con sus teorías. ¿Sintió deseos de conocerlo mejor, de hablar con él seriamente? Es verosímil, pero él parecía demasiado impenetrable y absorbido por sí mismo para eso. De manera que Mila (el pelo definitivamente cortado por encima de los hombros, en un perfecto rectángulo negro que le ha dado, por primera vez, cierto aire de intemperie interior, cierta dureza de rostro) se encerró una vez más en el baño para anotar algunos de los nombres ilustres mencionados por Keller. «Estamos desolados porque nos tocó pertenecer a la disociación y al análisis», decía aquella voz en la cocina (o cosa afín); y ella oyó el tintineo de hielos. «Lo llamamos posmodernidad, o el fin del mundo y la mayoría de nosotros, aun sin admitirlo, se lo reprocha vagamente. ¿Se sintieron culpables los romanos hacia el final del imperio? Sí, como todo instrumento del final; pero tuvieron la audacia de erigir en religión su culpa, y fue una bella religión, con sínodos y monasterios y, a la larga, catedrales. Mientras que nosotros, puercos que somos, tenemos sólo supersticiones baratas y aire acondicionado...» Mila lo vio buscando sus palabras, trepando con rabiosa timidez al pensamiento como un aprendiz de acróbata; Boris no es así, pensó. Pero ¿cómo era? *¿Cuándo,* de qué modo había llegado a hacerlo llorar de aquella forma? En cierto modo comenzaba aquí otra historia: como si algo que ella se había esforzado en contener pasara desde entonces más rápido, más incontenible, a través de sus precarios diques... *«¿Qué historia?»*, ha preguntado ahora, en voz alta.

—Mozo, por favor, ¿Puedo usar el teléfono?

—Al fondo a la izquierda, señorita.

Tenía en la mano el pedazo de papel donde Keller había anotado su número. Marcó las dos primeras cifras, suspiró y colgó. Sabía que si lo llamaba ahora, si se permitía ahora dejarse mecer por la comprensión de Keller —su intimidad irradiante, lenitiva—, nunca llevaría a cabo lo que se proponía; se volvería irrisorio. *Pero no quiero todavía ese cielo,* pensó, *no quiero llegar sin haberlo ganado.* Si nunca había estado cerca de nadie, ¿no tenía el deber, oscuro pero cargado de profundas resonancias, de llevar esa soledad hasta las últimas consecuencias? Casi había esperado demasiado ya; la noche de ayer era la prueba. No le quedaba mucho tiempo: Keller la esperaba en cualquier esquina, estaba segura, con el germen no fecundado de un mundo nuevo.

6

Estoy marcando un número de teléfono. En un instante más me preguntaré por qué lo hice. Agreguemos que *no* es el número que tenía en mente, cuando apoyé mi dedo en el aparato. No es la primera vez que algo así me ocurre. Es el número de una amiga mía.

Aquel llamado, pensó vagamente, era el primer acto de una cadena cuya extensión total era imposible de prever. Aquella chica había trabajado con ella en el ministerio. Conocía al tipo. Claro que no mucho más que ella. ¿De qué servía, entonces? ¿Pero para qué llama una a una vieja amiga, si no es para ayudarse a revivir el pasado? Exacto: pensar sola, acá sentada, no me ayuda. Se trata de hablar, hablar con otro, romper el aislamiento, y después ya veremos. Se trata de decir hola, te parecerá muy raro escucharme, pero quisiera verte para...

—... *desea dejar un mensaje, hable después de la señal.*

¡Mierda! Colgué y me quedé mirando el aparato, incrédula; si había algo que no podía hacer en el mundo, era dejar un mensaje grabado en una máquina. Quienes hacen la apología de la guerra no tienen conciencia de estas cosas. No es como para poner orgulloso a un general prusiano, de acuerdo, pero ante este obstáculo, en lo que me concierne, la guerra ya terminó. Bandera blanca. Adiós. Es catastrófico, pero es cierto.

¿Qué podía hacer? Se sentó otra vez ante su taza y esperó: podía oír el tic-tac de su cerebro latiendo, extendiéndose, volando en torno a su propio centro, como un pájaro de presa a punto de caer. Miró el teléfono, allá al fondo, con aprensión. «¿Qué historia?», se preguntó de nuevo.

Durante un rato fumó, pensativa.

Pidió una guía telefónica y buscó la letra correspondiente; tal como lo esperaba, el número del hombre que buscaba no estaba incluido.

Continuó hojeándola distraídamente, sin embargo, como si pasara las páginas prometedoras de una enciclopedia. De vez en cuando se detenía con aprobación sobre un nombre escandinavo o francés, o repetía con asombro, por lo bajo, una combinación de apellidos más insólita de lo habitual. ¡Un lugar de reunión por excelencia, Buenos Aires! («Un lugar común, en otras palabras», diría Keller.)

Oía con poca atención aquellos pensamientos, que iban y venían complacientemente, como la cola de un gato. El ruido había aumentado; desde hacía un rato no estaba sola en la confitería, que empezaba a llenarse. Por un momento, su idea de buscar al hombre pareció tomar una forma concreta; era como una sombra entre las mesas, con algo de funesto reproche, como el fantasma ante Hamlet. Lo miró de reojo, culpable: tu espada pierde su filo, hija mía. ¿Tenía realmente la intención de llamar a alguien, de hablar de él? ¿No estaba utilizando aquella idea para acariciar su vanidad maltrecha?

No: estaba decidida, se obligó a pensar. Sólo necesitaba un respiro.

¡Pero qué difícil, mantener alguna tensión de la voluntad en aquel escenario! Recorrió el local con la mirada: mucho tiempo más tarde, iba a recordar como otros tantos signos y apócopes de ese día los pelos rizados y teñidos de rubio, los vestidos floreados, la torpe acumulación adolescente de prendas que alguna vez tuvieron un sentido propio; las barrigas amistosas bajo un ventilador de techo, los escarbadientes moviéndose bajo la mirada desaprobadora de las esposas y amigas. En una mesa vecina había un grupo de jóvenes: allí, justo en el centro, una mano subrepticia estaba a punto de apoyarse sobre un muslo. Cerró los ojos, mientras una antigua ceremonia secreta se ponía en marcha en ella: sintió, como siempre, levantarse en ella un deseo y la necesidad de matar ese deseo: avanzó entre las mesas hacia el sitio en que la mano se había movido, vio las cabezas de tres muchachas y un hombre volverse despacio para mirarla; la chica a la que su vecino había tocado tenía un pullover imposible y extraños ojos rasgados, tímidos, que rozaban apenas los suyos, y vio en ellos la sumisión y el temor; le sonrió para tranquilizarla; entonces vio sobre el piso su propia sombra, demasiado larga y ancha, amenazante, y comprendió algo. Volvió a abrir los ojos: seguía en su sitio, y los de la otra mesa no la habían visto. Pero la impresión duraba, y no pudo evitar notar que, al levantarse en su alucinación al encuentro de la chica, no lo había hecho meramente como un hombre; había visto desde los ojos, y desde el alma corrompida y fuerte, del hombre al que hoy buscaba.

Ahí está Mila, ante su taza vacía, temblando de frío y de miedo. Sabe que siempre ha inventado cosas; pero ahora, por primera vez en el día, ya no está segura en lo que concierne al hombre. *Estoy loca*, piensa. Y se dice que tal vez *nunca* ha habido violación, y que ella sola se lo ha inventado. Lo que él le había hecho, eso no: eso era seguro (el brazo bloqueándole el paso, la sonrisa y luego la alfombra áspera, picándole en la espalda). Pero ¿y ella? ¿No había sospechado siempre cómo eran las cosas? *Ella* había dicho sí, ella había consentido. ¿Tan segura estás? No, no estoy segura. Pero lo más probable es que yo tenga la culpa. *Soy una mierda, yo soy la criminal, no él. Sola, yo sola me arruiné la vida.* No. No. Búsquenla en el diccionario: es una palabra imposible. *Nadie sabe nunca* con certeza si ha sido violado. «Histérica», dijo su ángel de la mañana, desdeñoso, aristocráticamente posado sobre el diván de la Acevedo. «No te dejaré, si no me bendices», con elegante español bíblico dijo un ángel pequeño, algo más gordo, con un chaleco manchado de dentífrico. «Todo resultado es provisorio», dijo el ángel astrofísico, ya francamente ofuscado, a punto de sacarse del bolsillo un tratado de termodinámica.

Se levantó de un salto y fue hasta el teléfono.

—¡Cómo! ¡Estás ahí! ¡Recién llamé y estaba puesta la máquina!

—Estaba durmiendo, hoy es mi día libre... ¿quién es? ¿Mila?

—¡Por lo que más quieras, no me odies, pero tengo que pedirte algo!

Mila volvió a sentarse. Ahora miraba alrededor, las mismas caras de un momento antes, con una curiosidad infinita. Se preguntaba si alguno de ellos, aun conociendo los detalles del caso, sería capaz de entender la magnitud de la victoria de la que acababan de ser testigos. Durante un rato atisbó con disimulo, atenta a un posible comienzo de aplauso; por fin, consciente de los albures venideros, se reportó a su café. Empezaba a preguntarse dónde demonios estaba el bombón de chocolate, cuando recordó que ya se lo había comido. Por cierto, piensa ahora, masticando ominosamente un terrón de azúcar; nadie me prometió un jardín de rosas, pero esto empieza a pasarse de la raya.

(«Es evidente», había dicho Keller, «que tu meta hasta ahora ha sido la de convertirte en tu propio fantasma, como los Boro-boro y los freudianos. Según eso, ontológicamente, tu vida se encuentra en un nivel nulo de existencia; por otra parte, si tu intención es la de convertirte en artista, puede ser una ventaja no desdeñable.»)

7

Bettina, entonces. Qué alta y rubia era. Delgada, de unos treinta años, sin contar los pasados desde entonces. Bettina de la Sección Expedientes. La dulce Marilyn de las dependencias estatales, y con esa voz. No había vuelto a verla desde la época del ministerio y es dudoso que, en aquellos cuatro años, hubiese pensado en ella más de una o dos veces. Y aun en esos casos no era tanto la persona lo que acudía a su mente, como su magnífica voz, profundo rugido de pantera que, por electrizante, no era menos contradictorio con su aspecto. Tenías que imaginarte a Mary Poppins, pensando como ella, y expresándose como el detective de *El halcón maltés*. No olvidar sus manos, tampoco: perfectamente blancas, siempre frías, como si el entusiasmo de algún escultor o poeta mago hubiera ejercido un principio de influencia sobre esa carne vulgar, transformándola a medias en mármol. ¿Era hermosa? No creo. Había nacido para eso, en todo caso, para el pedestal: su personalidad era tan vacua y su inocencia tan perfecta, que hubiera sido una lástima no convertirla en un ser de leyenda. Y en verdad creo que yo lo hubiera hecho, de haber sabido entonces algo del oficio de escritora. No pasé de unos pocos garabatos laudatorios y pluscuamperfectos, y un epíteto homérico: Bettina, la de las blancas manos. Esto, famosamente, no era invento mío, pero nunca me impidió llamarla así, a principios de los años noventa, revoloteando en torno a su escritorio de taquidactilógrafa cada vez que una pausa me lo permitía, trayéndole libros y discos, contándole historias, mareándola, y claro, deseándola un poco en el fondo. Ella se reía, batía palmas y me llamaba «pulga genial». Tenía dientes regulares y un novio ascensorista; yo la encontraba receptiva a mis ideas, es decir, inteligente; en mis mejores sueños me veía rescatarla de su ridículo novio y llevarla a recorrer los siete mares en mis brazos. Yo le enseñaría canciones marineras, ella copiaría mis obras con letra limpia. Por entonces yo era ya espantosamente tímida, pero poseía una cierta audacia, y sobre todo una especie de trato familiar con las caras de la gente, y sus signos, cosas que hoy me faltan por completo. ¿Por qué? No detesto a los humanos ni soy una bohemia roñosa. Creo en las obligaciones civiles, aunque haya perdido la cabeza a partir de cierta edad. Pero Bettina, la de las blancas manos, había sido algo así como una amiga; y ahora, acercándose a la mesa con el aire de legítima revancha de un llavero o un rollo de cinta scotch largo tiempo perdidos, venía ella, la misma suave y algo lenta Bettina, en estos tiempos en que me río menos, deseo menos a las taquidactilógrafas y necesito más, lo sospecho, a una amiga.

«Vine corriendo; menos mal que tengo el día libre.» Esto es lo que Bettina dice; o sea que ya estamos conversando. Me temo que empieza otra batalla. Oh Keller, me temo que todo, en adelante, sea una batalla, sea esfuerzo, sea pena. Lo que es seguro es que tenerla delante mío, así de pronto, es casi demasiado. «Me gusta tu pelo», oigo decir a alguien; lo oigo con extrema repugnancia. Mi propia voz. Suspiro y le sonrío, hostil; no sé por qué, soy incapaz de aceptarla. Me siento la piel tan delgada que su aliento tibio, con un dejo a menta, las temblorosas aletas de esa nariz, me hacen un mal concreto y ponderable. Está igual que antes, yo he cambiado, no para bien. «Tan raro y tan bueno, vernos así de pronto...», ensayó, con voz soñadora, mientras levantaba el brazo para pedir un café. Su llegada había inspirado cierto entusiasmo en otras mesas; en cuanto a mí, la certeza de la inutilidad de este encuentro empezaba a pesarme. Se la hubiera dejado con gusto a los tipos. Véanla, no quiere entender, muchachos: hay un malentendido evidente. Ella habla con su vieja amiga, le toma la mano para ser precisos, gesto que siempre me ha horrorizado más allá de lo comunicable. Yo intento impostar mi voz, para no decepcionarla, y represento mi parte sin convicción, como un actor que ha olvidado algunas líneas. El resultado es que apenas me oigo; sólo me guían sus respuestas.

Bettina decía: *Y cómo no iba a venir; para qué somos amigas, entonces,* así que yo supe que me estaba disculpando, sin duda con mi voz de antes, que pronto reconocí, infantil y veleidosa, ay, una voz de intrigante de corte fracasada: en sus ojos la inocencia crecía, hasta proporciones abrumadoras. Sin duda empezaba ya a charlar de cosas serias. Acaso le dije que necesitaba revivir ciertas cosas: que no se asombre, que ya le voy a explicar, que me ayude a recordar si puede. Quizás ya mencioné incluso al tipo. Y Dios sabe que estas cosas son importantes en mi historia, pero si ahora soy incapaz de registrarlas, tengo, al menos, la excusa acaso suficiente de estar agonizando. Y esto, vecinos de las mesas, esto, queridos Keller y Boris, amados apenas entrevistos, amigos perdidos para siempre, esto es la pura verdad: muy en secreto, mientras en la superficie otra Mila charla y sonríe urbanamente, las tripas se me están convirtiendo en papel picado. Hace media hora yo estaba bien, ahora me muero. Supongo que eso se llama neurosis, también es posible que sea la vida a secas. No sé qué pasa Dios santo pero es en serio, es como si me faltara el aire. Trato de combatirlo, pruebo a convertir la sensación de pánico en sana envidia; encontrarme mal vestida, repugnante, sin atractivo. Los pechos de Bettina vienen en mi ayuda, son minúsculos, y por un momento me dan una impresión de victoria, pero victoria sobre qué, alcanzo a preguntarme, y la cosa no dura. Algo va a estallar. Me enfurecí, un modo como otro de luchar contra la nada: Carajo, *ergo sum.* Y abajo, al pie de la ventana, abajo y en todas partes, el ruido de la guerra sigue.

¡Baam! hacen los cañones. ¡Baam! ¡Baam! hace la guerra.

«No me acuerdo demasiado. No era jefe de mi sección. Era medio raro, nos miraba mucho, daba un poco de miedo... pero era buen mozo, ¿no?» Y ahora empiezo a presentir el hilo delgado pero cierto que une mi agonía a la conversación; lo que no significa que pueda defenderme o hacer algo contra ello. «Era buen mozo», dice Bettina, «tenía lindos ojos, creo que nunca se fijó en mí». Y qué es la vida de esta chica, qué hace, qué piensa durante todo el día, yo me moriría de vergüenza con la sola idea de llevar esa falda minúscula y realmente pornográfica, y ese fondo horrorosamente oscuro en la cara, y esos labios delineados con lápiz marrón pero ella parece tan feliz con ellos, intentar un día maquillarme así qué asco, qué asco son las mujeres «...yo creo que le gustabas, eras muy linda y muy madura para tu edad, en realidad les gustabas a todos». Ponerme peinetas hablar sonreír a los tipos y dejar de pensar. Ser una imbécil como ella. Basta te digo BASTA, enojarse es inútil. «Escuchame, Bettina, yo no querría que pienses...» Bettina no piensa nada; no tiene culpa, ni vergüenza: un día tendrá un hijo. Su porvenir infalible me aplasta: ella es real, yo existo apenas, no tengo sexo ni vientre: soy solamente una máscara, suspendida en el aire, y mi voz debe llegarle como un ruido de hojas secas. Todavía no lo sabe, ya que no me ve. Pero yo sí la veo a ella, la veo incluso demasiado, y sé que está intacta y que no conoce el Secreto y que sólo por eso somos enemigas. ¿Y cuál es el Secreto? Que todas estamos jodidas, algunas más, otras menos, pero todas jodidas para siempre. Abrí la boca con la firme intención de decir algo grosero. Y me detuve, con la boca entreabierta, porque un gesto de Bettina me había fascinado de pronto. Sonríe: enciende un cigarrillo y sonríe. Lo enciende de costado, canallesca y rubia, delicada y varonil como sólo pueden serlo las mujeres en este país, con ese no sé qué de Humphrey Bogart que las porteñas, en especial las más aficionadas a chuparla, las que se dejarían realmente matar por su señor en pantalones, saben hacer tan bien. Dan ganas de pedirle que arregle el motor del coche. Si se la pone a contraluz, podría ser una etiqueta de habanos. Y la lesbiana soy yo... Y de repente no es la irritación, sino la risa, lo que me trae de vuelta a la existencia. Y hay alguien más que la risa trae, y que impide que esto sea sólo la tregua de un segundo: alguien que me aferra y sin delicadeza, firmemente, me deja aquí, en la otra orilla. Por supuesto que sí, lo sabés bien. Lo sabías la primera noche, Keller: de algún modo tu mirada, ya entonces, pasó por encima de la de Bettina, por encima de todos los otros, se adelantó y recayó sobre mí. Y yo me hice visible. Y por eso la cara deslavada, más bien verdosa es cierto, que veo en uno de los muchos minúsculos espejos de aquella columna, esa cara es, sin lugar a dudas, la mía.

8

Tus manos me tocan, y mis brazos se vuelven sólidos, Keller, son más bien lindos, a decir verdad, tienen lunares y un vello muy ligero que no se ve en esta luz. El aire vuelve a correr; se me concede un descanso. Y sólo entonces, sólo ahora, poco a poco, la cara de Keller se desvanece. Dejando en una muy pasable mesa de la confitería Il Mezzo Mondo a una muchacha sucia, pero viva. A la que un salvoconducto, una coartada de último momento, salvó por esta vez de la disolución completa.

¡Baam! ¡Baam!

Las doce y treinta y cinco, exactamente.

—¿Te sirve de algo?

—¿Cómo?

—Si te sirve, si algo de lo que te cuento te ayuda a recordar lo que querías.

Me lo pensé. Costaba pensar, a causa del ruido; abajo, en la calle, la tregua había terminado, volvían a oírse bocinazos y puertas de coches abriéndose y golpeándose. La burbuja de violencia creció y pareció estallar a nuestros pies, como un absceso. No puedo decir que ayude mucho, no. Las historias de Bettina, sus pasillos y escritorios, sus tardes enterradas entre carpetas, la espigada moco- sa que yo fui, e incluso la sombra que rondaba esos pasillos, rara con su sonrisa y sus hoyuelos, jefe joven que no la molestaba aun- que diese algo de miedo: todo eso no me sirve. Porque *mi* fantas- ma, el que yo recordaba, no estaba en esas tardes sino acá, bajo la mesa y al pie de la ventana donde se oían portazos y en medio de esa gente, en la mesa de al lado. Entre ellos y yo, entre Bettina y yo. Y entre Boris y yo. Mucho me temo que no me ayuda.

—Pero Mila —dijo Bettina, y yo me eché atrás, y me froté vi- gorosamente los ojos porque un par de lágrimas, en efecto, habían estado a punto de puntuar mis reflexiones del modo más infaman- te, un modo de muchacha con los nervios alterados. Tengo que cal- marme, esto es absurdo. Entreabrí un poco los dedos y vi a una mujer encantadora. Estaba preocupada. Yo le dije que lo sentía muchísimo, que no podía explicarle todo esto, ni el porqué de mis preguntas. Y pensando en que estaba en trance de abusar, con to- tal deliberación, del tiempo de otro, y no sólo otro sino alguien que vivía y respiraba de verdad, Bettina, sentí un genuino deseo de arrojarme por la ventana.

—Por eso no te preocupes —dijo ella, cubriéndose de reflexi- vas volutas de humo—. Lo seguro es que ese tipo empieza a caer- me mal. O te olvidás de él, o vas a tener que hacer algo, digo yo.

—¿No sabés si trabaja todavía en la oficina? —dije, buscando el espejito de mano. Bettina dijo que no, y me alcanzó el suyo. Para cuando yo me fui, me dijo, el tipo llevaba un tiempo alejado de su cargo. Ahora, que si quisiera averiguar a dónde lo habían traslada- do, tal vez... De pronto me quedé quieta. Bettina esperaba; tenía una manera agradable de esperar, hay que decirlo—. Escuchame —dije—, te agradezco infinitamente que hayas venido. Y por todo lo que me dijiste. Espero que no te enojes, pero ahora tengo que irme. —Hice ademán de buscar mi billetera. Bettina me apoyó la mano en el brazo, molesta, y con qué mirada: volví a sentir mis lágrimas asomando. *¿Qué era,* podía yo por favor decirle, lo que estaba haciendo? Sin esperar respuesta, apagó su cigarrillo, miró la hora y dijo:

—Hasta las cinco tengo tiempo. A lo sumo, cinco y media. No vas a ir a buscarlo sola.

—Esto es una locura —dije.

Podía ser, pero desde que yo había dejado la oficina, las locuras habían faltado un poco. Y ahora recuerdo muy bien haber pensado te suplico, *de verdad* te suplico que no me preguntes nada, Bettina, al menos no por ahora. No tengo ningún derecho a hacerte esto, pero te necesito, porque veo que tengo que buscarlo, porque tengo que buscarlo *a él* en persona, y la sola idea me aterra, aunque por todo esto deba tragar también esta triste verdad, a saber que yo, serenísima Mila Sivelich, que despreciaba en el género femenino entero eso que se llama manejos, seducción, yo, que me creía incapaz de vulgaridades semejantes, como cualquier otra estoy haciendo precisamente eso, arreglándomelas para conseguir lo que quiero sin pedirlo, y hasta sin sentirme responsable yo misma, conseguir que vos me propongas lo que yo ansiaba desde un principio: que me acompañes, que me des tu tiempo, porque tengo miedo. Y Bettina, mujer en regla, se está dejando hacer, en cierto modo, como un hombre. ¿Cómo pudiste respetarme, Keller? Así que digo a Bettina: «Creo que no te entiendo.» Y ella: Uf, si yo tratara de entenderme. Andá pidiendo la cuenta. Y yo: ¿Qué estás buscando en esa agenda? No quiero que hagas nada. Y ella: No digas pavadas, querida.

Y, si hacía unos momentos algo me había salvado, debo decir sin falsa modestia que lo que ahora salió de mi boca, límpidamente y casi por sí solo, era por fin un intento, un verdadero intento de salvarme a mí misma. De un golpe me tragué veinte años de orgullo, y dije:

—Tenés razón. Quiero encontrar a ese tipo. Y quiero, sin duda, que me ayudes.

Bettina sonrió.

—Siempre te admiré mucho —dijo, y se levantó, agenda en mano. Yo la seguí con la mirada. Cuando estaba a unos pasos dije, con el cuello torcido:

—Porque soy la más inteligente. Pero no quiero eso: yo quiero ser la más linda.

Ahí estábamos: por fin. No recuerdos ni análisis ni exorcismos africanos. Un llamado telefónico, y el mundo real se te viene encima. Caramba, caramba. Al fondo del pasillo Bettina estaba llamando, y sin duda todos los teléfonos de todos los demonios del mundo se ponían a sonar al mismo tiempo. Bebí el último resto de mi café; nada parecía distinto. En la calle, la escalada de gritos y bocinas había comenzado de nuevo. ¿Por qué todo ruido perturbador me hacía pensar en mi separación de Boris? ¿Qué tiene que ver él en esto? Y ¿cómo puedo, a estas horas y metida hasta el cuello en este horror en parte *por él*, por mi deuda con él, hacerme una pregunta tan idiota?

Acaso en este punto no resulte superfluo, por parte nuestra, intervenir de nuevo. En mil novecientos noventa y cuatro, Boris y Mila se separaron. Dos años antes ella había dejado la oficina, y casi de inmediato lo había conocido a él. Era la segunda vez que un hombre se le aparecía rodeado del aura de la ausencia de su padre. Esta vez, en lugar de resultar en una experiencia brutal, absurda e inverificable, el encuentro fue nítido y fecundo; unió la imagen del artista y constructor de mundos, encarnada por Boris, a la de una existencia *sin deseo*. El sitio donde una cama era compartida sin culpa, donde se discutía francamente del modo de crear cosas bellas, le pareció habitable. Su expulsión de él fue una segunda caída de la gracia: la obligó a sumergirse una vez más en el universo del deseo, que sentía en el fondo como un universo de muerte. Estos hechos tienen su consecuencia en el ánimo de Mila, pero también en ideas más generales formadas en estratos distintos de conciencia. Y aquí, una vez más, debemos decirlo con toda la seriedad posible. Los cambios antes mencionados en la configuración del mundo produjeron (al tiempo que fueron facilitados por ella) la exaltación a gran escala, y en todos los niveles de la vida, del deseo individual. El proceso está ampliamente documentado y puede seguirse en los estudios sociológicos de la época. Ahora bien, cierto aspecto funcional, y en cierto modo filosófico, de estos cambios comenzó a inquietar a ciertos analistas, ya a principios de los años noventa; fue la comprobación de que, en un ser humano normalmente constituido, la realización extrema, la realización más pura del *deseo puro*, tanto en sentido metafórico como literal, es la violación. Esta idea se encuentra en germen en todas las formas del pesimismo histórico: la vida, en tal perspectiva, se identifica con el deseo, y éste con el origen de todo mal. En último término, el universo regido por el mal se destruye a sí mismo. Así, también, la violación conlleva el aniquilamiento del objeto deseado. Su contrapartida es el amor; éste implica la identificación misteriosa con un *yo* exterior, y, de modo desconcertante, excluye el deseo. El objeto de deseo de una sociedad, en la medida en que ésta se extiende por todo el globo, es de tipo narcisista: es la sociedad misma. Así, Mila acaba de tener la intuición oscura, pero fundamental, de que *el mundo tiende a la violación de sí mismo*. Razón de su incapacidad constitucional para toda forma de simpatía o compasión, de la alienación de sus miembros, y, a la larga, de su destrucción completa y definitiva.

Ahí va, furtiva, saliendo de Il Mezzo Mondo, acompañada por una figura rubia (y misteriosamente parecida a Humphrey Bogart), pensando ya en otra cosa, sintiendo oscuramente que acaso tales ideas, en el fondo, dan un sentido a su día.

9

Un rápido batir de alas entre los cables tendidos. Algo rió levemente en la tarde; luego se calló de pronto. «¿Vos sos *qué*?», había preguntado ella, y Mila dejó de oírla por un instante, ocupada en recordar la escena como si hubiese sucedido hacía un millón de años y sobre todo en encontrar su estilo. Nada más difícil que encontrar un estilo, y escribir bien y dar al cuadro perfiles netos. Por eso ahora, precisamente por razones de estilo, no lleva pantalones sino una falda de lana fina y negra, buena para el otoño. Era bueno caminar junto a la otra muchacha que iba también muy elegante, y el viento del otoño hacía flamear su vestido y su cabello también caía en largas ondas y se agitaba un poco con las ráfagas de viento. Quedaba el frío de los últimos chubascos y por las zanjas corría el agua transparente y muy fría, pero la lluvia no iba a volver por algún tiempo. Pasaron Viamonte y Tucumán que eran calles tristes y después Florida que era una calle de peatones bastante sucia y muy alegre que no convenía frecuentar en otoño, cuando los turistas andaban cerca. En primavera irán a pescar a los rápidos y a las corridas de Pamplona y a las carreras de bicicletas. En invierno irían a esquiar donde la nieve cruje, en el Vorarlberg, y a veces todo al mismo tiempo, si fuera necesario. Ella conducía suavemente a Bettina de la cintura. La hacía evitar los charcos y oía su risa fresca y suavemente modulada. Los kioscos de revistas eran de latón pintado de azul, y las revistas de muchos colores relucían en sus paneles abatibles. En la terraza del Saint James había mucha gente con diarios abiertos y anteojos de sol pero como esto resulta harto inconveniente para una escena de otoño las dos muchachas y todos los demás peatones retrocedieron en un instante como una película pasada al revés, y Mila pestañeó y cuando volvieron a pasar el Saint James tenía las puertas cerradas y los vidrios estaban empañados por dentro y sólo se veían las jarras de cerveza tibia sobre las mesas y los platos con salchichas parecidas a las de Frankfurt, pero muy grandes, cortadas en dos mitades y cubiertas con una salsa especial, a base de mostaza. Y fue un otoño alegre y muy tranquilo, de los buenos.

—¿... *lesbiana?* ¿Qué querés decir con eso?

—La definición de la Real Academia es fiable. Aunque personalmente prefiero el *Larousse.*

¡Los cafés!... ¡Restaurants de lujo!... Y los burgueses que ahogan sus culpas en Fernet, ¡el colmo!... Y la otra sucia perra que me seguía al trote... con su faldita al aire, la otra... y yo dale que dale pensando qué lindo habría sido antes de todo... lindo como la puta madre, antes de esos edificios... antes de esas caras blandas... alguna vez se jodió todo... el paraíso perdido y todo eso... liberar el yo profundo y todo eso... vivir peligrosamente, cambiar la vida... ser bárbaros felices... viva el deseo y la muerte... etcétera... Y además el ruido... porque en esto resulta que escucho un ruido, yo... me muero de miedo, yo... y la otra mira también, fíjate, y allá a la izquierda en la calle lateral... un montón de gente... ¡un montón en serio! Desfilando, con tambores, con banderas, con altoparlantes, ¡tarará ta ta!...Van cantando, pasan, siguen por la calle, no doblan, no sé adónde van, los kiosqueros los miran... se me ocurre que quedaría mejor con aviones... ¡allá van los aviones, los van a bombardear! ¡Paam! Pero no sé describir aviones... ni bombardeos... así que dejo solamente a la gente que desfila... el cielo limpio... hace tanto calor... ¡tarará ta ta! De todas formas ya hacen mucho ruido... qué pasa, quiénes son... agarro y le pregunto a la otra: quiénes son... Qué sé yo, no sé... debe de ser una protesta por algo... ya nos vamos a enterar... ¡pero cómo desfilaban! Ya se van... ya pasan... no los vemos más... la calle quedó vacía... nadie habla más de ellos... es raro... me da la impresión de que los voy a volver a ver... creo que sé más sobre esto, de lo que quiero darme cuenta... y lo haría si no fuera que ahora tengo una idea... sé adónde vamos a buscar al tipo... apenas Bettina deje de sonreírme... de poner esa cara de orgasmo incipiente, la cretina...

—Me emociona profundamente, Mila.

—¿Qué cosa? ¿El *Larousse*?

—No, tonta: que me confíes esto. En realidad sé tan poco de vos. Se nota que vivís en un mundo propio. Yo no soy así; soy una más, no me importa decirlo. Pero en vos hay algo... podrías ser casi cualquier cosa. Pintora, actriz, política...

—Por qué no escritora, ya que estamos.

—Y me parece tan bien. Vos sabés que hasta yo, a veces, cuando mi novio se pone tan bruto, pienso si no estaría mejor con una... —Se detuvo y me miró de pronto, con una chispa de inteligencia, emocionante y solitaria, brillando en el fondo de sus ojos claros.

¿Escribir?, pensé. La realidad era más que suficiente. La calle lateral estaba despejada; del gentío de recién no quedaba rastro. Yo no sabía por qué le había dicho eso, lo de lesbiana, a menos que fuera porque sospechaba ya que era mentira, que lo había sido siempre, y que no iba a volver a repetirlo. Bettina bajó la voz. Y dijo el tipo de cosa que puede justificar al mundo entero, y, eventualmente, hacerme dar la vida por una persona:

—¿Dije algo que te moleste, Mila?

En el cruce, al otro lado de la diagonal Sáenz Peña, ha empezado a sonar un organillo.

10

Todas nuestras intenciones secretas, incluso las peores, acaban por revelarse con el tiempo; a esto se le llama destino. Y es así, bajo el influjo de cierta nueva coloración rojiza de la vida y de su ironía perdida, como Mila marcha, ya que ésa es la palabra, marcha en estos momentos a paso redoblado, hacia el punto central de su día y de este relato, calle Florida abajo, dispuesta a buscar la dirección del hombre en el lugar evidente, que es la antigua oficina. La vida no ha cambiado en los últimos tiempos: latas y papeles están ahí, combinados con basuras menos nítidas, inmóviles en apariencia aunque sufriendo en todo momento los importantes cambios moleculares de la podredumbre y el óxido; de la gente de la calle mejor no hablar (sus moléculas, menos estables aún, se van lisa y llanamente al demonio). Y tampoco Bettina ha sufrido cambios, sigue tan saludable y afectuosa que ella se siente, por momentos, a punto de abandonarla; y en cuanto al meollo de la escena, a la que ve y piensa esto, a Mila, debo decir que rechina los dientes, no sólo a causa de lo que antecede, que no es poco, sino también porque los mendigos, los mismos mocosos harapientos precipitándose a abrir puertas o lavar los vidrios de los coches, comenzaban a parecerle naturales y aceptables, era curioso: el mundo se vuelve extrañamente plácido a medida que una se deja ganar por la furia. ¡Volver a la oficina! Tengo que controlarme para no temblar. Sin embargo, sólo un momento después, leo con frialdad, como podría leerse acaso la posología de un medicamento, el nombre de la dependencia ministerial, grabado en la piedra de un edificio alto y decrépito y siniestramente familiar, donde años atrás he trabajado. Murmuré una palabrota y luego Mila dijo «Dios mío», y le dijo a Bettina que no tenía valor para entrar. Pero no esperó la respuesta, y no consintió en recibir su mirada compasiva o alentadora, sino que cruzó bruscamente los años vagos y violentos de su confianza rota, y entró.

A último momento le cruzó la cabeza esta idea: «Ahora vamos a entrar y ahí, sentado a su escritorio va a estar él, como si nada hubiera pasado.» Se estremeció y sintió verdadero pánico, pero el ascensor ya subía y ella, sin preparación alguna, se internaba en el viejo y querido lugar del horror. ¿Bettina sabía qué estaban haciendo? De ninguna manera, ella tampoco venía a la oficina muy a menudo. Muy bien, pero te pido que llames vos por el portero eléctrico, yo no sirvo para eso. ¿Cómo que entendés? Mirá, dejame a mí. Una voz llena de estática reconoció a Mila con sorpresa: le dijo que pasara con cuidado pues se estaba cambiando el sistema eléctrico (o cosa parecida, ya que no hice esfuerzo alguno por entender). «Caramba», dijo Bettina cuando se abrió la puerta. El lugar estaba en ruinas, o poco menos. No había previsto algo semejante; era difícil reconocer, bajo los pequeños montones de escombros a intervalos regulares, bajo el polvo y las hojas de diario desplegadas para proteger el piso, bajo la presencia muda y ruidosa de los albañiles, el lugar que había servido de escenario para tantas pesadillas.

Recorrió los pulcros escritorios de madera laqueada, los de antes, que aparecían arrinconados y temerosos, cubiertos por sudarios de plástico transparente; sí, ¿y aquellos cuadros de fiable mal gusto? Estaban ahí, sí, pero aislados, como el último resto de un barco a punto de eclipsarse en el naufragio; y así también sus recuerdos tardaban en aparecer, como si también a ellos hubiera debido quitarles el polvo, y hacerlos surgir como fragmentos de mosaico de una tumba en ruinas. Y esto es lo que era, en verdad, aquel lugar: una vasta y oficiosa tumba venida a menos, la suya: había venido a encontrarse en ella, y ahora, con cierta decepción, descubría que no se encontraba en absoluto. Vaciló y estornudó; la secretaria sonreía. (Era aquí, junto al cuadro que representaba un aeropuerto de noche —ahora cubierto por una fina capa de polvo, que lo hacía casi noble—, era aquí donde el hombre había extendido su brazo para impedirle pasar; sonriente, a fin de que ella comprendiera lo que iba a seguir, le había dicho con suavidad esta frase portentosa y banal: «Dame un beso.»)

Bettina explicó lo que querían, y la secretaria frunció los labios: para buscar los datos de un antiguo empleado en el archivo, dijo, precisaban la autorización del jefe de planta. «Salvo que quieran mandarle un mensaje; eso podemos hacérselo llegar.» Mila temblaba ligeramente. Acababa de reparar, en ese mismo instante, en el lugar preciso donde estaban; era la sala de recepciones, lo último que había visto antes de dejar ese lugar para siempre. Las imágenes, grabadas magistralmente sobre el mármol litográfico del trauma, se sucedían con increíble nitidez; se sentía atrozmente presa en su cuerpo, como un paciente atado a la mesa de operaciones. La enfurecía, en particular, no poder librarse de la visión de esa sonrisa, con los lindos hoyuelos en las mejillas. Y si alguien los hubiera visto: ¿le habría *parecido* una violación? «Sí», pensó, «cobarde, imbécil, cretina, sabés muy bien que fue eso, no trates de hacerme dudar, sabés bien que a *cualquiera* le habría parecido lo mismo». Pero no a mí. ¿No a mí? Acusada: vuelva a su casa y, si quiere, deteste a este hombre por el resto de su vida; crea con fervor, a fin de no tener que hacer algo de su vida, que este hombre se la arruinó para siempre; pero no moleste a nadie, y guárdese sobre todo de atentar contra su nombre ante nosotros, porque ningún tribunal la tomará en serio.

Luego: «Para obtener los datos personales de un ex empleado, hay que abrir el archivo. Yo no puedo autorizar eso.»

Esto lo dice, con distinta entonación a la de la secretaria, un hombre vasto y profundamente sentado, cuya cabeza lustrosa y cara de sapo se protegen, acaso innecesariamente, detrás de un pequeño cartel del escritorio: jefe de planta. Dice cosas tremendas, como éstas: «No puedo autorizarlas a eso. Es propiedad del ministerio. *¿Por qué asunto es?*» Yo, delgada como nunca bajo mi ropa (me duelen las puntas de los pezones, a causa del aire acondicionado), protesto: «¿Realmente es imposible? Se trata sólo de obtener su dirección. Yo lo conozco a él personalmente; trabajé acá hace cinco años.» «Estamos intentando hacerle llegar un objeto», intervino Bettina de pronto; el hombre negaba con la cabeza, con la sonora pasividad de un reloj de péndulo. «Algo que él ha perdido, y suponemos que le interesará recuperar.» Mila la miró, consternada. «Que usted haya trabajado acá o no, es indiferente, señorita», cortó el otro. «Ahora, si se trata de un objeto hallado, se lo pueden hacer llegar. ¿Qué es?» Y Bettina, como si aquello fuese de pronto absolutamente cierto, hundió la mano en su cartera y sacó con naturalidad un anillo de oro. «Es una alianza», dijo, haciéndolo girar entre los dedos. «La dejó en casa de un amigo común. Por eso tenemos que localizarlo.»

Pero el hombre ya tendía su manaza, con gesto de conocer las reglas, y Mila temía y conocía aquel gesto; lo conocía desde hacía siglos. De pronto su voz surgió neta y precisa, con la violencia sin brillo de los tímidos de corazón.

11

Y ahora es imperativo, dada la rapidez creciente de tales acontecimientos, que intentemos un resumen. Lo hemos señalado antes: el hecho de que, desde su triunfo a fines del pasado siglo, la concepción materialista hubiese aumentado de modo sin precedentes la conciencia de la muerte, es tema de una vasta literatura. Que dicha conciencia nos condena a una esencial e impiadosa soledad, casi cualquier individuo puede constatarlo por sí mismo. Asimismo la ausencia de Dios, en lo que a la soledad se refiere, no debe desdeñarse en un estudio serio. En efecto, uno de los anhelos menos reconocidos en la época de Mila fue el de *comunión*. En otros tiempos, dicha comunión era garantizada por la fe religiosa. La religión, en la época que nos ocupa, aún gozaba de buena salud, de modo particular en países atrasados; pero la certidumbre de que el hombre está solo tendía, sin duda, a imponerse en occidente. El problema involucra el deseo de certidumbre. La existencia puramente individual no ofrece ninguna; el *yo* no dispone, a fin de cuentas, de otro criterio de verdad que el *yo* mismo, lo cual equivale a negar, si no la realidad, al menos el carácter inteligible del universo. En todo caso, se trata de la inquietud más persistente del pensamiento moderno; y la época de Mila no había hallado ninguna solución al problema. Más bien todo lo contrario. Mencionamos hace un momento el anhelo o la nostalgia de comunión; detrás de tal nostalgia hay el ansia de una verdad absoluta, capaz de trascender el *ego;* una cultura que niega la trascendencia debe tender (en sus representaciones colectivas) al solipsismo. Formas extremas de solipsismo fueron las teorías filosóficas y políticas que marcaron la segunda mitad del siglo diecinueve, y la primera del veinte, tales como el nazismo y la filosofía de Nietzsche; una forma más sutil, pero igualmente firme, es el liberalismo de fines del mismo siglo. Ya hemos señalado la exaltación sistemática del deseo egoísta operada por las necesidades del sistema liberal; si las teorías anteriores hallaban en el deseo la única verdad de la vida, ésta hace del deseo una medida de la existencia. El elemento natural del deseo, su condición primera, es el tiempo; imaginar el deseo humano floreciendo en la eternidad, en el no-tiempo, es absurdo. Ahora bien, podemos admitir que, al cabo del camino, deseo y soledad son uno; en tal caso, la salvación, la ruptura de la soledad, dependen en última instancia de una facultad nuestra: la de concebir una existencia *fuera del tiempo*. Concebirla, en efecto: aunque la condición humana no tenga acceso a ella; a fin de cuentas el mundo tiene la forma de nuestra mente, y los hombres no sólo son carne sino también, y sobre todo, nuestra imagen del hombre. A fines del siglo veinte, esta imagen se resume en el concepto de *separación*. Sin embargo, en los libros sagrados cristianos existen indicios claros de que alguna vez los hombres creyeron en otra existencia, fuera del tiempo; así aparece de modo notable en ciertos pasajes de la Revelación, en los que se anuncia un día «*en que el tiempo no será ya más*». ¿Es posible, hoy, sin asistencia de una religión cualquiera, imaginar tal cosa?

12

—Esto es propiedad *nuestra* de momento, señor jefe. Propiedad del ministerio de mi abuela. Así que baje la manota. Mejor bájela. Ha sido usted infinitamente amable, pero el tiempo apremia así que *auf Wiedersehen*, y felices pascuas. Conozco la salida: es por donde el olor afloja.

13

¿*Es* posible, o no? Para todos los pensadores serios del siglo, la respuesta es no; para la sensibilidad del hombre común, así como la del poeta o el artista, la respuesta es no. Es fácil constatar, sin embargo, que para la llamada persona de acción la pregunta no se plantea; en rigor, en momentos de acción, para casi cualquier ser humano, la pregunta no se plantea. Son innumerables los instantes breves en que, repentinamente, la eternidad es real para nosotros; también es proverbial el hecho de que, para la enorme mayoría de nosotros, tales momentos no aportan el menor consuelo. La recaída en el tiempo desmiente la iluminación pasada: su triste verdad se impone, inexorablemente. La guerra es un intento de multiplicar las iluminaciones: de fomentar la eternidad; el peligro, la proximidad *real* de la muerte, tales cosas mejoran nuestras posibilidades de escapar del tiempo. La guerra, en su grado más sublime, es un intento primitivo (y destinado desde luego al fracaso) de romper el cerco y la prisión del *yo*. De ahí su habitual asociación con el amor; de ahí que el amor figure la guerra en las metáforas más viejas, y de ahí que la guerra haya sido siempre explicación y símbolo del amor. Mila, por ejemplo, ignora esta relación, de momento; pero sería muy raro que más tarde, al reflexionar, no se le apareciese en toda su evidencia. Guerra, amor: para Mila, como para todos los otros, tales actos son señales, síntomas de un hambre, del ansia o la nostalgia elemental que mencionamos antes. Volvemos al primer problema: fuera del tiempo no hay nada, así como fuera del espacio no hay nada. De esto se desprende que el conocimiento verdadero es imposible; y así, también, la unión que el amor y la guerra persiguen. Este dictamen cambiaría en un caso. Si fuese posible *comprimir* el tiempo; si puede concebirse que la totalidad del tiempo asignado a una vida humana sea reducida, sin pérdida de ninguno de sus segmentos, a una parte infinitesimal de sí mismo; y a condición de que, entretanto, nuestra mirada siga abarcando la totalidad anterior. Lo que queda, el saldo de tal operación, es la eternidad. *Comprimir el tiempo:* para el pensamiento objetivo, la idea no significa nada; a lo sumo, denuncia un sofisma, una combinación incorrecta o caprichosa de conceptos. Pero para el solipsista (o para el físico moderno) la idea está lejos de ser inconcebible. Para nosotros, incapaces de fe o de eternidad, la idea está lejos de ser inconcebible. Si el tiempo es una pura creación subjetiva; si el tiempo somos nosotros, y está hecho de nosotros, entonces la imaginación debe poder, al menos en teoría, afectar su naturaleza y su estructura. La paradoja contenida en esta idea es evidente. No es sólo el hecho de que la eternidad pueda surgir del tiempo; es, sobre todo, el hecho de que la soledad absoluta pueda engendrar la unión; es la idea de que, en el fondo mismo de nuestro egoísmo desesperado pueda haber, pese a todo, un sitio para *otro;* y que en pleno corazón de nuestro mundo de deseo y de muerte, *y a causa de él,* la vida pueda tener lugar de nuevo. Pero ¿cómo?

14

«No te conocía ese carácter podrido», murmuró Bettina mientras salían, con paso más bien ligero. «Hasta la voz te cambió.» Mila, exultante, tropezó y fue a dar sobre unas bolsas de cemento. «Y vos sos una dactilógrafa brillante y siniestra», dijo, desde allá abajo. «¿De dónde sacaste ese anillo?», agregó, mientras Bettina la ayudaba a sacudirse el polvo.

Iba a responderle cuando la secretaria las interceptó en la puerta: «¿Qué pasó? ¿No las dejó?» Asintieron. «Uf, es un pesado. Mirá: prométanme que no van a decir nada. ¿Cómo me dijiste que se llama?»

—Sos un ángel —dice Bettina.

Pero al cabo de un momento la secretaria volvió, con aire contrariado que no anunciaba nada bueno:

—No, es raro, pero no está. Ni en la computadora ni en el archivo viejo. No es la primera vez que pasa. Hace años que cada jefe que se va se lleva medio archivo. Hay protestas, tratamos de impedirlo, pero sigue ocurriendo.

—Eso es terrible —dijo Bettina.

—¿No dejan mirar a nadie, y no hay nada que mirar? —preguntó Mila.

—Bueno, hay mucho desorden. ¿Vos lo conociste, no, Bettina?

—Formidable —murmuró Mila.

—Sí, lo conocí. Pero en realidad, la que quiere encontrarlo es ella: Mila Sivelich.

En este punto la aludida protestó; hacía un rato que deseaba hacerlo, y ahora tendía a atragantarse al hablar.

—No sé si quiero *encontrarlo* —dijo—. Quiero saber en qué anda, para un reportaje que estoy haciendo. Pero vista la buena voluntad y la eficacia de esta institución, creo que me informaría mejor estableciendo su carta astral. Es curioso, no lo notaba tanto cuando trabajaba acá. ¿Alguien se ha preguntado, alguna vez, para qué sirven estos escritorios, estas carpetas, estos cuadros de mal gusto? ¿Alguien ha pensado, quiero decir, que tal vez las cosas serían más fáciles si todo esto *no existiera?*

—Mila, ella está tratando de ayudarnos...

—Dejá, Bettina, está bien —se dirigió a Mila, con cierta severidad maternal—: Lo de la carta astral no es mala idea, te sugiero que lo pruebes. Pero en cuanto a este lugar, creo que no entendés. No sé si tu trabajo suele mostrarte la manera en que las cosas funcionan en el mundo, pero el mío sí. ¿Sabés cuántas dependencias estatales existen en el país? Más de dos mil. ¿Sabés cuántos inspectores, cuántos funcionarios más se necesitarían para controlar a todos los que trabajan en ellas? Mejor no saquemos cuentas. ¿Y si no existiera? Ustedes los intelectuales son divertidos. Se quejan de que todo es un caos y escriben articulitos en los diarios, diciendo que hoy en día vivimos bajo la ley de la selva, todos contra todos. Y para arreglar las cosas, como son sensibles y rebeldes, quieren eliminar la administración.

—Yo no dije eso.

—Sí lo dijiste. Estas oficinas feas, deprimentes, toda esta mediocridad es la administración. Es horrible y si la sacás es peor. Ahí sí vas a tener la ley de la selva. Ya sé que todo esto se viene abajo. ¿Me das la solución? Somos un dique podrido, pero lo que estamos aguantando es...

Buscó la palabra por un instante, sin éxito. Carraspeó y dijo:

—A veces las personas desaparecen, sí; o se las hace desaparecer; y eso en cargos públicos, a veces de alto rango.

—Pero esas cosas se saben. ¡No se puede ocultar así nomás la identidad de un hombre en un puesto visible!

—Es difícil ocultar la identidad de un alto titular. Pero nadie, ni la prensa, ni la mayoría de los mismos políticos, sabe con plena seguridad quiénes son la pléyade de secretarios, viceministros, ayudantes y hombres de confianza que infectan estos pasillos. Podés verificarlo vos misma. Me acuerdo que hace un par de años vino un chico: quería trabajar de ayudante en el archivo. A las tres semanas lo echaron; se peleó con su jefe, parece que trató de robarlo, o algo así... bueno: ¿vos creés que se hizo una denuncia, que la cosa quedó registrada en algún lado? No quedó nada, ni siquiera los datos del chico en la nómina. Por eso te digo...

El aire olía de un modo particular: olía a revelación y evento. Una tenue música de sellos oficiales vino a puntuar las últimas palabras. Debo tomar nota de todo esto; si me limito a escuchar, a hablar, a dejarme vivir por estas gentes, nunca podré contarlo más tarde.

La secretaria dijo con entusiasmo súbito:

—Y ahora que lo pienso, *hay* una forma: el tipo que buscan nunca tuvo amigos acá, pero el jefe del archivo debe haber tenido en sus manos la dirección miles de veces; se llama Vaccaro, Sergio.

—¿Ya no está en esta oficina?

—No, pero pueden encontrarlo; trabaja en la sede.

Tal como en una comedia de errores, la luz que iluminaba la cara de la secretaria cambia: se desplaza bruscamente y se posa sobre Bettina. Más revelaciones, Dios mío; aquella felicidad de equilibrista debutante en los ojos de mi amiga: «Pero si yo lo conozco...

Sergio Vaccaro es amigo de mi novio, estoy segura... es cuestión de preguntarle; voy a preguntarle hoy mismo.»

Todos rieron.

La secretaria se dirigió a Mila: «Pero vos, ¿para qué lo buscás? ¿Lo conocés? —la miró a la cara, y súbitamente dejó de sonreír—: ¿Tuviste algún problema con él? ¿Te hizo algo?»

El aire se estaba cargando ominosamente. Mala señal, pensé, cuando la gente empieza a hacerme más de tres preguntas de una sola vez: significa que mi respuesta no tendrá importancia. Las dos la miraban con temible curiosidad solidaria, ansiosas de levantarse indignadas por su causa. «No será algo grave...», insistió la secretaria. Y Bettina: «Mirá, Mila, no quiero presionarte para que cuentes nada. Pero si este hombre te hizo algo serio, lo correcto es hacer una denuncia. ¿Qué podrías hacer vos, con sólo ir a verlo?»

«Tal vez no me hizo nada», pensé.

Pero la rabia, la rabia está. Mila empezaba a sentirse del todo superada por las consecuencias que podía tener una acción, una palabra suya; y cuanto más lo comprendía, más se sentía atrapada. ¿De verdad quería encontrarlo? ¿Realmente quería que estas cosas sucedieran? (El asco de la piel; asco del tiempo y los olores de la piel.)

Empezó a reírse nerviosamente. Las otras, cosa muy loable, parecieron entender. Bettina dijo que estaba bien, y con unas pocas palabras más empezaron a dirigirse a la puerta. *Et haec olim meminisse iuvabit*, pensé, aunque confieso que no pensé realmente eso, sino que volví a acordarme, cosa absurda, de los ojos de Matilde Acevedo. Y pensé que incluso si, *para el resto del mundo*, ese hombre no me había hecho nada, lo odiaba. Sólo era cuestión de vivir con ese odio. O acaso no vivía con problemas de vejiga. Qué es peor, el odio o la cistitis... Y esto pudo ser el final de mi jornada, o ya casi. Pero justo entonces tuve la necesidad imperiosa de hacer un gesto, de sonreír, de hacer de algún modo que esa secretaria piense bien de mí; deseé hacerle un favor, una gracia cualquiera, y sólo llegué a hacer una pregunta.

Mi pregunta tonta, mi pregunta de cortesía fue más o menos así:

—Y Vaccaro, ¿por qué se fue? ¿Lo encontraron robando, también?

—No se fue. Lo trasladaron, dos días después del despido del chico.

—Y ese chico tan travieso, ¿cómo se llamaba?

La secretaria, con la mano en la puerta, pareció dudar. Luego, lentamente:

—Un nombre polaco, o ruso —dijo por fin—. Muy alto, buen mozo. Todas las chicas andaban locas por él. Boris. Sí, Boris: eso era.

15

—Tratemos de poner esto en orden. El tipo que buscamos no está. El único que puede localizarlo, por lo visto, es el archivista; el archivista es amigo de mi novio. Pero, ¿qué tiene que ver tu amigo en todo esto?

Nadie responde a Bettina. La secretaria sin duda no sabría qué decir, y yo estoy rompiéndome la cabeza de tal modo para encontrar una respuesta, que no puedo, humanamente, contestarle al mismo tiempo. No sin alguna crueldad, nadie responde a Bettina mientras cruzamos la calle, la misma diagonal Sáenz Peña de hace un rato, sin que yo pueda desde luego evitar la impresión o incluso la certidumbre de que algo en el aire, la luz, o el mundo, ha cambiado desde que llegamos, con Bettina y la secretaria que ha decidido acompañarnos o guiarnos, ya que en este duro y despiadado mundo los ángeles abundan, lo que debe significar algo; otra oficina nos espera, o al menos ése es el rumor que corre en nuestro alegre grupito; yo como siempre en un grupo y sea cual sea mi opinión me siento en minoría (de a dos también me siento en minoría, y también cuando estoy sola), de modo que las sigo, tratando claro está de dar una impresión de inatacable liderazgo. De todos modos, hubiera preferido contestar a Bettina: qué tiene que ver Boris, qué demonios pudo tener él que ver en esto. ¡Adelante, en todo caso, por la diagonal Sáenz Peña!

—¿Vieron ese peinado?

—Odio esa moda. ¿Vos no?

—¡Horrible! Por suerte empieza a pasar.

Cómo no admitir que hay algo raro, de todos modos, en esa forma de pasar charlando como viejas amigas, cuando por otra parte tenemos tan mal aspecto, un aspecto enfermizo diría yo. Supongo que es por la luz, esa luz mercurial del cielo que las hace tan pálidas, tan descarnadas, y de algún modo dignas de compasión, aunque no es realmente esto; más bien hay en ellas algo heroico, eso es, ese aire despreocupado y heroico que muestran mientras algo tremendo se cierne sobre ellas; fantasmas alegres, eso es lo que somos, pero ahora un portero nos hace pasar, y el cielo desaparece: qué raro, pienso, más bien incomodada por la oscuridad comparativa del local, qué raro a fin de cuentas, que haya tantas personas amables, Bettina, esta chica, qué las puso en mi camino, qué están haciendo aquí. Y mientras subimos por una ominosa escalera hasta el segundo o tercer piso se me ocurre pensar que también ellas habrán sido puestas allí por un motivo, también ellas buscan o lamentan algo, tal vez tienen su propia guerra secreta por delante, tal vez es otra cosa, no lo sé; pero en todo caso ellas *también* tendrán sin falta un tiempo asignado en el purgatorio. En ese caso, pensé, están aquí también por otro, para guiar a otro. En el purgatorio, pensé, nadie está solamente por sí mismo ni para sí mismo, el purgatorio es guerra y la guerra siempre involucra a otros. Bettina es mi guía. Y yo he guiado a Boris y a Keller: los he traído conmigo, aunque no lo sepan. Nadie está para sí mismo solamente, nadie. «A ver», dijo la secretaria, «hay cola, esperen un minuto», y desapareció detrás de una puerta con placa. La gente que esperaba, en el pasillo, se puso a murmurar; alguno nos miró con curiosidad no del todo hostil. «¿Vienen por el...» «No», respondí sin terminar de oír. «Buscamos a alguien, nomás.»

—¿Qué tiene que ver tu amigo en todo esto? —susurró Bettina.

—Él no sabía. A no ser que haya espiado en mis cosas. No sé. No puede ser casualidad.

Pietà! La palabra saltó sola, hermosa como el nombre de una pieza de motor. *Pietà* o Piedad santa madre auxiliadora cuya gracia es accesible a los peores tan sólo, a los que frecuentan pasillos mortecinos o dependencias estatales malamente iluminadas por bombillas de cuarenta watts. Sentí una ternura real por Bettina, por lo de hacía un momento, por esa pregunta que había quedado sin respuesta y sin siquiera una señal, o interjección de asentimiento. La escuché hablarme en voz baja y le respondí en voz baja. ¿Quería decir que él *no sabía* que yo había trabajado allá? No, dije; nunca lo supo. ¿Por qué, por Dios? Me encogí de hombros; por la puerta entreabierta veía a la secretaria discutir con un traje sastre gris, dentro del cual, con toda probabilidad, debía haber una mujer severa. Es un error, pensé, volviendo a hacer la ronda por el pasillo; nadie debería ser severo, aun bajo esta luz macilenta; afuera los ruidos eran ásperos, la luz mercurial, uno debía estar tan desamparado. «Gracias», dice Bettina aceptando un caramelo de menta de una de las abuelas que esperan. «Tengo también de naranja, hija, si preferís», me dijo, pero me negué pues lo que para Bettina era bueno debía serlo para mí... —Piedad santa madre auxiliadora no me dejes perderme, en qué estás pensando Mila en qué remoto sombrío Belén estás construyendo esta escena, con qué brisa tibia pasando entre los tablados haciendo temblar las llamas de nuestras velas trayendo el perfume de qué sicomoros y qué almendros, esperando qué, a quiénes, a qué milagro—. Y en alguna parte tu sonrisa de gato, Keller; flotando entre los rascacielos tu sonrisa como una adivinanza en un idioma olvidado; y el corazón de Boris rodeado de espinas a punto de elevarse en la tarde sobre las débiles llamas y el aroma a menta. Lavé los pies de la abuela con una jofaina de agua; luego me levanté de este lado de la realidad, y me crucé de brazos. «A propósito ¿qué era, al final, ese anillo que sacaste antes?» Alguien tosió; Bettina y yo abrimos la boca al mismo tiempo. «¿Qué estás haciendo acá, decime?», pregunté. «En serio, ¿qué sentido tiene? ¿Qué estás purgando en este lugar, con una chiflada como yo?» Estiré un poco el cuello; allá atrás, el traje sastre se movía. «Boris era el hombre más delicado de la tierra. Incidentalmente, también el más hermoso. Yo no era nada. Lo que él no me preguntó, no se lo dije; ¿para qué? ¿Qué importancia podía tener mi historia, me querés decir, Bettina?» La tomé de la mano; un rumor creciente vino a puntuar este gesto. Allá abajo empezaba a resonar algo, esa clase de ruido que parece ensordecedor cuando se lo oye todavía apenas. «¿Qué pasa?» Hice un lugar a Bettina en la ventana. La mujer que antes se había dirigido a mí dijo, desde su asiento, perpleja ante mi asombro, como si toda otra explicación fuera superflua:

—Hoy es el tercer viernes de octubre, hija.

Era cierto. Cuando por fin la vi, cuando recordé de una buena vez qué era lo que estaba previsto que ocurriera en este día, previsto en el mundo exterior, el de todos, se entiende, tuve la clásica impresión que la memoria inventa para paliar sus ausencias, la de haberlo sabido todo el tiempo. Hoy era el tercer viernes de octubre de mil novecientos noventa y siete, y eso que se veía allá abajo, pasando a media cuadra, y que había visto ya un rato antes por la otra calle, era una columna de manifestantes, una de las más impresionantes que hubiera conocido. Eran banderas, bombos, estandartes; y yo lo sabía, cretina de mí, hacía días que estaba enterada, pero por supuesto hoy, día elegido para mi guerra, lo había olvidado por completo. «Son muchísimos», murmuró Bettina. Salió la secretaria, acompañada por el traje sastre; yo no debía olvidar, pensé en ese instante, que la secretaria se parecía a Bettina, lo que no es raro; a la del traje sastre, a su severo y miserable aspecto, prefería y prefiero olvidarlos. «Mirá, yo lo siento», dijo sin saludar y sin dirigirse claramente ni a Bettina ni a mí. «Yo lo siento, ustedes son unos inconscientes. No, yo lo siento. A mí no se me engaña. Si usted a Sergio lo querría para algo importante yo encantada. Pero yo le dije, ella es una amiga, Sergio es un amigo, yo no me puedo tomar la libertad...» Se interrumpió al ver la escena de la calle: «¡Vieron! ¡Vieron!», gritó mostrándola con la mano. «¡Como para andar charlando, están hoy!» «Yo pensaba ir», dijo Bettina. «Yo también», dijo la secretaria. «Son como mil», dijo la señora de los caramelos de menta. Y durante unos instantes todas miramos, fascinadas. No sin cierto miserable alivio miramos, como todo el que asiste a una escena inquietante desde un lugar seguro. Era mucha, mucha gente. Vi las piernas incesantes surgiendo detrás de la esquina y desapareciendo en la otra; casi podía ver las caras, también pálidas, también sometidas a la luz mercurial del cielo. Me vi entre ellos, marchando; vi los carteles de lienzo, bamboleándose como lentas velas de barco; vi las pancartas, los puños; me vi entre los tambores; sentí la corriente invisible, llevándonos sin remedio. Y el ruido intolerable, y la confusión. Y alguien gritaría: *¡Abajo! ¡Abajo!* Y si alguno me preguntara qué hay en todo eso que me repele y me atrae, respondería simplemente: porque es mi día de guerra. Pero también porque, desde hace años, todo ruido perturbador me hace pensar en mi separación de Boris.

—¿Que tiene que ver tu amigo en esto? —repitió, ya casi para sí, Bettina.

Ya en la calle, se puso seria. Y dijo que quedaba solamente un lugar a donde ir.

16

Pero aquel último año, era cierto, Boris había empezado a cambiar. Iba estirando la piel de tambor de su moral privada, hasta el punto en que empezó a crujir; parecía mirar más lejos que ellos dos, y su belleza se resentía, se volvía delgada y desvaída, como un cuadro famoso reproducido en un billete de banco. Él parecía sentirse incómodo, estorbado por ella, limitado por su propia sensualidad; luego, como si su cuerpo y no él hubiese tomado una resolución, aquella rara melodía de su piel volvió a estabilizarse y a encontrar su sitio. Pero ya no fue igual; era como si hubiese pasado al servicio de una causa, como si envolviera apenas y precariamente el núcleo de una voluntad alarmante, adulta y férrea, en el interior de Boris. Mila no dejaba de observar estas metamorfosis, asombrada. Olía el miedo en él, sin comprenderlo. Seguían durmiendo juntos como hermanos; inmóvil, a su lado, Boris parecía una ciudad con sus murmullos, sus largos callejones silenciosos y sus raras ventanas iluminadas; de día levantaba altas murallas, adornaba los techos, organizaba con rigor el tráfico en las avenidas. Inquieta, ella buscó el centro, el pequeño núcleo de llamas azules en lo profundo de él, cuya presencia la había mantenido desarmada y ferviente; esa noche, cuando Boris volvió a mirarla de un modo turbador, como esperando de ella la respuesta a un enigma, volvió la cabeza irritada, y se dijo que aquello comenzaba a no bastar. «... Hasta que otra vez», seguía diciendo Keller, en la cocina, «si hay otra vez, los elementos dispersos de la casa mundial que desarmamos como relojeros locos sean prensados y refundidos en el alto horno de una inocencia catastrófica, apocatástica. Que seamos del final y no de un principio, ¿importa tanto? Los bárbaros que vendrán harán maravillas de nuestros huesos. Pero en el fondo ¿se habrá ganado algo? Nada; a menos que el velo se rasgue, nuestros ojos se rasguen y, amarillos e inmóviles, renunciemos al juego de los ciclos: más allá del cual las peras son peras, el aire es transparente y los puntos en el tenis cuentan de veras. Digo pavadas, ya sé; y no hay nada más cierto que lo que estoy diciendo...» Como una civilización que se marchita, legando etimologías y ruinas de mármol a la memoria, aquel invierno pasó y volvió a dejar a Mila caminando sobre las hojas secas de la avenida Melián, en los inicios de una vaga sensación de hecatombe. De pronto Boris había apoyado las manos sobre la mesa, con un gesto impropio, como si algo peligrosamente hubiera decantado en él. Ella iba y venía, fumando. La cocina estaba fría, por culpa de un vidrio roto. «¿Qué querés decir? Pero decime, ¿qué querés decir, Boris?» «Quiero esto... No es nada —intentaba sonreír—; quiero saber si me querés, eso es todo. Nunca me lo dijiste —dudó un momento—: Y quiero que vengas a vivir conmigo.» «¿Si yo qué? ¿Si yo qué? ¿Por qué, Boris, por qué todo esto?» «Porque te quiero», dijo Boris. «¡Callate! ¡No me vuelvas a decir eso! No, perdoname, por Dios perdoname, Boris. ¡Yo no sabía! ¡No sé nada, nunca entendí nada! Pero por qué hacés esto, no ves... ¡Dios santo, estamos podridos, los dos!», y salió llorando, exultante, aterrada, llena de susurros y gritos, como si acabaran de condenarla a muerte. Cuando volvió, más tarde esa noche, Boris leía en la cama. Sonrió, levantándose para tomarle las manos, y le dijo que había dedicado la noche a entender y ahora entendía, y todo iba a estar bien. Mila esperó un momento y dijo suavemente, con tristeza: «Acabo de acostarme con un desconocido. Tengo un dolor intenso en las caderas y por todos lados. Lo peor es que no había cómo lavarse.» —Boris la sentía caer lentamente en una especie de abismo, sorprendida de sí misma, ambos igualmente fascinados por la violencia de aquella cosa pálida y temblorosa, su yo, despertado súbitamente de un letargo de años—. «Esta porquería sigue saliendo. Tuve que andar por la calle, delante de la gente, así. Te pido sólo que me dejes usar el baño, y después me voy a ir.» Él vio el dedo que señalaba, entre las piernas del pantalón, una pequeña mancha oscura que, sin duda, había crecido algo a medida que ella caminaba: sólo él, a través el dolor abrumador que ya se abría paso como un torrente, para llenar los días a venir, sólo Boris podía hacerse una idea de la agonía que debía haber sido. «Yo no sirvo para nada, Boris. Hay cosas que nunca te conté y, mierda, no puedo contarte. No puedo aunque quiera. Creeme solamente, así es más fácil: hay algo muy sucio dentro mío, muy malo y muy sucio, y no te sirvo para lo que me pedís. A lo mejor no soy yo, espero que no. No me entendés, cierto. Quiero decir que a lo mejor no soy la porquería que debo parecerte, que a lo mejor me puedo curar, todavía. Ahora voy a averiguar si puedo. Sola. Quiero estar sola. No me mires así. No quiero que volvamos a vernos.» Entonces fue cuando Boris, con los calzones levemente corridos, empezó a llorar discretamente...

... pero en este difícil, en este jodido y francamente inhospitalario mundo, las cosas suceden siempre demasiado rápido para que podamos entender. Entender de veras.

Hoy es tercer viernes de octubre de mil novecientos noventa y siete. Hace años que no he visto esa casa. Tampoco estoy ya en ninguna oficina. He tomado colectivos; me he desplazado brutalmente. Sólo el cielo mercurial es el mismo de antes. La secretaria se ha ido. Bettina me pidió que la esperase. Se fue con la promesa de volver; y yo estoy sola de nuevo.

17

¿Sola?

Miro a mi alrededor. Me duele un poco el vientre; mi blusa está empapada.

No es posible que me haya dejado esperando.

De acuerdo, era posible. Cuando la gente te deja sola, ciertas cosas te llaman la atención de nuevo; yo sufrí de pronto, por enésima vez, la luz opaca y cegadora. Espantoso día de verano en la costanera porteña. Por acá y allá un arco falsamente colonial, bancos de sucio granito blanco, soportes metálicos para sombrillas. Los fines de semana esto debía llenarse de gritos de niños, música de radios y gordas en pantalón vaquero. «*Lo curioso es...*», murmuró Mila Sivelich, veinte años, sentada sobre el parapeto del paseo de la Costanera Sur. Si aquel comienzo de frase prometía, por esta vez nos dejó con las ganas: no sabía qué era lo curioso. Bettina le había dicho que la esperase, muy bien; a pocos metros de ella había un pájaro de cierto tamaño, posado sobre el parapeto, algo bamboleante y alado que la miraba sin simpatía y que, de no ser la esperanza, o algún otro símbolo, debía ser algo así como una gaviota. Que la espere ahí, había dicho, mientras ella iba a buscar a su novio. «Es acá cerca, te juro; uno de esos clubes exclusivos. Está con sus jefes», sonreía, angelical. «Va a ser mejor si me esperás acá.» Y Mila, sin hacer preguntas, se sentó y le pidió que no tardase. Vagamente pensó (piensa ahora) que no hay modo humano de llegar a hacerlo, de buscar al tipo, no antes del final del día. ¿Cuántas veces había fracasado ya? No le importaba. A pesar de todo, volvía a preguntarse *qué* había hecho Boris en la vieja oficina. ¿Robando? ¿Lo habían encontrado robando? Lo que pasaba era, sencillamente, que no podía creerlo. Es posible que Boris sea un misterio, puede que yo nunca haya sabido entenderlo, pero de eso estoy segura. O de lo contrario yo sé menos aún de lo que pensaba. No quiero que me sea quitado incluso eso, pensó Mila. Mis certezas, mis muertos. Y entonces, con perfecta naturalidad, dejó de pensar en el asunto. Caminó con imprecisión junto al parapeto, contando los bloques de granito blanco, y se prometió que al llegar a la altura de esa flor que crecía de una grieta, la cortaría para Keller. Uno. Dos. En realidad nada me ha gustado nunca más que esto: esta alegre derrota, la mayéutica blanda y envolvente de las tardes malgastadas, donde el destino pierde sus aristas excesivamente duras. Y una se disuelve, sin pena, invencible. Tres. Cuatro. ¿Dónde estará Bettina? Cuando volvió a mirar el parapeto, vio que la flor había quedado atrás. Mala suerte, pensó, y siguió caminando. Es notable que yo sea por completo incapaz de volver sobre mis pasos. Supe que iba a extrañar a Boris a los diez minutos de irme de su casa; pero ya había salido, y no iba a retroceder. ¿Por qué no? Porque así son las cosas. Y aquí estoy, esperando por nada a esta loca de remate del Ejército de Salvación, en el último rincón de Buenos Aires, por no haber retrocedido nunca. ¡Bravo, *mio tenente*!

—Señorita, disculpe: ¿no tendría una moneda?

Mila se vuelve bruscamente: esto no tiene nada de silencioso, de pronto. Una mujer. Muchos círculos concéntricos se abren en su conciencia, mientras se instala en ella la evidencia de que esa mujer es real, y que sus propias reacciones se están volviendo lentas, lo que no deja de ser preocupante. No tiene ningunas ganas de desmayarse. Y ésta, qué quiere. Abruptos ojos claros, un poco juntos, casi blancos. Destellos de una tristeza antigua y vagamente intolerable. Un saco arrugado con remiendos en el codo, de auténtica mendiga, que no agrega nada. Y un resto de carmín en las arrugas de los labios. Debe tener cualquier edad por encima de los sesenta. O quizás más, mucho más.

—Una moneda para ayudarme, querida. Si no es molestia —dijo la vieja, trabajosamente.

De manera por completo inconexa, hice tres cosas en rápida sucesión: sonreí como una tonta, miré a mis espaldas (ahí estaba, lóbrega como una postal antigua, la fuente blanca y seca con los caballos al galope) y recordé a mi madre en el sillón de nuestra casa. Dentro de un momento, estaba segura, iba a descubrir la causa exacta de estas cosas. La vieja me miraba todavía, expectante. Dejé de sonreír. ¿Pero *qué* quería, realmente? Una moneda; por supuesto. Me incliné a hurgar en el bolso. Deseé no sacar el mango de paraguas: saqué el mango de paraguas. Fue ella la que sonrió ahora, con infinitas y tremendas arrugas.

—Ma va a tener que disculpar si no le acepto eso.

—Espere —digo—. Tengo algo acá en el fondo, aunque no mucho.

Toqué, no sin júbilo, las dos monedas que buscaba; y entonces, sin sacar la mano de mi bolso, me quedé otra vez pensativa. Un sillón, y la puerta: la luz de neón de la cocina y el ruido de agua hirviendo; ella esperaba en la ventana. Siempre sola, siempre esperando a mi viejo. Dejé las monedas y saqué mis dos últimos billetes.

Erguida, con cierta ferocidad *in pectore,* Mila dijo:

—¿Sabe por qué le doy esto? Porque mi madre fue una mendiga. Toda la vida. Y creo que nunca le dieron nada.

Y la otra:

—Pobrecita, pobrecita. *Pero no está loca* —cosa increíble, y que previsiblemente me deja muda.

Sus ojos, si fuera posible, se habían hecho más grandes: al decir esto, brillaron con una especie de anónima y resignada violencia, como la brasa de un cigarro a medio apagar y al que se da, de pronto, una profunda calada. Tenía la nariz muy recta y pómulos altos, muy ásperos y rojos. Alguna vez había sido muy hermosa, aún lo era en cierto modo.

—No está loca —dijo por tercera vez, y bizqueó un poco.

Dudé un instante. Enseguida:

—¿A usted... —vi que sabía lo que iba a preguntarle—. A usted la dejó alguien, también?

Asintió. Miraba al suelo.

—¿Hace mucho? ¿Y no volvió a verlo nunca?

No me temblaba la voz, no estaba emocionada siquiera; sólo temía un poco que me saltaran lágrimas a causa del énfasis. Dije lentamente, con súbito desdén de emperatriz cortadora de cabezas:

—No te dejaron. A vos te violó alguno. Nunca se lo dijiste a nadie, cierto. Pero sucedió.

La vieja se dio vuelta sin más y empezó a irse. Yo sabía, por cierto, que iba a hacerlo. Pero entonces me tomó una vez más por sorpresa: dándose vuelta de pronto, me sonrió por última vez y dijo: «*Vos debés ser muy buena hija, querida.*» Vieja reventada y loca, pensé, mientras ella desaparecía y, casi al mismo tiempo, yo veía a Bettina y su novio acercándose, como bañados en oro, por el camino costanero. Vieja casual y absurda, pensé, vieja desconocida y chota, murmuré mientras los saludaba a ellos, voy a tener que agradecerte esto...

... y el mundo también discutía, y giraba. Sentada ahí con ellos, en el coche destartalado del novio de Bettina, rodando quién sabe ahora adónde, todavía mareada, pero respirando aún, y dividida entre la frustración y el miedo, yo puedo ver, como en un mal fotomontaje, cómo nuestros cuerpos se vuelven traslúcidos y revelan detrás nuestro, con redobles de tambor, la antigua memoria de la lucha en la tierra. («*Dejar de lado los problemas eternos en beneficio de la realidad opresiva*», había dicho Keller, parafraseando tal vez a alguien, «*es cambiar la perspectiva del chajá por la del peludo. ¡Arriba, Mila!*».) Y en la sexta o la séptima hora de mi guerra, mientras mis energías se reponen de modo es verdad un tanto provinciano o palurdo, gracias a la novedad del auto, tengo la impresión de que ciertas creencias mías acerca de las mujeres deberían ser por lo menos revisadas. Miro en el espejo retrovisor a mi amiga Bettina, que no es más que una buena dactilógrafa de Buenos Aires, sin ambiciones y sin grandes ideales de lucha, y que hoy ha decidido guiarme a través del purgatorio, las oficinas, la guerra, todo; que no sólo demuestra más fuerza que yo, sino que la mayoría de los hombres que he conocido. Y algo o alguien por aquí dentro, que no está agotado ni sufre el menor mareo sin duda porque para ella ha pasado el tiempo y no está ya en este coche, algo o alguien piensa: ¿acaso no venimos sintiéndolo hace tiempo? ¿Acaso no sabíamos que el signo de los hombres estaba decayendo en el mundo? Y las mujeres, pero sobre todo muchos hombres, se llenaban la boca de estupideces sobre el progreso de la mujer, como si aquello no fuera la última fase del mundo que los hombres crearon. Un día dijeron los hombres a las mujeres: serás moderna y liberada, trabajarás y así la producción será mayor. Y así fue. Y hubo libros y movimientos y al cabo de unas décadas los desconsolados niños occidentales encontraron en su casa a un papá tímido y lleno de culpa, y una mamá fuerte y ausente, que había recibido el mandamiento de ser libre. Y no quisieron crecer ni parecerse a papá, y vivieron con la más loca nostalgia de mamá, y siguieron siendo siempre niños. Y los niños toman sus deseos por la realidad, los niños no conocen la pertenencia a comunidad alguna, y sólo viven para la satisfacción de sus deseos. Y en efecto, dijeron los hombres: hágase el sesenta y ocho, y el sesenta y ocho se hizo y los niños tiraron piedras y dijeron que sus deseos eran la realidad, y como el deseo a veces decaía fue necesario aumentar el deseo. Nuevamente dijeron los hombres: haya destape, y hubo destape y muchas revistas y películas y publicidades, sin olvidarse de recordar, de vez en cuando, que aún faltaban muchas conquistas en la liberación femenina. En efecto, algo debía faltar porque vinieron los pálidos y ojerosos noventa y cada vez más mujeres empezaron a suspirar y lamentarse: no hay hombres, dijeron, buscan sólo sensaciones, buscan a su madre; son horribles en la cama, o son homosexuales; son frágiles, son egoístas, son como niños. Y los hombres dijeron: déjennos tranquilos, queremos morirnos. Era más que una decadencia, era un colapso. Y en éste, al contrario de otros de la historia, las mujeres podían enorgullecerse de haber participado ampliamente, aunque de modo involuntario. ¿Me oyen, cretinas? ¿Creen todavía haber conquistado algo? Y ahora el mundo dominado por grandes niños deseantes y dispuestos como nunca a degollarse unos a otros va a hundirse, y yo me niego ¿está claro?, me niego a ser considerada partícipe en semejante mierda. Declaro que hubiera preferido ser escritora, cortesana, poetisa, intrigante, reina; hubiera preferido ser mujer en *cualquier* época, antes que en ésta. Cultivo el espíritu sin sexo, hacia el que toda mujer y todo hombre realmente inteligentes han tendido en el pasado. Devuelvo mi carnet de mujer moderna, con píldora anticonceptiva y todo... (¿Qué te parece, Keller? ¿Soy ya lo bastante renegada para ser auténtica? ¿Te hubiera impresionado con ideas como ésta, en la época de Boris? ¿Cuántos años han pasado desde entonces? *¿Cuántos, desde que tuve veinte años...?*)

Mila vuelve a mirar a Bettina en el espejo retrovisor; pensó (piensa ahora) que nada de esto puede ser comunicado. Bettina continúa hablando, y de vez en cuando apoya una mano sobre la rodilla de su novio. Observo que el gesto no me dice nada (ninguna sombra, ningún ancho torso ocupando mi sitio). Empiezo a encontrar cierto encanto en esas manos y esas rodillas, y su modo de entenderse... En cuanto al curso de la historia, una cosa parece inevitable. Voy a ser parte de ella. Pero había una razón más, y lo digo en serio, para no aceptar el papel de mujer conquistadora. Yo quería *hablar*. Y los conquistadores son mudos. Y tal vez fue por eso que ahora, sin razón aparente me vino a la cabeza un recuerdo que era, en verdad, más importante que todos esos hundimientos y desplazarse de continentes.

Son casi las cuatro.

Recuerdo que un día, en un momento que fue olvidado porque aún no era tiempo, porque tenía que llegar el día de hoy para que recordándolo apareciese de golpe en todo su significado, un día me miré de nuevo. En un espejo o en alguna vitrina en alguna calle un día me miré de nuevo, y entreví a un hombre, el que debí ser; su cara, que es de otro. Al principio había tratado de imaginarlo simplemente: ¿cómo se siente esa libertad, ese modo de andar como desprendido de todo? Intentó verse ancha, el pecho plano, con trueno autoritario en la voz; el dedo señalador capaz de ordenar imperios; imaginé su cara áspera, el peso extraño entre los muslos, y la seguridad del que se encuentra en el mundo como en casa. Había tenido que reírme: en el vidrio o el espejo la miraba una pobre muñeca descarnada, el pelo negro sin brillo y unos lindos pechos: dieciocho años, y todavía jugando a mear de pie como los chicos. Me saqué la lengua, riendo; y no sin malicia me sacudí, con unos golpecitos, las últimas gotas. Eran las últimas, en efecto: estaba lejos de haberme perdonado, pero ya no quería, ni esperaba, perdonarme como un hombre. Estaba atada a Mila, hasta el final del juego.

18

Y en cuanto a lo demás, a lo que infinitamente ha dolido: no dejé de equivocarme, no dejé de entrar más y más profundamente en un dominio cuya violencia podía, objetivamente, llevarme a una locura que no era mía siquiera. No puedo decirlo mejor: lo sorprendente de aquel año y medio después de que dejara de ver a Boris y a Keller, es que fue parecido a mis temores, pero no a mí. Yo he tenido mi adolescencia tardía y difícil, comprenderán, igual que otras mujeres notables, pero no tengo vocación de loca. No, al menos, de loca de loquero. Sabía que el caos no iba a durar por siempre. Después de la noche en que volví a lo de Boris de aquel modo lamentable, se instaló en mí esa rara convulsión sagrada, un sincero deseo de macerar la carne, de romperme contra las piedras. Lo de la mujer fue como un respiro breve, para el que sabía que no estaba preparada: una boca fresca de un modo imposible, y tersa, el contacto con una suavidad tan súbita, que resultó más violenta que todo lo otro, pero a la inversa. He tratado de explicar, a los que han querido saberlo, que en ella *no había nada de ofensivo*: eso era. Yo sentía aún su risa, vibrando contra mi mejilla, en su vientre: una felicidad apagada y breve, como el sueño destilado en gotas lentas de una tarde de verano. Quiso bañarme y peinarme: le dolió que me fuera. Yo me había concedido una tregua, por decirlo así, y durante ese intervalo nadé delta arriba y abajo, me compré un saco gris y una corbata, y jugué un poco a la política, recurso que era sobre todo una manera de acercarme a la literatura, por un tortuoso rodeo que yo misma no entendía; una vez, incluso, me invitaron a hablar por radio, junto a otros militantes jóvenes, y una locutora gorda y brutal me espetó: «¿Qué *propone* usted cambiar de la *constitución* actual?» Eran tiempos agitados; balbuceé y traté tímidamente de citar a Goethe, pero la memoria me falló y salí de ahí arrastrándome como una lombriz. Dejé por el momento la política. Y una noche, en un bar, una desconocida, la mujer de la que hablo, se volvió súbitamente hacia mí y mi vasito de granadina, y dijo: «No sé qué hacer, este tipo al lado mío viene tratando hace horas de llevarme a la cama, y Dios sabe que es un tarado, pero pensé qué joder, podría por una vez acostarme con un hombre para ver cómo es, te parece que será perder el tiempo.» Tenía la voz ronca; el humo y la mala luz del bar le daban un aspecto contrariado y emocionante, como una película de los años cuarenta. Debió parecérselo en efecto, que era pérdida de tiempo, ya que se fue conmigo en vez de él. Y aunque no duró, ya que astutamente me las arreglé para escaparme, otra vez, de aquello que me beneficiaba, el ligero perfume de esa noche iba a guardar cierta virtud reparadora, en la zona más bien negra de las cosas en la que empezaba a entrar. Hubo muchos otros nombres, y otras caras. Aquella angustiada del chico muy joven y feo que repitió esa humillante declaración durante meses, y cuya adoración era el sedante, el opio que yo reclamaba con furia para hacerme olvidar la náusea de seguir con él; una suerte de paradoja eleática de lo más *charmante*. Paradoja, por cierto, que ha regido buena parte de mi vida y, si no hago algo drástico, seguirá haciéndolo siempre. Hubo muchos otros, realmente perdí el tiempo: una voz resbaladiza, inflamada como un grano, dando innobles excusas a su mujer: yo lo oía hablar por teléfono desde la cama, y observaba el color de sus nalgas. Debía tener cuarenta o cuarenta y cinco años. ¿Qué importaba que al cabo de una semana, a lo sumo, cansados de suplicarme que nos acostáramos, todos desaparecieran? ¿Y qué importa que haya olvidado por completo sus nombres? La tierra era negra, negra. Enseguida el recuerdo de una oreja o de un puño de camisa de Boris iba a caer, como una estrella fugaz, en mitad de la noche deslumbrante; en la cama, en cualquier cama, una cosa húmeda y caliente se abriría camino entre ciertos pliegues, ya no los míos a Dios gracias, con la obtusa intolerable seguridad de quien predica un evangelio. Y yo iba a seguir calentando pijas por nada, mirándolos de cerca, tratando de desentrañar el secreto. ¿Cómo se hacía para encontrar, otra vez, el camino hacia el cuerpo? ¿Cómo era *posible* el cuerpo? Yo detestaba aquel sexo del hombre, de cualquier hombre, no por su fealdad o su torpeza, a las que hubiera terminado por acostumbrarme, sino porque ignoraba la duda: porque conocía sus derechos, como los contribuyentes americanos. Puede que yo haya venido, en efecto, mal parida; a estas alturas parece bastante claro que mi cabeza no funciona como Dios manda y no parece que pueda hacerse gran cosa al respecto. Pero en esto estoy segura de no equivocarme. ¿El báculo ancestral, *phallus* místico, símbolo de poder y voluntad creadora? ¿Ha visto esa gente *alguna vez* un pito? Y sin embargo yo también, como cualquier hija de vecina, he sido codiciosa del paquete en cuestión. Y sobre todo, en cierta lamentable forma, también yo le debo algo. Se trata de un secreto. Una vez, y no estoy segura de que deba contarlo, una vez me encontré con algo que podría llamar el Arquetipo o la Madre de todas las pingas. Era lo que se dice un fenómeno de circo; el dueño y la ocasión no importan. Lo cierto es que yo estaba aterrada, y entonces me vino esa loca idea de pedirle que me dejara escribir unos tercetos sobre él. Sé que parece absurdo. Creía que eso la despojaría en cierta forma de su espanto; supongo que esto revela mucho de mi confianza supersticiosa en el *logos* civilizador, en la palabra escrita. Él no se negó y yo saqué mi Parker; le complacía sobre todo la cantidad de versos que parecían caber ahí. Con vanidad típica, me dijo que la próxima vez podría escribir una novela. Y así, arrodillada ante sus piernas abiertas, fui escandiendo un verso tras otro; por pudor, no puse mi firma. Todo eso no me salvó, desde luego: volví a casa con la impresión de haber sido cortada en dos a la altura de la ingle. Sólo cuando estuve sola, sentada sobre todas mis almohadas, me di cuenta de que acababa de producir mi primer poema. Y aunque me crujían los huesos, recordé que Goethe describe una sensación análoga en el momento de su iniciación poética. Suspiré, llena de esperanza y de melancolía; en alguna parte de la ciudad, a aquellas horas, andaba un perfecto extraño, de quien ni siquiera había guardado un número de teléfono, a quien con o sin datos personales no pensaba volver a ver nunca, con mi *opera prima* balanceándose en sus calzones...

¡Escribir! He dedicado tantos, tan agotadores pensamientos a eso. Esta bobada que acabo de inventar, así como otras mentiras que me denuncian mejor que cualquier *dictum* sincero, da testimonio de ello. Y cuando se terminaban los merengues de la caja y la hoja seguía vacía, tersa; y algo en la luz de la ventana me decía, discretamente, que vendría un nuevo mes, y más tirones en el vientre y ninguna canción, ni mujeres, ni vino, entonces rezaba: ¡Señor, arroja la bomba! Un solo guante de ducha lavando una vulva, cualquiera que sea su dueña, basta para refutar cualquier doctrina poética. ¿Y los otros? Vuelvo a lo mismo: no podré ir hasta el final, no podré nombrarlos a todos. Es hora de que lo diga: la gente me aburre. Además, cuando se han tenido ciertas experiencias, una se vuelve incapaz de abrir las piernas a un extraño en la inconsciencia feliz de lo humillante del acto; queda a merced del amor, si es que llega alguna vez, y yo no creía en eso más que en Dios o en los rumores bursátiles. Las mujeres aman tan fácilmente, y sufren tanto al hacerlo, porque llevan úteros abiertos, en los que casi cualquiera puede entrar, por poco que quepa. Hay algo de esquí acuático en la manera de amar de mis contemporáneas: ruidosa, esforzada, agresiva, triunfante; y sin embargo pasiva. ¿Es culpa mía si detesto los deportes de verano? ¿Es culpa mía si nací con un útero hermético de alta seguridad, que se niega a parir a nadie, como no sea a mí misma? Al final tendrá razón mi abuela, santa mujer: «¿Cuántos años ya, Milita? ¿Catorce? No te vayas a casar todavía.» Yo respondía para mis adentros: «¡Amén!», y agregaba que en útero cerrado no entran moscas. Como no sea a mí misma, dije: pero ante el sacro oficio del arte se abre en mí un abismo de terror que borra a todos los otros; y eso es hoy, eso es ahora. Sé que no resistiría *físicamente* el hacer el ridículo en ese campo, y eso es todo. Ahora bien, quedaba, por supuesto, la posibilidad de convertirse en una mujer elegante; pero yo era demasiado joven todavía y además, incluso entonces, sabía (no sin dolor) que no iba a ser elegante: había en mí algo nervioso, algo destartalado y amarillo que recordaba, patéticamente, a la pintura costumbrista de una muchacha de campo. Una mujer elegante podría haberme amado *a mí*, en rigor, pero dondequiera que estuviesen las candidatas, la ocasión les pasó desapercibida. Supongo que fue por entonces cuando coqueteé con la idea de matarme. Siempre es algo que hace sonreír a los viejos, pero no a la mocosa que se pasea por las veredas de Montserrat con un frasco de tranquilizantes en el bolsillo, temerosa de que un golpe de calor o un empleado de correos grosero la induzcan a utilizarlo. A veces bastaba con una bola de helado que se me caía al piso para partirme el alma. Percance, dicho sea de paso, que ocurrió demasiadas veces como para que la biografía de esta autora, aun con el aval de futuras obras geniales, resulte un libro serio. Gastaba fortunas en pañuelos de papel. Y en bolas extra de chocolate y pera. Siempre, sin embargo, terminé por volver al redil: he visitado a mi madre en un café discreto junto a la casa de su marido, he leído en bares y vuelto a mi pieza del centro bajo los cables tendidos y el rojo óxido de las nubes del siglo reflejado en los ventanales al atardecer. Me pegaba bigotes postizos; y, bailando en esa última penumbra, haciendo de mimo en las plazas, expresaba mi infinita pena, mi ambición, mis ofensas no reparadas y mi disgusto del mundo mediante un exhaustivo movimiento de cejas y de hombros. O recitaba poemas de T. S. Eliot con acento chino, y me bañaba con el agua demasiado caliente, y me quemaba el culo. *Ablil es el mes más cluel...*

19

—¿Qué está haciendo *ahora*, Bettina?

Dentro del coche, esperando al novio. Estoy asomada entre dos asientos, hablando muy cerca de la cara de Bettina. Su cara huele levemente a pachulí. Delante nuestro, allá afuera, el novio conversa animadamente con un aparato embutido en la pared. El aparato (en este país) se llama portero eléctrico. El nombre no es afortunado; mi impaciencia es infinita. Desde que subí a este coche tengo la impresión de avanzar bajo el agua. Este excelente muchacho va despacio, se para en las esquinas, se olvida de arrancar cuando la luz se pone verde. Se diría que el auto le pesa, pero es una ilusión: es *él* quien pesa al auto. Y los de su género le pesan al mundo. Conozco bien su género; es la inercia, según los antiguos madre de todo mal en la tierra. Y a este gordito no le basta con ser madre del mal, sino que además se queda charlando. Observo, también, que en la otra vereda sendas familias comienzan a instalar sillitas plegables en la puerta: en un momento más se oirá una radio, y los veremos sorber plácidamente cierta infusión inefable y nacional.

—Él cree que Vaccaro vive acá. Esperemos que no se haya mudado —dice Bettina, fumando.

—¿Cree? Por lo visto desconfía, parece que le está haciendo un test de personalidad.

Vuelve nuestro conductor, arrastrando los pies. Es flaco de pecho, algo de panza tiene; parece un gran enema, caminando a desgano y con el pico arriba. Treinta y cinco años, edad mínima. Rubio, al menos hasta nuevo aviso.

—No está —musita, cerrando la puerta con suspiro; y la dificultad de estas dos acciones parece acabar con sus fuerzas. El coche parece inamovible como la tumba de Nefertiti. Su motor es un sarcófago. Se produce un nítido anticlímax entre el asiento del enema y el mío. Bettina y yo nos miramos, después lo miramos a él. El Vizconde se vuelve, lanzando fuego sus ojos:

—¡Y a mí qué me decís, che! Está afuera, trabajando. Ahora es secretario de un tipo del partido. Y hoy justo salieron de campaña, a José C. Paz. ¿Te alcanzo a algún lado, piba?

—¡Cómo, te alcanzo a algún lado! ¿No podés llevarla a donde está Vaccaro?

—Vos sos loca. Está de campaña. ¿Qué querés, que lo pare en pleno mitin? Aparte estoy cansado.

—De tomar caña con tus jefes. Y eso que por más que trepás no te ascienden, no sé de qué estás cansado.

—Pero qué te pasa a vos, decime. Nunca me hablás así. No te reconozco, Bibí, te juro.

—¡Sabés que odio que me llames Bibí!

Y entre los cedros el viento siguió soplando...

Yo estaba inclinada, evaluando los precisos agujeros en la camiseta color beige de uno de los de enfrente, y su efecto, teniendo en cuenta las siluetas azules y grises de las casas. El cielo sigue nublado. Una ceniza ligera parecía llover de alguna parte. De golpe me di vuelta como si me despertara; los otros se sobresaltaron.

—Sergio Vaccaro fue trasladado a la sede ministerial, ¿no es cierto?

—Sí, pero yo no lo veo desde entonces. Éramos conocidos, nomás.

—Sí —continué, clavándole los ojos por el espejo retrovisor, pensando por favor no me resistas ahora, a lo mejor todavía me servís de algo—: Sí, pero eso, ¿cuándo fue? ¿Pudo ser a fines del noventa y dos?

—Sí, puede ser, más o menos ahí. Pero...

—El traslado de Vaccaro fue consecuencia de la partida de su jefe. ¿Es cierto, o no?

—Puede ser.

—Y el jefe ¿dónde está? ¿Trabaja todavía?

—No sé.

—¿Quién es realmente Vaccaro?

Yo estaba funcionando tan por encima de mí misma, encadenando pensamientos y preguntas sin interrupción, que casi no me di cuenta de que se había hecho otro silencio. El novio de Bettina parecía molesto; ella le dijo, con un imperceptible rumor de madreperlas en la voz, por el que supe que ante todo y pese a todo esa muchacha era mi aliada: «Pero dale, contestale, Dante.»

—Es lo que pensás —se resignó el otro—. Vaccaro no es nadie, en realidad. Es un rata, corrupto y ladrón donde los hay, y es verdad que trabaja solamente para su jefe, es su puta y su correveidile. Y ahora te podés olvidar de todo. Te contesto porque Bettina me lo pide y aparte porque me dijo que estabas haciendo un reportaje importante. Aparte esto te lo va a decir cualquiera, no es un secreto. Pero más allá de Vaccaro no sé, y más allá no vas a llegar, para eso está, para que si alguien tiene que saltar, salte él y no otros. Haceme caso... no —bostezó—. Y *más vale,* pero más vale que mi nombre no lo ponés, si es que llegás a escribir algo.

—Vos también tenés que hacer carrera, claro —se me escapó.

—¡No tenés derecho, Mila! —estas palabras de Bettina coincidieron perfectamente con un ruido que vino de al lado: el de la camiseta rota le había pegado un grito a su mujer. Los tres nos dimos vuelta a mirar maquinalmente, antes de volver a lo nuestro. Yo dije que, de todas formas, Vaccaro era *ya* una evidencia.

—¿Qué?

—Que Vaccaro es el fenómeno, el *eidolon,* manifestación sensible de la cosa-en-sí, como diría un amigo filósofo. Que no hace falta poseer una intuición directa de su jefe para saber que es un grandísimo hijo de puta. Que todos los hijos de puta que tienen interés en seguir siendo inaccesibles al intelecto humano producen emanaciones, las cuales se les parecen, aún sin aportar evidencia, excepto la de que es mejor no dar nombres, si no queremos que nuestro puesto peligre, y veo que mejor me callo antes que se mueran del susto, en la escuela me pasaba, me decían radio japonesa porque hablaba sola y no se me entendía nada. Ustedes *creanmé*, tengo razón, muchachos.

No puede decirse que esto haya tenido una clamorosa acogida. De esas dos caras, una era todo desprecio, la otra indignación profunda, y —terriblemente lo sé— justificada. Algún día tenía que perderte, Bettina. En cuanto a mí, lo confieso, no estaba tan orgullosa de mi elocuencia como pueda parecer; pero poner incómoda, con silencios y miradas hostiles, a una persona ya de por sí tímida hasta la psicosis, y que durante toda su vida se ha aferrado a la cultura como último baluarte protector contra los embates del mundo, no está muy lejos del puro llamado al escándalo. Al fin y al cabo, no podía pegarles.

Y a propósito, afuera tampoco parecían reinar la armonía y el amor. Hubo el chasquido de una bofetada, el tipo de la camiseta sacudía a su mujer por el brazo, los otros miraban impasibles. El tipo levantó la mano; la mujer se tapó la cara, gritando. Al final entró en la casa, a los empujones. Todo en un par de segundos.

Yo seguí hablando como loca, en un susurro:

—¿Vieron? Los tres nos pusimos un poco más tensos. Y eso que pasa todo el tiempo, es lo más normal del mundo. ¿Pero es curioso, no? Vos no debés ser mal tipo; no muy bueno tampoco, claro. En todo caso, no creo que le hayas pegado nunca a Bettina. ¿Qué te parece? Yo personalmente tengo ganas de bajarme y de matar a ese roñoso y meterle ese mate en el culo. No pienso hacerlo, por supuesto, porque no tengo la menor oportunidad, pero sobre todo porque detesto el mal, y romper esa cabeza, aun por una causa justa, es un acto malo.

—Bettina, hacé algo. Me está mareando.

—El resultado es que hago como ustedes, como todo el mundo, salvo que hablo, hablo mucho, hablo de más, ¿no es cierto? Es más fuerte que yo, es mi demonio. Siempre tuve un don para la elocuencia. Pienso rápido y articulo mejor. Puedo contarte lo que nos pasa, como un libro, mientras nos está pasando. Y no sólo esto. Pregúntame cuántos botones tiene tu camisa. Cuatro, le falta uno. Pregúntame cuántas veces abriste la boca para decirme pendeja hinchapelotas, tomátelas, y te aguantaste por Bettina. Mejor no me preguntes nada. Te podría decir bastantes cosas sobre vos.

—¿Es europea esta chica, Bettina? ¿Por qué habla así?

—Es porteña, demasiado porteña. Y así habló. *Also sprach.* Cuando era chica era insoportable. Le hacía la vida imposible a mis maestros, porque en todos sabía ver el detalle, el defecto que los hacía risibles. Gran potencial, decían, carácter inestable. No es culpa de ustedes. Siempre tuve el don de provocar silencios, incomodidades, donde fuera y con quien fuera, siempre tuve el don de arruinarles a otros la fiesta, como se la estoy arruinando a ustedes hoy. *Pero nunca hice nada.* Nunca le rompí la cabeza a un gordo, nunca hice nada que me viniera de lo más hondo. Y ahora, por una puta vez en la vida, *quiero* actuar; y vos me lo estás haciendo más difícil, Dante.

Hice un gesto sin futuro, el de buscar cigarrillos en mi cartera; hacía años que no fumaba.

De repente levanté la vista y me eché a reír:

—Me encanta tu modo de dejar las manos apoyadas sobre el volante: parece como si jugaras a manejar. ¿Es tu primer auto?

—No —dijo Dante, aún aterrado: el cigarrillo le colgaba blandamente de la boca—. Cambié una citroneta por éste.

—Ojalá hubiéramos sido amigos. Si supieras... Bueno, si todos supiéramos, sería maravilloso. —Iba a dar una palmadita a su respaldo, pero me contuve.

—Es un lindo auto. Entonces, supongo... —los miré—. Supongo que me voy a ir.

Nadie me devolvió la mirada. Bettina, cómo agradecerte, murmuré. No te preocupes, dijo ella.

Pero, bruscamente, volví a entrar por un momento al coche:

«Yo sé que esto es increíble —dije—. Pero quiero desearles una feliz boda. La alianza, Bettina. "Tenemos un objeto que entregarle."» La verdad es que fue una buena idea.

Cerré la puerta con suavidad, preguntándome cómo estaría mi pelo, y procurando no mirar al gordo de enfrente.

Una vez leí la crónica de una ciudad bombardeada. Era un país que había perdido la guerra sin daños mayores, y sus generales habían desertado. En el último momento fue dada la orden de resistir, y entonces el ejército enemigo lanzó sus aviones sobre la ciudad durante tres días seguidos. Cuando se fueron, buena parte de la ciudad seguía en pie; pero los sitios familiares, la continuidad de las calles y avenidas, estaban destruidos. Mucha gente que, días antes, hacía planes para después del armisticio, estaba muerta. Y el cronista, que había estado allá y perdido su casa en el desastre, afirmaba que, así hubiese debido sufrir cien veces más daños, la orden dada había sido correcta. No explicaba realmente por qué; sólo estaba implícita la idea de que, a partir de entonces, *la batalla moral había concluido a favor suyo*. Confieso que, en aquel entonces, esto me escandalizó mucho.

Esta ciudad no ha sido nunca bombardeada: sus muros están intactos, y se tuestan al sol. Hay cordones de granito que demarcan las veredas: las baldosas son distintas frente a cada casa. Otras familias, más o menos gordas, colocan sus sillas delante de la puerta y miran. Y tienen razón en mirar, porque el espectáculo es magnífico. Un cielo purísimo, y los arrabales de una ciudad sin importancia. Y en una de sus calles, una muchacha, con paso más bien irregular, debido a que intenta sonarse la nariz sin detener su marcha, con la blusa más bien acartonada y, para decirlo todo, con una persistente picazón bajo la teta izquierda, busca una parada de colectivos. Ha perdido la guerra; ha ofendido a sus aliados; pero, de un modo análogo al descrito más arriba, siente que las cosas serán más fáciles desde ahora. El hombre al que buscaba *era* una catástrofe, *era* un bombardeo. ¿No bastaba con saberlo? Y con respecto a lo de recién, a lo que no pienso perdonarme mientras viva, debo admitir que hay otras verdades. Algo de celos, pongamos. Otras verdades que voy a tener que revisar, si los pasos que oigo detrás mío son realmente lo que pienso...

Bettina. Medio sofocada, con los zapatos en la mano. Había corrido unas cuantas cuadras para alcanzarme.

—Estás equivocada sobre él —me dijo—. Él nunca robó nada. Me lo acaba de jurar...

—¿Viniste corriendo sola, Bettina? ¿Sola? ¿Por qué hacés esto, por qué?

—Porque sí, lengua de víbora. Pero vamos a parar un momento.

—¿Por qué?

—Porque tengo los pies deshechos. ¿Alguna otra pregunta?

Y ahora estamos juntando fuerzas en un bar. No importa cómo es el bar. Lo que estamos diciendo no es lo mismo que lo que sucede, de modo por así decir geológico, y como fuera del tiempo, en mí. Lo que me sucede puede decirse de este modo:

Que Bettina le había estado acariciando el pelo, melancólica, cansada tal vez de su mutismo, y parecía deseosa de hablar de sus problemas. Mila sorbía su café con temor, se preguntaba si tendría que oír una historia, se sintió avergonzada de una ingratitud tan evidente, pensó que había en ella defectos que nunca iba a lograr admitir del todo: el egoísmo infantil, la manía del orden, este narcisismo que alguna vez me hizo sentir la última de las mujeres, e incluso cierta tacañería que era una llaga en su amor propio. Y justo cuando se preparaba para arrastrarse por el barro, comprobó que en ella se había producido un cambio, con la anónima integridad del animal que al cabo de mil años se despierta fósil: descubrió con sorpresa que estaba escuchando a Bettina; más aún, la entendía como nunca había entendido a otro, y sentía que su propio silencio era elocuente como nunca antes: absorbía los esfuerzos de

Bettina para expresarse, tomaba sus palabras y las convertía en oro, la atraía con la fuerza del agua que se queda quieta y se transforma en espejo.

¡Y qué maravillosamente inocua era la cosa! ¡Y qué espejo era ella, reluciente y nuevo! Se trataba del novio de Bettina, de sus pequeñas desavenencias, de las pequeñas crueldades infligidas a su bondadosa e inmadura carne; ella lo oyó todo, lo oye todo, mientras la tarde entra en su vigésima reencarnación; y puede jurar que Bettina nunca tuvo de persona alguna comprensión más desbocada, no sólo de sus penas, sino de su ser entero, el desconocido, el que de otro modo sólo vería la luz si ella fuera capaz de cantarse a sí misma, porque la antiquísima flor de la simpatía se había abierto en Mila como un juguete japonés de papel plegado: ella veía su cara rubia, su vulgar vestido, los buenos ojos de campesina toscana de Bettina abriéndose asombrados de la luz que ahora la confunde, el entendimiento de otra memoria y de otra cara humana (¡Ella, el payaso triste, la mujer elegante como un pie arrugado en la bañera!). Y por inverosímil o aberrante que parezca, aun sintiendo a Bettina como si la hubiese envuelto en su vientre, aún mientras le hablaba y veía abrirse muy grandes esos ojos, sabía que todo aquello era una ofrenda, que estaba girando unos pocos grados en el compás de la existencia para acercarse a otro, a un hombre al que todavía no amaba, pero muy pronto iba a amar con todo su ser: a Keller.

Y en cuanto a lo que decimos, es más o menos esto:

«Lo raro de todo esto es que me llamaste para que te ayudara, y soy yo la que termina recibiendo ayuda.» «Es siempre así, Bettina; de todas formas soy yo la que gana.» «¿Porque ayudar hace bien? No me convence tu espíritu samaritano.» «No por eso; porque hacerse espejo de otro es empezar a reflejarse a sí mismo. Quién sabe, al cabo de ese proceso puede estar la madurez.» «Mila, nunca conocí a alguien como vos. ¿Cuándo aprendiste todo eso? ¿Y qué es ese apuro por alcanzar la madurez? Va a llegar sola, a su tiempo.» «¿Y quién la quiere, a su tiempo? Todo es demasiado tarde cuando llega a su tiempo; nadie posee realmente su juventud ni su madurez, por la simple razón de que está ocupado siendo joven o maduro. Te voy a contar algo que decíamos, a los diecisiete años, dos amigos y yo: si no podemos tener cuarenta años ahora, mejor no tenerlos nunca.» «A los diecisiete años yo no decía nada y en lo único que pensaba era en perder la virginidad. ¿Qué les pasaba, a tus amigos y vos? ¿Qué comían?» «Nada, nos largamos a vivir un poco antes que el resto. A veces pasa. No hay que lamentarlo, ni tampoco alegrarse.» «¡A todo le pedís demasiado, Mila! ¡A todo y a todos! Lo que decís es hermoso, pero con semejantes pretensiones la gente se quiebra. Te admiro pero me das miedo; uno vive como puede, no como quiere.» «Puede ser. Puede ser. Mirá si me quiebro. Pero por eso, justamente, brindá conmigo. Todavía no estoy quebrada. Cuarenta años, Bettina. O la comba de un presente administrado con justicia. Eso es, también, la madurez.»

—¿Y después?

—Después cantaremos —dije riendo—. *Mulier cantat.* ¿Conocés eso? A veces me parece que nadie ha oído cantar a una mujer realmente. Hay algo casi monstruoso en eso, no más bello que en un hombre, pero menos explicable.

—Los hombres son lo más lindo que hay.

—Estoy de acuerdo. Tres hurras por los hombres.

Las dos rieron.

Bettina dijo:

—Así que *Mulier cantat.* Me recordás el colegio de monjas.

—No me digas. Mi madre se crió con las carmelitas. Y por eso soy atea.

De pronto Bettina exclamó, sorprendida: «Pero ya no entiendo nada, Mila. ¡Y ahora se te da por brindar! ¿Por qué? Pensé que estabas angustiada.» «Y así es», respondí, «estoy angustiada, y es más, no sé cómo salir de esto. ¿Cómo explicarte?»

Para hacer honor a la verdad, hubiera podido irme entonces; no me faltaban las ganas de dejar a Bettina y a la necesidad de explicarme; era mi amiga pero los amigos me cansan, en el fondo soy una romántica, me interesa el amor y solamente he tenido dos amores. Tenía ganas de dejar, sobre todo, a ese fantasma de historieta que me esforzaba en perseguir, esa frase patética y esos hoyuelos («Dame un beso»), después de todo qué importa lo que haya podido pasarme, qué importa, a ver si terminaba como otra de esas taradas que denuncian casos de acoso sexual, qué es todo esto por Cristo, quizás una gigantesca estupidez y no me di cuenta hasta ahora, por qué no volver a casa, entonces, por qué no dejar el día como estaba; era una buena pregunta y lo habría hecho, realmente, de no ser porque sin darme cuenta, a medida que pasaban las horas, había empezado a cantar. Así como suena; yo era la mujer que cantaba, sí, como en el poema; al principio sin notarlo, y luego de manera cada vez más evidente, hasta que el canto absorbió a todo lo demás. Y por esto no podía explicar a Bettina lo que estaba ocurriendo; era un canto que nadie oía, que no tenía lugar en el plano en que ordinariamente suceden los cantos. No era una elegía del pasado, ni un lamento, y no se refería a mí únicamente: mi canción para Keller tenía que abarcar otras historias, otros mínimos y conmovedores puertos o calas del rostro humano por los que mi antiguo rencor, y a veces mi risa, habían pasado muchas veces, sin detenerse. Y también —y esto era acaso lo más abstruso, lo más imposible de comunicar, y sin embargo para mí tan claro—, también necesitaba a Boris, su cara, la culpa intolerable que sentía por él, su misterio (¿qué hacía en la oficina?), porque mi canción de algún modo resonaba gracias a ella, a mi culpa, como un violín bien afinado bajo el arco. Necesitaba, en suma, las cosas que me rodeaban en ese preciso momento: mi búsqueda inútil, mi conversación con Bettina, y de un modo misterioso, la ciudad entera; y necesitaba que nada de esto cesara. Fue por esto, porque el mundo incesante en torno a mi canción me había marcado con una nueva derrota, que decidí que había llegado el momento de decir la verdad a Bettina. Hablé, mientras en lo profundo la canción seguía; admití una vez más que buscar a ese hombre era una locura (y mi canción se alimentó de esas palabras); finalmente, no sin pena, pero con una serenidad que me habría sorprendido, si a estas alturas tuviera ganas de sorprenderme, conté a Bettina lo que había ocurrido en la oficina, hacía cinco años. He terminado; Bettina me mira significativamente; deben de ser más de las cuatro de la tarde, y sólo ahora, al ver la expresión de su cara, entiendo que soy la paranoica más colosalmente ingenua que haya pisado jamás este o cualquier otro país olvidado: entiendo por fin que mi amiga, al confesarse conmigo, sólo intentaba insidiosamente hacerme hablar a mí. Y lo logró, aunque por el mismo precio me ha revelado otra cosa. Quizás esto es lo que ocurre cada vez que entregamos un secreto. Bettina reconoce que lo imaginó desde el principio, aunque no quiso molestarme: «Me preguntaba cuándo te ibas a decidir a hablarme. A mí me violaron a los trece años; es algo muy frecuente en el campo. Ahora, a veces, hasta me sale un chiste sobre eso. No siempre, claro. A lo mejor por eso estoy acá. Y ahora, ¿qué esperamos para buscar a ese señor, y reventarlo?»

20

Y solamente así, por lo tanto, puedo terminar mi día. Cantando en secreto, Keller, mientras mi amiga y guía me lleva de la mano, insiste, me harta a veces; y afuera la ciudad no es la misma, no puede ser en modo alguno la misma, al caer el sol, que al principio de mi día, aunque el acento al que nunca he podido acostumbrarme siga ahí, sus sonidos como dobles fondos, sus vocales quebrándose, rehaciéndose (y los sacos, los elegantes *spencers* flameando en las espaldas); y vivir, necesariamente, siga siendo algo violento. ¿Alcanzarían alguna vez las azaleas de Matilde Acevedo a convencerme de lo opuesto? ¿Ibas a alcanzar a convencerme vos? ¿Estás ahí, Keller? Ésta es mi canción, mi única canción para vos en las postrimerías de mi guerra; ésta es mi canción mientras las grandes mariposas vuelven a surgir de alguna parte y pasan sobre mi cabeza; y allá un vasto panel publicitario, sobre las rejas de la vía férrea que bordea esta avenida, me sonríe y su misma estupidez y su triste latón es parte del canto, porque su única condición y su única exigencia es ésta, que todo sin excepción sea suyo, que todo sin excepción sea cantado, y así canto también son ahora las palabras de Bettina, que junto a un paso a nivel, y justo cuando el cielo empezaba a abrirse, declaró que debíamos ir a la comisaría y denunciar al tipo; y canto también, Keller, es el inenarrable cansancio que me hace aceptar la idea, porque mi guerra fue un fracaso pero en el intento, como siempre ocurre, la guerra me dio algo más valioso. ¿Y Bettina? Hela aquí:

—Pronto voy a tener que irme —dice—. Pero antes quiero acompañarte. Esta tarde con vos me dio tanto, Mila.

Y también nosotros, que nos atrevimos a intervenir, estamos haciéndolo por última vez. Fue inevitable que, desde el principio, encontrásemos aspectos en la lucha de Mila que guardan relación con estas cosas, con las ideas del tiempo. Desde el principio fue evidente que, en la búsqueda que había emprendido al comenzar el día, y durante todo el tiempo que duró, los sentimientos que la dominaban eran el amor y la culpa. El mundo, ya lo hemos dicho, parecía declinar en aquel tiempo hacia una situación desesperada. Hacia fines de siglo, las nociones de amor y de culpa parecían aún —resabio de corrientes ideológicas de los años sesenta— antitéticas; sin embargo, su estrecha relación, inherente a toda religión judeocristiana, volvió a gozar de cierto interés en estudios y ensayos de esos años. La culpa es expresión de una tendencia hacia el orden armónico y universal; en el plano ontológico, no es sino la dolorosa y urgente conciencia del *otro*. Considerado el egoísmo, la otra tendencia fundamental, como fuerza disolvente, es su contrapartida exacta. Mientras duró la construcción de la cultura de Occidente, la culpa había gozado de un natural prestigio; con la fatal salida de escena de Dios, y la desilusión resultante, este sentimiento fue estigmatizado al punto de considerárselo origen de todos los males de la tierra. Lo curioso (señalan algunos) es que la culpa ha sobrevivido a sus pruebas; a punto de entrar en el tercer milenio después de que le fuese dada su expresión más alta, casi borrada de la escena social, gravemente alterada en sus connotaciones culturales, la culpa sigue siendo nuestro último e incontestable anhelo del cielo, es decir, nuestro anhelo de fraternidad, de unión; y entre los individuos particularmente necesitados de amor, una pasión que domina.

—Bettina, esperá; prefiero que me dejes entrar sola.

—Claro, si querés. Por supuesto.

¡Aprender un arte! Sola, dura y orgullosamente sola iba a encontrar a esa muchacha que Keller había visto, la mujer de bronce en la que iba a convertirme. Aquello que nadie podía conceder; la gloria merecida, el espíritu triunfante, esas cosas iba a esperarlas humildemente, como todos, en cada umbral de mi vida. Algo más duro, sin embargo, algo casi hermoso había en unas pocas efigies de este siglo, que me tocaba a pesar de mí misma. Sí. Sí. En esa incomparable Marguerite Yourcenar, su perfil hecho de pórfido tallado; en Sylvia Plath, suicidada y triunfante... Iba a mirarme otra vez en el espejo, ya no augusta, ya no lejana como ninguna *otra*: iba a buscar a tientas, por años minuciosamente iba a buscar, rozando el vidrio con dedos de ciega, las arrugas en torno a los ojos, la línea transversal, la arruga que pondría un límite a mi boca, junto a las comisuras, signo de risas y de fuerzas pasadas. Y en las vitrinas, en la calle, y en las ventanas de los trenes, no sin una risita burlona, iba a encontrarme con frecuencia bella...

—Buenos días. ¿La oficina de denuncias?

¿Estás ahí todavía, Keller? ¿Querrás que te cuente el cuento, mientras camino y hablo con ella, para nada, porque sí? ¿Querés que lo cuente, de una vez por todas, antes de que la vida se renueve de un modo radical? Porque al menos una vez, creo yo, debería ser contado (no como a Bettina, hace un rato, sino en detalle y de veras). ¿Y quién sabe si *todos* los esfuerzos no son en el fondo para esto, para hablar, para contarlo una vez? ¿Querés oírlo, Keller?

—¡Ya volviste! ¿La hiciste, Mila?

—No puedo, Bettina. No puedo.

Voy a contar hasta tres y empezar, Keller. Y sin embargo nadie llega a conocerse realmente con sólo contarse a sí mismo; al contrario; más hablo y más tengo la impresión de regalarme por nada, mejor así, quiero hacerme una máscara y quiero que al señalarla, quienquiera que sea, en cualquier parte del mundo, se diga: *es ella*. De otro modo no podría estar contándote estas cosas, querido, y no revelo un gran secreto si digo que estas cosas *pueden* ser contadas, van a ser contadas, ahora, por primera vez, porque para mí son letra muerta. Y si me decido a hacerlo, si digo con honestidad que sus manos me gustaban, que lo primero que vi antes de todo fueron sus manos y que pensé, sencillamente, sin segundas intenciones ni culpa de ninguna especie, «Tiene lindas manos»: entonces, digo, pretendo que se tome literalmente. Creo que fue esa primera vez cuando, de pronto, levanté los ojos y vi que me miraba.

—Pero entonces, Mila, ¿adónde vas a ir?

—Voy a ir al ministerio. Al ministerio, a buscar su dirección; no voy a dejar que este día termine así. *Voy* a encontrarlo, Bettina.

Es raro en nuestros tiempos encontrar a un hombre joven. Vos por ejemplo no sos joven, Keller, y Boris no ha tenido nunca edad. Luego hay futuros viejos, abortos de otras eras, o simples productos de supermercado. Este hombre tenía treinta y tantos años, y era joven. Se veía que el futuro era real para él: lo llamaba, lo quería en su seno, y él le hacía la corte sin prudencia. Volvió a mirarme: yo sostuve con fuerza la mirada, porque me moría de ganas de bajar los ojos. Unos días después, a la hora de salida, me invitó a tomar algo afuera. Yo hablé poco durante el camino de ida; se suponía que íbamos a encontrar a unos amigos, la idea me gustaba; pero al llegar, los amigos no estaban. Se quedó pensativo, como sin saber qué hacer. Y entonces me propuso que volviéramos a la oficina. A lo mejor, dijo, los otros iban a reunirse primero ahí. No sé hasta el día de hoy si la hipótesis era verosímil, nunca he entendido de estas cosas. Lo cierto es que el tipo no era un idiota, Keller; quiero decir que se podía hablar, hasta cierto punto, con él. Al menos durante un rato hablamos. Me preguntó qué quería hacer más tarde, y yo, como siempre, dije con hipocresía que pensaba estudiar periodismo. Se rió; dijo que, antes, el periodismo era una escuela para otras cosas, para la política por ejemplo, pero ahora se estudiaba para todo. ¿Me parecía eso un progreso? Creo que me reí, me tragué veinte respuestas que se me ocurrían, y dije que no. Antes él había citado a Oscar Wilde, fíjate. La gente es realmente imprevisible. Yo estaba admirada de una falta de cortesía tan evidente, y además por entonces no había leído a ese autor. No me atreví a decir ni mu, y lo subí varios puntos en mi estima; cuando llegamos a la oficina, el sol se estaba hundiendo.

—¿Mila?

—Sí.

—¿Sabés que tengo que irme?

—Por supuesto.

En la oficina no había nadie; ¿quién iba a haber? El lugar se veía bastante lindo así, vacío. Creo que todos los lugares de trabajo, por sórdidos que sean, tienen un encanto especial cuando no hay nadie. A él lo recuerdo bajando la vista, sonriendo, respirando de esa forma tan irregular que tienen los hombres cuando les pica el bicho y quieren elevarse desde ahí a las alturas resplandecientes de la *fin'amors*; de más está decir que yo me preguntaba, mudita en mi rincón, qué demonios le pasaba. Me dijo algo así como: mirá vos qué romántico, si estuviéramos siempre solos acá, como ahora. Yo me reí bastante y dije que sí, que era idílico, él podría gritar desde su oficina: traeme un café, y sin necesidad de nombrarme yo sabría que se dirigía a mí. Él no movió ni un músculo. Yo estaba contenta de que tuviera humor. Repetí que sí, que era poético, podríamos decorar el nidito juntos y cuando los vecinos viniesen a vi-

sitarnos los recibiríamos en la sala de la fotocopiadora, les ofrece-
ríamos un café en vasito, él les mostraría su colección de sellos oficiales y yo les diría: ¿les gusta?, vuelvan cuando quieran, y no olviden fichar con la tarjeta en la máquina, al salir. Me reí. Él no. Yo
me puse seria en el acto y me fui, castigada, a mirar por la ventana. Bocona, estaba pensando, con el sol rojo en la cara, en ese tercer o cuarto piso, siempre lo mismo, te dan un poco de confianza
y te ponés a dar la nota, ya me lo decía el profesor en el colegio, te
dan la mano y tomás el codo, a partir de ahora te me callás y res-
pondés sí, no, a usted qué le parece, y además por qué estamos tar-
dando tanto en esta oficina de mierda. A que me doy vuelta y está
desnudo, pensé. Me di vuelta. No estaba desnudo. Me dijo: vos sa-
brás, Mila, que esto es muy importante para mí. Fue en ese momento, creo, cuando por primera vez y de verdad empecé a tener
frío. Supongo que sabés hace tiempo, dijo acercándose, que estoy
enamorado. De vos, agregó. Espero que se note lo que estoy contando. Estoy contando el tipo de incidente más corriente y más
estúpido de los tiempos modernos o antiguos, la historia de una
muchacha que calentó sin saberlo a un hombre mayor que ella y se
encontró sin desearlo acostándose con él. Millones de párvulas y
jovenzuelas de todo tipo y condición están pasando por esto a esta
misma hora, y lo han hecho y seguirán haciéndolo...

—No llores y dame un beso, tarada: para que veas lo que te
perdés con tu novio.

—Cuidate mucho, Mila. Por favor, cuidate mucho.

—¡Gracias por todo, Bettina!

Y otros tantos les preguntarán, fuera de las veces que lo harán
ellas mismas, la pregunta del millón: *¿acaso no te lo buscaste?* Por
Cristo Todopoderoso: no lo sé, no lo sé, y ésa es la pura verdad. La
ambigüedad no es patrimonio de hombres o mujeres, y si digo que
probablemente sí, sin duda una parte de mí se sentía halagada, ex-
citada incluso, que sabía que jugaba con fuego y jugar con fuego es
hermoso, que sus manos no estaban mal y si nada de esto hubiera

ocurrido, sí, probablemente alguna vez habría soñado con él y me habría despertado algo mojada, pensando puaj, pensando qué ridículo: si digo esto no creo aportar gran cosa, excepto tal vez una prueba de que hace falta ser loco o imbécil para definirnos por nuestros llamados impulsos inconscientes, ya que lo único que realmente importa, al contrario, porque es lo único que realmente nos pertenece, es lo que interpretamos, lo que conscientemente pensamos de las cosas que nos han pasado. En cuanto a la parte realmente fea de este cuento, prefiero despacharla enseguida. Me pegó; es cierto. En varios aspectos fue un clásico. Ocurrió que yo le había dicho, balbuceando, que todo eso era una malísima idea, que lo sentía, que lo olvidara y que por favor nos fuésemos. No me había movido de la ventana, a ver si pensaba que quería escaparme, qué ridícula iba a quedar. Él se ofuscó, me dijo que entonces no tendría que haberlo buscado, haberle dado esperanzas, todo ese tipo de cosas. Al final me dijo ásperamente que saliéramos; yo no podía sentirme más culpable. Cuando iba a pasar, extendió el brazo, como una barrera. Me dijo: dame un beso. Ni que decirlo, pensé que no podía negarle eso, como consuelo, después de haberlo rechazado. Y así la inteligente y filantrópica Mila se encontró estrujada por este cabrón, con una lengua no solicitada metida hasta la garganta. Me levantó la falda. Me bajó la bombacha. Yo tardé casi un minuto en pasar de la tristeza al odio. Entonces le dije que parase, lo grité, lo dije con todo el miedo que, más que ninguna otra cosa, insoportablemente sentía. Él dijo una grosería y me dio una cachetada, bastante fuerte, sólo que sin precisión, más bien en la frente y sobre el ojo. Cuando acabó se quedó un momento aturdido y después me preguntó si me había hecho mal. Yo fui al baño, me lavé y me eché agua en la cara. Él entró, me dijo que lo sentía mucho, que por favor lo perdonara. Después abrió la puerta principal, me dejó salir, y se quedó adentro. Yo sé que ha habido horrores en este siglo. Ha habido torturas, matanzas, exterminios, cosas que los afortunados que sólo hemos sufrido incidentes menores podemos comprender apenas; y que fatalmente han influido en la manera en que la gente inteligente concibe el mal. Pero no hay duda de que ese día, como un modesto eco, una señal desvaída de catástrofes mayores, el mal llegó hasta mí también. No era el odio, era la inercia, y hasta la falta de imaginación. Ya dije que, hasta donde yo sé, lo único que realmente dice algo de nosotros es lo que pensamos, sobre las cosas que pasan. Y esa noche, al salir de la oficina, un conocimiento terrible se instaló en mí, algo que supe entonces y que sin embargo sólo ahora me parece descubrir realmente: marcada y temblorosa, en plena calle, marcada para muchos años, entendí que ese tipo no quería realmente lastimarme. Lo había hecho, mucho más de lo que yo misma incluso podía suponer; pero, realmente, no se había enterado de nada. Era inocente, a su manera. Y precisamente eso, querido Keller, eso y nada más es lo que ha hecho del mundo, hasta hoy, un lugar más bien siniestro.

21

Es el tercer viernes de octubre de mil novecientos noventa y siete.

A la altura de Yrigoyen y Balcarce se oían ya los primeros rumores: un latido confuso y múltiple, como un amanecer sonoro, detrás de los edificios. Bettina se había ido, dejándola librada al cansancio de sus piernas: pero cuando el aire de la calle la golpeó de nuevo, con un hálito en el que no pudo sino identificar, salado y cobrizo, el fuerte olor de la Historia, entonces todas las sensaciones y los recuerdos se retiraron de ella como marineros asustados de la cubierta de un barco. El sol brillaba muy rojo en cierto punto oculto, detrás de alguna terraza: Mila pensó que aquel olvido suyo era un final perfecto; pensó que nada podía compararse al preludio oscuro y aún vago de la violencia en esa luz de atardecer, con las formas comenzando a alejarse, y los balcones a punto de volverse anaranjados, dignos de sueño, de memoria...

Tres calles antes de la plaza había ya algunos signos: la basura unánime cubriendo el pavimento, y un coche al que habían intentado volcar, dejándolo a medias subido a la vereda: tenía un aspecto lamentable, como si intentara sin éxito pedir disculpas. En el aire, muy alto, absorbidas apenas por el granito y el concreto de las fachadas, resonaba la confusa majestad marina de consignas repetidas por miles de bocas: Mila no pudo, a pesar de que sus labios se movían instintivamente buscándolo, encontrar su significado preciso.

Se oyó el tableteo de un helicóptero a lo lejos. Grupos de ocho, diez, quince personas avanzaban con firmeza. Casi siempre en silencio. Parecía haber dejado de importar de dónde viniesen las voces o los ruidos: era imposible darse vuelta cada vez para ver, y así, el oído aceptaba con facilidad que la noción de proveniencia desapareciese en favor de un solo y vasto movimiento centrífugo. Porque esto era seguro: en cada calle, a cada momento, las formas y los sonidos convergían hacia la plaza.

—¡Abajo! ¡Al paredón los corruptos!

—¡Abajo, al paredón! ¡Los enemigos del pueblo!

Una espalda agitada, vestida con una camiseta roja, corrió y se confundió con un grupo cercano.

—¡Que nos esperen! ¡Nene!

—¡En la plaza! ¡Decile que nos esperen en la plaza!

Ya antes de llegar, al ver desde lejos la fachada deslucida del viejo ministerio, Mila había comprendido que nunca iba a poder entrar, no importaba cuánto lo intentase: aún no veía el cerco policial, ni las caras amenazantes ni las persianas bajadas, pero todo alrededor gritaba a la cara el camino cerrado, la historia repetida, la triste rueda de molino de los deseos y las frustraciones colectivas: sonrió, la cara dorada por aquel sol infinitamente dulce, aquel sol rojo de canción de cuna: ¿cómo había podido olvidar que hoy era el día?

—¡Abajo! ¡Abajo!

Con grandes letras rojas se alzó, como un lento monstruo de carnaval, una pancarta sostenida por varios hombres. La tela onduló con la brisa, y Mila sintió la primera oleada de odio emanando del centro de la plaza: como un súbito cansancio que golpeaba los huesos, un viento ardiente y seco que la dejaba sin aliento. La sintió una, dos veces, y comprendió que no debía mirar a la multitud de frente ni ofrecer una resistencia con sus pensamientos; se dejó llevar por la corriente turbia, aferrándose a una cara o una voz, de vez en cuando, a modo de punto de apoyo; leves golpes de timón de la conciencia, que le impedían tomar demasiada velocidad en aquella marcha hacia la disolución. Por todas partes, ahora, se veían avanzar los grandes carteles de lienzo blanco con inscripciones parecidas a rostros feroces, temerosos o exaltados: todas las caricaturas de la pasión cifradas en palabras que ya no significan nada.

Miró con curiosidad hacia el río: del lado de la Academia de Historia venía acercándose una vasta columna, mientras que por la avenida de Mayo avanzaba otra. Luego estaba la multitud de la plaza, pero ésos aún no habían levantado las pancartas. Parecían esperar: ¿pero qué? Ahora deberían organizarse en torno al edificio, pensó Mila.

Como respondiendo a su pregunta, un altoparlante había empezado a difundir, entre chirridos, una trémula voz: «Amigos... —un sonido agudísimo, y luego silencio—: Amigos, las columnas están llegando. Dentro de pocos minutos más...» Grandes nubes de mosquitos flotaban en la atmósfera electrificada por los reflectores. Mila se estremeció con el ruido, giró sobre sí misma y miró al cielo: una bandada de pájaros pasaba muy alto, casi invisible, hacia la zona en que las nubes se volvían púrpura y naranja intenso. «Ya los medios están aquí para cubrir la movilización», chilló la voz. «Les rogamos...»

Pero la multitud de la plaza ya había absorbido a los recién llegados, se había vuelto más compacta, más vibrante; el aire comenzaba a caldearse, y olía a perros y a sudor y a espantosa revancha; y sin embargo era inevitable sentir que el objeto último y secreto de aquel movimiento era el caos mismo, la aglomeración misma, y no una razón cualquiera. Las razones eran tenues disfraces: exactamente igual que en ella, en sus rabietas y luchas, servían para cubrir un barullo incomprensible. Pero yo voy a contarlo, pensó. No quedaba un solo rincón sin ocupar. Comprobó que no todas las caras aparecían vacías o furiosas: vio dos ojos pestañeando divertidos sobre la comba de una mejilla dorada por el sol poniente, y la presencia inmutable de una fuente de la plaza, detrás; vio una boca que masticaba algo y se curvaba de pronto en una luminosa sonrisa: deslumbrantes flores de expresión pura en el mar tumultuoso y gris.

—¿Anda perdida la señorita?

La voz burlona de un chico sentado sobre el césped; ella se agachó, atraída por aquel remanso. Eran un grupito, jóvenes todos, y tomaban mate y comían galletas. «Van a tardar en hablar todavía. Nosotros estamos desde las cinco, y a cada rato es lo mismo. Pero ahora por lo menos está la gente.» «¿Vos viniste sola?», le preguntó una chica. «¿De dónde sos?» «De Montserrat», dijo Mila, y se sintió muy tonta. «Nosotros somos de Banfield. Salvo uno que fue a buscar agua —la voz se hizo más confidencial—, que no sabemos de dónde es.»

En todas partes la gente se levantaba, atenta.

Hubo un silencio vibrante y propiciatorio:

«Amigos...», dijo otra vez la voz. Mila no podía ver nada, salvo sombras y hombros y cabezas: sólo sabía que allá adelante, frente al ministerio, habían instalado un podio y dispuesto las cámaras de televisión. Empezaba a desear salir de allí de veras: la voz metálica repercutía en sus oídos como el anuncio de un incendio. Amigos. La palabra había dejado incluso de irritarla, como un insulto demasiadas veces repetido. ¿Iría a producirse el incendio? Tal vez no. Y aunque se produjese, poco importaba; aquella violencia literal, palpable, absurda, era la más inofensiva de todas las que había conocido a lo largo del día.

«Amigos: estamos aquí para mostrar al señor ministro y al señor presidente... que el pueblo de la nación no está dispuesto a tolerar... los abusos de su soberbia; que el pueblo de la nación sabe exigir la dignidad que merece... con la movilización; que el pueblo...»

La letanía siguió durante algunos minutos, con el mismo tono y con las mismas extrañas pausas. Luego se produjo un movimiento confuso, y como culpable, en el terreno misterioso más allá de los hombros y las cabezas. La voz chirrió, suplicante:

«Vamos a pedirles... que bajen las pancartas; bajen las pancartas, compañeros, amigos, para que las cámaras puedan captar la extensión de la convocatoria popular, hoy en Plaza de Mayo: para que no quede duda alguna de que estamos todos frente al ministerio...»

Pero, por alguna razón, las pancartas no se bajaban; alguna acá o allá iniciaba un movimiento vago, para luego alzarse más alto aún. Por lo visto hoy al pueblo de la nación no se le antojaba bajar las pancartas. Mila las veía desde atrás, sin inscripciones, casi bellas porque recordaban a las velas de un barco.

«Les rogamos... que bajen las pancartas; dejemos hacer su trabajo a los amigos periodistas. Bajen las pancartas, amigos...»

Y entonces, repentinamente, fue el incendio.

En alguna parte había empezado una corrida: eso fue todo lo que Mila supo, al principio; sintió que la corriente había cambiado y, de pronto, todas las cabezas se volvían hacia un lado. «¡Que paren!» «... está pegando!» «¿Qué pasa?» «¡A correr! ¡A correr! ¡Están pegando!» Y entre dos hombros, vio a varias siluetas que corrían, y la masa compacta en la que se encontraba se estremeció, como un animal asustado, y de pronto sintió que la fuerza de una ola la elevaba, la empujaba, presionaba sus brazos y su pecho, amenazando sofocarla; sintió un pánico muy antiguo, algo purísimo y animal que la forzó a abrir la boca, y de ella salió un áspero grito de terror: estoy gritando, pensó, y éste era el día en que iba a morirme, con un golpe, ahogada, siempre es así, y me encontrarán aquí con otros muertos, oliendo todos del mismo modo. Miró sus manos que golpeaban impotentes tratando de abrirse paso y vio que eran débiles y sin fuerza y sintió una pena y una piedad infinitas por ellas, por esas pobres manos flacas y no muy lindas después de todo que arañaban el aire entre todas esas espaldas y hombros enemigos, y las lágrimas brotaron y empaparon sus ojos no tanto por ella ni por su muerte inminente como por la piedad infinita que esas manos le inspiraban. Cerró los ojos y se abandonó a la presión intolerable que la rompía: y de pronto los abrió y gritó: «¡No!», y sintió que algo duro pasaba bajo sus piernas, tropezó y cayó de espaldas, gritando, y supo que había algo duro y a la vez blando bajo su espalda y sus manos y vio una cinta de plástico a rayas blancas y rojas a la altura de su cara: era la banda de seguridad que rodeaba al edificio.

Una cara de hombre le gritaba, colérica o ansiosa. Tardó unos segundos en comprender: «¡Vamos, levantate!» Lo miró con estupor: alguien más se ensañaba con ella, con ella, cuya joven y prometedora vida había sido segada antes de dar fruto, y hasta antes de haber podido tomar una ducha, bajo cuyas piernas pasaban cosas duras e invisibles, y que abogaba por un humanista sentido de la vida claro que sin descuidar la elegancia, sobre todo en las fiestas. «¡Levantate, que empiezan a pegar de nuevo! ¡No te quedes ahí!» «¿Cómo?», preguntó Mila; pero entonces notó que la presión había cesado: respiraba. «¿Te empujaron? ¿Estás bien? Vení, tenemos que cubrir todo.» El hombre de los ojos azules estaba en mangas de camisa, y llevaba una cámara y un bolso colgados del hombro. Mila miró en la dirección que señalaba: a pocos metros, sobre la calle, dos personas se cubrían la cabeza con los brazos, encorvados, mientras varios policías los golpeaban con sus bastones. Miró mejor: no eran sólo dos, sino muchos más: y sobre todas las espaldas caían los bastones, a gran velocidad y sin ruido, como si fueran muy ligeros. Caían, golpeando: la imagen se negaba a adquirir realidad. Era demasiado horrible, demasiado estúpido. «A ver, quedate atrás mío», dijo el hombre. «Tengo que cambiar el rollo.» Al fondo, como una estampida, vio otro grupo corriendo bajo los reflectores: los flashes estallaban, sonoros, entre los gritos y el humo. Entonces sintió el brazo del hombre guiándola y, antes de haber podido protestar, se encontró con él y otros más ante la gran puerta. Un señor con cara de rata, con un distintivo pegado en la solapa, preguntó con curiosa amabilidad: «¿Todo este grupo es de periodistas? Bueno, hagan el favor de pasar. El secretario del ministro, lamentablemente, sólo puede dedicarles veinte minutos.» Abrió la puerta y pidió una a una las tarjetas de prensa del grupo; Mila buscó durante un rato en su cartera, terminó por sacar con naturalidad la suya y, sin saber en absoluto lo que hacía, se la entregó. Fueron conducidos adentro; el estruendo cesó bruscamente detrás de los gruesos muros, y Mila se encontró caminando sin ruido sobre una alfombra, sana y salva, bajo una tibia luz de lámparas antiguas.

Todo había ocurrido tan rápido, que parecía real.

Era real: se movía por instinto, oliendo el aire como un animal erizado; pero también algo en lo profundo de ella sabía que aquello era un milagro, o el equivalente de un milagro; sabía que había entrado y que, pasara lo que pasara, ahora tenía que aprovecharlo.

Sabía también que, si permitía a su yo auténtico volver a la superficie, si dejaba que los colores de la personalidad volviesen a organizarse en ella, nunca se atrevería a seguir adelante: pediría disculpas, explicaría el error y saldría sin gloria por la puerta trasera. Volvía a tener un cuerpo, un nombre; y, mientras la delicada cosmogonía de su yo estaba en suspenso, la voluntad que la había animado durante todo el día permanecía, como una función vital.

«Por aquí, señores: el secretario del ministro los espera», decía el señor de cara de rata a la cabeza del grupo. Al llegar a la puerta indicada, se produjo un breve amontonamiento; ella era la última y, justo antes de que la persona delante de ella entrase, notó que nadie la miraba. Y nuevamente, Mila supo que nunca se atrevería a hacerlo; y de nuevo la voluntad despojada de su personalidad actuó por su cuenta, y sus piernas dieron media vuelta y se echaron a correr por el pasillo.

Corrió locamente, sin hacer ruido apenas sobre la mullida alfombra, mientras las palabras «Como una nena, como una nena» repiqueteaban como papel de triquitraque en su cerebro. Buscó inútilmente en el segundo piso una indicación cualquiera, desembocó en una escalera y la subió a grandes saltos. Pero a mitad de camino la sorprendieron; era un ujier de verdad, aterrador con su uniforme rojo, que le preguntó en el acto qué hacía ahí. Mila notó su acento y preguntó, absurdamente: «Perdone; ¿usted es español?» «Sí, soy español», tronó el ujier, y su acento fue todavía más marcado. «¿Qué hace aquí? ¿Es usted periodista?» «Sí», dijo Mila. «Pero busco a alguien... busco al señor Sergio Vaccaro. ¿Sabría decirme dónde encontrarlo?»

El ujier repitió el nombre y dijo: «No está. No vino hoy. Va a tener usted que retirarse.»

«Sí, me voy», dijo Mila. Los colores de la personalidad se organizaban otra vez; su yo regresaba a la superficie. Sabía que aquello había sido absurdo y maravilloso: sabía que iba a recordarlo siempre. Ya las aristas del día convergían como las piezas de una tablilla de barro que debe descifrarse, que va a ser por fin descifrada: ya las delicadas luminarias inmóviles del símbolo se apoderaban de este último acto, esta última broma del día, confiriéndole una forma nueva y formidable. Y se le ocurrió todavía algo más, que aquel era un regalo para Keller, el símbolo de su vida entera, que iba a entregarle como un melancólico trofeo: símbolo de las batallas espléndidas que no llegan a iniciarse, de las guerras que nunca llegan hasta su declaración verdadera. La ceremonia del conflicto y el conflicto ausente: aquel día, aquel absurdo medio día de su vida.

Bruscamente se dio vuelta y preguntó al ujier: «Perdone, ya que el señor Vaccaro no está: ¿es que por casualidad no trabaja aquí el señor...?» Y dijo el nombre del hombre que buscaba.

—Eso es otra cosa —dijo el ujier español—. Sí, él está aquí.

—¿Ahora? —preguntó Mila—. ¿Y dónde está?

—En su despacho —dijo el ujier.

—¿Y dónde está su despacho?

—Allí.

El dedo señalaba una puerta al final del pasillo, por la que los periodistas comenzaban a salir: era el despacho del secretario del ministro. Junto a la puerta, grabado en una placa de bronce, estaba el nombre de aquel a quien había buscado durante todo el día.

22

Toc, toc.

—Adelante, pase.

El hombre estaba de pie, leyendo unos papeles; Mila esperó junto a la puerta.

Luego él levantó la vista. En su cara no había sorpresa alguna.

—La conferencia de prensa ya terminó. ¿Qué desea?

Mila dijo despacio:

—Tenía interés en verlo.

El hombre no parecía entender:

—Pero, ¿de qué se trata? Realmente, ésta no es nuestra política.

Pasaron algunos instantes; luego, sin cambios visibles en su cara, pero sin dejar de mirarla, él dijo:

—Claro que, si tiene alguna pregunta que hacer, puedo disponer de unos minutos. —Hizo otra pausa, demasiado larga; pareció reflexionar y agregó—: ¿Gusta un café?

—Sí. Gracias —dijo Mila.

—Un poco frío. Está un poco frío —el hombre, de pronto, parecía buscar sus palabras—: Tengo a la señora que lo hace corriendo de un lado a otro, pobre. Con todo este lío. ¿Hay mucha gente todavía, afuera?

—Sí. Bastante.

—Desde acá apenas se oye.

Los dos escucharon en silencio.

—Son estos edificios antiguos. Las paredes son gruesas.

—Nunca había estado acá —dijo Mila.

—¿No conocía el ministerio?

—No. Es decir, sí —su voz sonaba más clara, la onda suave y marina de un recuerdo de la infancia—: Lo había olvidado por completo. Me trajeron cuando era chica. Tenía diez años. ¿O eran once? En todo caso, demasiado joven para acordarme.

—Por supuesto, tiene razón —asintió él—. Era demasiado joven.

El hombre encendió lentamente un cigarrillo. Se quedó mirando la brasa.

—Cambiaste bastante —dijo, levantando la vista—. No te había reconocido.

Mila sonrió.

—¿Así que sos periodista, ahora?

—Sí —dijo ella, sin cambiar de expresión—, pero no vine por eso. No vine a entrevistarlo, quiero decir.

—Ya me parecía. —Dudó: buscaba de nuevo sus palabras, con un imperceptible tartamudeo—. Y entonces... pero, me estás mirando.

—Sí.

—¿Y te extraña lo que ves?

—Muchísimo. Sí, muchísimo.

—¿Por qué?

—Porque usted está nervioso. No, no exactamente eso... Usted está intimidado. Intimidado *por mí*. Usted.

Él se levantó, dio una vuelta al escritorio y revolvió unos papeles. Se apoyó con fuerza en el escritorio, como si fuera a gritar, pero se contuvo; fue hasta la puerta, la abrió, miró afuera y volvió a cerrarla.

Se sentó, cansado.

—No me gusta perder el tiempo —afirmó—. ¿Te mandó alguien?

—No.

—¿Te llenaron la cabeza, te prometieron cosas? —la voz iba alzándose, trémula—. No saben ya qué hacer. Se creen que porque, tres días, se juntan unos imbéciles a tocar el bombo ahí afuera vamos a estar temblando. Dispuestos a aguantar cualquier basureo. Pero te voy decir algo, ni Quesada ni nadie acá tienen miedo de nada. De nada, me escuchás. Hace años hubo otra que vino igual que vos. Y en esa época era más grave. Y así y todo se fue como vino, ¿entendés? Porque a mí las presiones no me van, y tengo medios de sobra para no tener que aguantármelas. Medios de sobra. Qué te prometieron, decime. O mejor haceme caso: te mintieron. Te están usando. Ahora, que si querés hablar conmigo como amiga, eso es otra cosa. Yo estoy dispuesto a conversar lo que haga falta. Entre nosotros.

Mila lo miraba, aún maravillada:

—Usted y yo pertenecemos a mundos distintos.

—No me salgas con eso —dijo el hombre—. Mirá que el muro de Berlín ya cayó. No hay más buenos y malos. Y vos por lo que veo ya no estás en edad de creerte la buena de la película. Sobre todo habiendo venido acá. A mi oficina. Y no a entrevistarme, no sé si me explico.

—No —sonrió Mila—. A confirmar una convicción. Acaba de hacerlo.

—¿Qué? ¿Ni siquiera tenés papeles para presentar? *¿Y me andás amenazando?*

Mila sintió frío; estuvo a punto de pedirle que se callara, que no siguiera. El otro se reía:

—¡Ni siquiera tenés una cuenta, un recibo! ¡Ni una boleta de compra! ¡Nena, cuando uno quiere hacer una denuncia, lo primero que hace es conseguir pruebas, y si no, se queda en el molde! —se sirvió un trago de agua, aliviado—: ¿Te puedo ayudar en algo más?

Ella bajó la vista. Nada: vivos los vivos, los muertos seguían muertos. El hombre, a su manera, seguía siendo inocente. ¿Qué esperaba, al fin y al cabo? ¿Que hubiese entendido algo en estos años? *De cualquier modo, es un criminal,* pensó con misterioso alivio; y lo miró de nuevo.

—No lo estaba amenazando —dijo—. Y está muy equivocado en otra cosa, también: no me mandó nadie, vine sola.

—¿Viniste sola? Entonces, no sos más la de antes.

Muy seria, Mila respondió: «Muchas gracias.»

El otro cambió algo su expresión, como dudando. «Mirá: para que veas que quiero que seamos amigos. Seamos claros», y sacó una chequera de cuero negro. Mila ya se había levantado.

Al pasar junto al perchero, volvió a sonreírle por encima del hombro; tenía la mano en el pomo de la puerta.

—Le dije que no lo amenazaba. Por supuesto, sería ocioso. También es ocioso, supongo, el decirle que no vine para lo que usted piensa; además es gracioso que se quede con esa idea. A cada cual sus dudas, jefe.

Ahora fue ella quien dudó; lo pensó mejor, respiró hondo, y habló sin apuro, haciendo a veces largas pausas para pensar:

23

—Desde un segundo o tercer piso, en un lugar como éste, las cosas no tienen remedio. No se me hubiera ocurrido chantajearlo; a decir verdad, no hubiera tenido el valor de perjudicarlo abiertamente, y además para qué. Nunca se sabe lo que puede pasar. Usted es un hombre violento, y tiene ciertas aptitudes de gobernante. O sea que está hecho para regir un lugar cuya regla es la violencia. Pero es que *todos* los lugares son así; todos los que yo conozco, al menos. Usted no entiende, por Dios. Escuche ahí afuera, las paredes son gruesas pero algo se oye; escuche: allá hay cinco mil locos gritando y rompiéndose la cara; adentro están ustedes, callándose y esperando que se la rompan. Nadie sabe *realmente* por qué. Y eso es el caos. Usted se imagina que me creo mejor. Por supuesto que lo creo, pero no por las razones que usted piensa. ¿Mejor? *Yo estoy de acuerdo conmigo;* esta tarde, al menos, hay cierto orden en mí; podemos dejarlo en eso. Y espere, señor, no sea tan previsible: no haga gestos, no me eche todavía. ¿Qué le importa escuchar un poco más? En cuanto yo salga por esa puerta, usted va a seguir con su vida, ya lo sabe, ¿no es cierto? Con el tiempo va a llegar más alto, incluso. Qué divertido, si pudiera explicárselo. Si usted pudiera darse cuenta de lo que significa el que yo esté hablándole así, que mi voz suene como suena ahora. *Usted es un hijo de puta,* señor. No lo digo para insultarlo, lo digo porque es una liberación; y sobre todo porque esto también es parte de mi orden. Y mire, escuche, se lo voy a repetir, se lo voy a decir de un modo más simple. Hoy no hice en todo el día otra cosa que buscarlo, sin saber para qué. En realidad no era hoy, hacía años que lo buscaba, de algún modo: pero buscaba a un monstruo, al diablo mismo, tal vez. Podría haber seguido toda la vida y el diablo le hubiera dado forma, a mi vida, quiero decir. Pero en vez de eso, vaya a saber por qué, se me ocurrió buscarlo. Buscarlo en serio, entiéndame. En el mundo. Haciendo averiguaciones como una detective de película barata. Y lo encontré. Pero no al diablo: lo encontré *a usted.* A usted, un tipo algo encorvado, de pelo gris, con el cuello de la camisa un poco sucio: un hijo de puta, sí, pero uno más, no peor tal vez que otros, haciendo carrera en un ministerio. Y que nota que ya no soy la de antes. Y no sabe por qué vine. Escúcheme, porque ya me estoy yendo, me voy: acabo de descubrir lo que tenía para decirle. *Usted no me hizo nada. Usted no puede hacerme nada.* Y quizás desde otro sitio, algún piso más arriba, alguien me mire; y lo sepa.

∗   ∗   ∗

(...Pocos minutos después, en el otro extremo de la ciudad, un teléfono sonó sobre la pila de revistas a la que, desde hacía algún tiempo, había sido relegado. El departamento estaba a oscuras, salvo por la tenue luz de la luna en las ventanas y por la luz del baño, de donde tuve que salir corriendo con las manos aún húmedas para contestar. Avancé dando manotones en busca de un interruptor, maldiciendo como siempre la falta de prevención que me hace olvidar, cada día, tomar nota del lugar preciso en que se encuentran. Cuando por fin tuve el aparato en las manos, estaba ya seguro de que era ella. En efecto, un instante después oí su voz al otro lado: trémula, con la evidente urgencia de contarme algo. Con dolor me forcé a interrumpirla para decirle lo que, de antemano, para mayor precisión desde hacía una hora y cuarenta y cinco minutos —momento en que me había enterado del accidente—, eran las primeras y lamentables palabras de nuestro reencuentro: «Esperá, Mila, no me digas nada, dejame hablar: hace rato que estoy tratando de localizarte. La madre de Boris me llamó. ¿Me oís? Boris tuvo un ataque, hoy, de madrugada. Está en terapia intensiva. Ahora es demasiado tarde, yo voy a verlo mañana a las ocho, en cuanto abran la puerta a las visitas. ¿Podrás ir? Nos encontramos allá.»)

TERCERA PARTE

LA MUJER DE BORIS

Salir de las aguas profundas para caer en tus brazos: qué alegre resurrección, en el mareo del alba, qué poderosas orillas, qué agradable vida inyectada en mí, hacia mí, hacia mis brazos, por tus brazos. *Bóbock-bóbock.* ¿Cuáles? No preguntes, no hables ahora, amado mío, ni agite los tubos tampoco, las primeras convulsiones son normales y pronto van a pasar, ha tenido mucha suerte. *Bóbock-bóbock,* mensajes, ritmos, he oído esto antes, ¿en qué final o qué principio? *Bóbock-bóbock.* ¿Lo creés *realmente,* Keller? ¿Puede ser tan sólo suerte? Naturalmente que no, no sólo suerte ni azar ni destinos desviados, hay constelaciones móviles, lentes vigilantes y terrestres que esperan por siglos la única conjunción, la única frecuencia, reverberación del espectro irrepetible y el suyo no revela alteraciones del diafragma ni dificultad respiratoria, ¿oye algo?, oigo *bóbock-bóbock;* pero ahora es otra música, ¿sucedió, entonces?, ha sucedido, sí, pero por qué preocuparse, por qué malgastar la ocasión que se te ofrece —carreras locas, desbocadas, escaleras abajo, las máscaras del sueño cayendo y tres días, tres campanas, tres yo volviendo a sumergirse en la urgencia del tiempo, como cocodrilos arrojándose al agua—, y en la madrugada reflexiones como ésta, ¿por qué quejarse? ¿Por qué, cuando lo mejor y lo más temido ha sido, cuando afuera la mañana es tan hermosa —intacta, rumorosa, tan llena de sedas y esplendores? La mujer que toma el subte con la cara recién lavada, rápido, rápido; el hombre joven y rubio que la espera en la esquina, que la llama, que la lleva, la toma por la cintura. ¿Quiénes son? Se llaman Keller y Mila, y hay un tercero (¿dónde está?, ¿qué ha sido de él?). Y una voz gorgoteante, apenas reconocida, lo que intento es preguntar la hora, enfermera, comprendo que le parezca absurdo, estoy donde creo estar, ¿no es cierto? (¿Preguntarán todos lo mismo, al salir de la anestesia?) Todos o casi todos, Mila, cada uno de los amantes que estuvo aquí se dijo, como todos, aquí nadie ha estado, antes que nosotros nadie ha estado, y otra vez sueños, muchas veces Boris volvió a descender hacia el otro reino familiar y de nuevo despertarse y encontrar las cortinas blancas que la brisa sostenía levemente en alto, los pasos ligeros detrás de la puerta, los tubos de goteo iluminados por el sol y ya no más *bóbock,* no, ningún sonido entre sus tetillas y es como estar curado o muerto, y cuando se dormía sus sueños eran leves, borrosos, incapaces de dar cuenta de la gravedad de lo ocurrido: alguna escena de hace mucho, alguna cara, añejas como un buen vino y por eso al salir, al ver de nuevo las cortinas blancas, se ha dicho perplejo: «*Nada de lo que sueño es más real que esto.*» Y él, Keller, en cuya cara las líneas son mucho más nítidas ahora, cuyo pelo incendiado de naranjas, amarillos y blanco de luz de sol se sacude levemente, él se da vuelta ahora con los ojos entornados para mirar a Mila, gesto que me devuelve a él, por así decirlo; de manera que soy yo, con mi pelo y mi nombre y sobre todo con mi culpa, quien la besa una vez más, y se apoya en el marco de la puerta de vidrio. Y dice: «Esto no puede durar. Esto debería ser terrible, y si no lo es, es porque hemos dormido demasiado, descansado demasiado. ¿O es la mañana?» Y la respuesta de una voz que amo: «O sos vos, Keller, que me mirás despavorido, con tu boca tierna de gran oso siberiano y tu pelo revuelto...» Ya a punto de entender, quería decir, pero sin decidirse a dar el paso hasta el último momento: «No te das cuenta», prosigue, «de la importancia de este día para él: no ves que tenemos que entrar en este sitio con bastón y sombrero, dispuestos a brindar, Keller; agradecidos y llenos de honra de haber sido invitados a asistir antes que nadie *a la ceremonia de iniciación del corazón de Boris»*. Sin duda ocurrió: al cruzar la puerta de la clínica, en un instante, estuvimos completamente juntos.

El verano —pensé mientras entrábamos— comienza, en el calendario, el día que empieza a menguar. ¿Es ya desde ahora el momento en que la separación se inicia?

El verano, piensa Boris, pensé yo.

¿Perplejo?, estaba pensando él. Sí: porque sus sueños siempre habían sido intensos, muy vívidos, precisos y regulares como una partitura. Y ése era en cierto modo su secreto: que él, tan nítido para el mundo, bien cincelado en su voluntad como un viejo general curtido por las campañas, era muy en el fondo un soñador. Pensaba, y no era motivo de orgullo, que ninguno de los tesoros de su vida podía compararse a la verdad de ese mundo subterráneo. Pero los sueños de esta mañana, pensó Boris, son como los de todo el mundo.

Y esto otro (supongo, creo, sé) en el mismo instante, el mismo latido: «¿No ves?», me está diciendo Mila, en la recepción de la clínica. Se reía, dorada, con lágrimas en los ojos, revolviéndome el pelo: «Yo estuve ahí con él cuando Boris era una promesa. Cuando era joven y provisorio como un globo Montgolfier inflado sólo a medias, cuando el corazón irregular de Boris, ¿te acordás?, era sólo vocación, anuncio, porvenir y prueba. Yo *fui* la mujer de Boris, en cierto modo, y de su vocación, y de su promesa...» Intenté protestar, y ella me hizo callar con un beso. Aquella mano pequeña (como de gitana que fuese al mismo tiempo un conejo de dibujo animado) apretaba la mía: «Ahora soy otra cosa. No sé qué. Tal vez su amiga: sí, vos sabés que ése fue siempre nuestro destino, el de los tres; ahora yo también soy una amiga, uno de los tres jinetes. O de los tres deseos de la torta. ¿O de los tres sobrinos de Donald? No pongas esa cara; ya sé que estoy un poco histérica.» Hizo una pausa para apartarse el pelo de la frente. «No veo la hora de que el pelo me crezca. ¿No te parece que estaría mejor con el pelo atado? Vine a verlo como *adulto,* eso es lo que trato de decirte: como amigo que ha logrado su destino en la vida. No vengo a condolerme de él. Si tu intención es llorarlo como una portera andaluza, amor mío, vas a tener que hacerlo solo.»

Y Boris, en su cuarto blanco, a la sombra, oyó: «¿Se siente mejor ahora?» «Sí, muchas gracias», dijo. «Quisiera que deje la ventana abierta.» «Llamaron su madre y su hermana: dicen que van a llegar esta tarde, tuvieron problemas para conseguir avión. ¿Usted espera otras visitas además de ellas?» Boris sonrió, ligeramente, los magníficos ojos entornados. «¿Qué hora es, exactamente?» La mujer se lo dijo. Él acababa de reparar en su mirada profesionalmente cordial, y en lo que acaso ocultaba, y se preguntó qué aspecto tendría. Pidió un espejo; la enfermera lo ayudó a sostenerlo. «Caramba», dijo él sonriendo. La mujer infló los carrillos: «Pero, con todo lo que pasó, qué quiere. Un poco de aceite *Bardahl,* un par de semanas y lo dejo como nuevo.» Él le preguntó amablemente si le gustaban los coches. «¿Cómo se dio cuenta? Antes de ser enfermera fui corredora. Aficionada, claro. Pero el gusto por los fierros no se va nunca. ¿Cómo lo supo?» Boris hizo un gesto de modestia, como quien dice: intuición. Le preguntó cómo se llamaba. «Tuteame, no soy tan vieja. Y adiviná. Mientras, traigo el papagayo.» «Angélica», dijo Boris. «No: Serafina. A ver, padre, un esfuerzo. Mirá que cuanta menos agua tengas, mejor.» Boris sentía un deseo anormal de reírse, como si los vahos y la náusea del posoperatorio, transmutados por milagro, le hiciesen el efecto de una borrachera suave. El mecanismo de la risa, sin embargo, parecía atrofiado: de modo paradojal, se le llenaron los ojos de lágrimas. «Pichón. A todos les pasa igual, no te preocupes», dijo Serafina, acariciándole el brazo. «Cualquier cosa los emociona. Estas cosas lo ponen siempre un poco maricón a uno. Quedate tranquilo, que no le digo nada a tu novia. Igual está bien: ¿sabés lo que me decía a mí mi maestra, cuando lloraba en clase? "Llorá, llorá", me decía, "Así vas a mear menos". Por eso te digo...» «Serafina», murmuró Boris con prudencia, «quisiera pedirte un favor. Cuando mi madre y mi hermana lleguen, ¿podrías decirles que estoy durmiendo? O algo por el estilo. Cualquier cosa que les impida entrar antes de esta tarde». «Contá conmigo, pichón. Estás esperando a tu novia y no querés que *la mamma* interrumpa, ¿no? Las visitas son a partir de las nueve, pero yo te lo arreglo.» «No. Es decir, no precisamente: espero a alguien que *fue* mi novia, aunque nosotros nunca usamos esa palabra.» La enfermera salió sonriendo, no sin haber agregado que ya sabía que hoy era su día de suerte; Boris la detuvo en la puerta. «Serafina», dijo. La otra se dio vuelta despacio, con cierta languidez triunfante: «¿Sí, pichón?» «Sos un verdadero ángel», dijo Boris, y cerró los ojos.

Pero cuando la mujer salió, él se puso a tantear sus sentimientos con apretones breves, cuidadosamente, como se palpa un hueso roto. La enfermera tenía razón: cada emoción parecía exasperada y fuera de su lugar, como los objetos de cocina en *El aprendiz de brujo*. O, como diría Serafina, como un coche de carreras con todas las tuercas flojas. Era fascinante sentir cómo el viento del pánico seguía soplando, después de haber pasado, avivando los pensamientos más banales hasta sacarles llamas. Pensó en el precio de aquella internación, y lloró en silencio; pensó en la cara de Pondanián y lloró también, compadecido; pensó con un sollozo ahogado que había podido morirse sin haber fumado nunca un puro marca Romeo y Julieta. Tenía la impresión de que alguien debería asistir a esto, aunque sólo fuese para partirse de risa. *Sucedió, por fin*, pensó de pronto asombrado. Era glorioso. No sentía un dolor particular en el pecho, tal vez porque su malestar general era demasiado fuerte. Calculó el lugar de la cicatriz oculta bajo la camisa del pijama; la protegía un escudo de gasa y cinta adhesiva. Se había puesto a estudiar con interés la habitación: la luz, que entraba de lleno, resplandecía en un lugar más y en otro menos. Un detalle lo hizo sonreír: el único edificio cuya cumbre podía ver, recortado en la ventana, y bañado por el sol, era una construcción famosa, terminada en una cúpula violeta, cuya aguja de acero de cinco metros se había caído famosamente durante una tempestad. Ahí estaba, apoyada sobre la cúpula como una estilográfica olvidada junto al cuaderno del teléfono. Aquella cosa cómica y grotesca aparecía con frecuencia en las postales.

Esto le recordó a Keller. La eternidad en una postal barata, diría él: el paraíso moderno. ¿Por qué había dicho que ellos iban a venir? Lo cierto era que no tenía dudas: estaban al tanto, tanto Mila como él. Y como conjurados por la mención mental del nombre, empezaron a oírse de pronto, saliendo de una radio agónica, a través de la pared, los compases de una canción: era el *Trío de Buenos Aires* de Lorenzo Darulli. La conocía bien; era la primera del disco que hacía años Keller le había regalado. Tarareó un instante la inteligente e irónica melodía; no pudo evitar recordar, por asociación involuntaria, el título de *Simetría y amor en la poesía dantesca*, que había dejado abierto la otra noche. Luego, sin esperar más, alcanzó el teléfono junto a la cama y marcó penosamente el número para llamadas exteriores. Había dicho a la enfermera que esperaba a sus amigos Mila y Keller, sí; pero eso no era la verdad completa. En el fondo no esperaba la visita de dos, sino de una sola. La otra noche la había esperado: ahora lo recordaba bien. Sí, y el concierto, y el viejo famoso: ya tendría tiempo de pensar en esas cosas. Sobre esto no había duda: ya sentía a la función del recuerdo invadirlo, anegarlo de modo irresistible, como si todo debiese pasar por el lavado y la prueba de aquella emoción que palpitaba, que colgaba absurdamente fuera de los límites de su vida como la lengua de un perro. Esperaba la señal. ¿Era por efecto de su desarreglo, si hoy *sabía* con casi mortificante certeza que ella iba a venir? Cuando colgó el aparato, Boris seguía llorando y riéndose, cara al techo. Pero si alguien hubiese entrado un instante después, habría encontrado sus ojos vueltos por completo hacia adentro, inmersos en el recuerdo de varios años antes. La música seguía sonando. ¡Si en ese momento nosotros hubiésemos podido oírla!

> *Sabe mirar a la cara:*
> *se ríe de nada.*
> *Da vueltas desnuda en la cama*
> *y canta con ganas...*

¿Me está permitido todavía volver a nosotros, ángulos culpables del cuadro? Ya que una vez prometí a Boris que *todos* estaríamos en la historia, a cada momento, en el primero y en el último día, en la reunión y en la traición: como una carrera de sombras. Yo seguía siendo Keller, y conmigo había una muchacha llamada Mila. Y yo, el hombre llamado Keller, me sentía, como creo haber insinuado, enloquecido de gozo y de culpa. Dentro de un momento íbamos a encontrar a mi amigo Boris, y a confesarle lo que ella y yo habíamos hecho mientras a él lo fulminaban todos los rayos del cielo y algunos del averno. Y sin embargo, Mila podía tener razón. Había que entrar ahí como se entra en una fiesta. Pero ¿estaba tan segura de *encontrar* una fiesta ahí dentro? «*Valiente señor Rey, ¿qué será de las armas / los torneos, los magníficos dones / ahora que ya no estáis?...*» ¿Por qué, me pregunté, volvían esos versos precisamente ahora? ¿Era en recuerdo de algún yo pasado, que solía ofrecerse como tímidos banquetes mentales esta clase de adornos... letras de cambio, recibos, protestas airadas por la lejanía de un reino que ya no esperaba alcanzar nunca? «*Muy propio de Boris*», dice Mila, mientras firma en el registro de visitas. «Hacerse internar en el último piso: en el paraíso con Louis Armstrong, Count Basie y los niños negros del coro de Barracas. Qué te parece, Keller: ¿subimos en esa innoble caja o lo hacemos por las escaleras, como buenos peregrinos? Me parece que no hay derecho a reunirse con un viejo amigo, sin un poco de sudor en la frente...» Entre risas, saltando escalones de dos en dos, volvíamos a encontrar en nuestros besos todas las claves e inquietudes develadas de esa *cortezia* que, en otro tiempo, me había parecido deslumbrante y misteriosa: «¿No te molesta que te mire, ¿no es cierto? ¿Te gusta mi mano acá, mi sexo debajo de la ropa, mi barba áspera? Soy tan tosco, Mila.» «Tenés el ceño fruncido; y tres arrugas muy bellas en la frente; y tus ojos están abiertos, amplios, como campos rebosando para la cosecha.» «¡Qué imagen! Propiedades rurales que toda plaga, granizo o aluvión podrían...» «¡No lo digas!» Retorciéndose de risa bajo mis cosquillas, Mila me miró con pánico: «Toda la vida, ¿no? Después de esto, no vamos a dejar de protegernos nunca.» Yo la hice levantarse cuidadosamente tomándola por las axilas, que despedían un calor ligero y fragante; quería ver de nuevo el nacimiento de su pelo iluminado de lleno por el sol, junto al ventanuco de la escalera. Se quedó inmóvil y expectante, con los antebrazos muy pegados al cuerpo, la boca entreabierta, como temiendo otro ataque de cosquillas; detrás del vidrio se veía el edificio famoso, sus pisos centrales y el principio apenas de la cúpula violeta. «¿No te desilusiono? ¿No te parezco tonta y femenina, maquillada así, con esta falda, dejándome derretir en tus brazos como... como...?» Aquí le fallaron las palabras. «*Ya ves* que no puedo ser un hombre para vos, Keller.» Bruscamente comprendimos: la cortesía como forma de conocimiento, lo que alguna vez había sido la búsqueda o el servicio de la Dama, era un engranaje que ponía en marcha una delicada amplificación de la realidad; un impulso de liberación psíquica en forma de palanca, cuyo punto de apoyo era el otro. De cuantas escenas y figuras humanas se habían impreso en nuestro espíritu a lo largo de una vida —y que salían ahora entre grumos y ramas caídas, estrellándose con estrépito en la escalera, como agua de un deshielo—, no había una sola que no se repitiera en los rasgos del otro. La oí recitar a media voz, como un salmo: «Ahora, mi padre: adiós... la mujer del bar: adiós... el hombre de la oficina: adiós...» Mila tocaba mi cara, los ojos entrecerrados, como leyendo un texto en Braille: y mi cara cambiaba realmente con cada nombre sin dejar de ser la misma, mi cara tuvo arrugas, tuvo una barba de pelo rojizo y blanco, tuvo vergüenza de sí misma en un espejo resignado, y una nobleza contumaz y ajena en la que reconocí la piel de Boris; y luego todas y después ninguna, ya que somos, en el sitio preciso reservado por el otro al elegido de su alma, un rostro imposible hecho de todos los otros; el amor desgraciado de Mila por su padre, por Boris, era su amor triunfante por mí; sólo el objeto había cambiado. Dos labios frescos se curvaron en una sonrisa: yo me incliné y besé largamente a mi madre, sentí su piel quebradiza y reseca por el viento, dije un adiós cuyo alcance sólo puede medirse en siglos, y me quedé sorprendido porque, desde tiempo inmemorial, las lágrimas habían sido una rara destreza o arte reservado a los otros. «Era así también para vos», dije sonándome, «estoy seguro: una mocosa de grandes ojos, que no sonreía en las fotos, ni lloraba jamás cuando le pegaban por portarse mal.» «Inestable, furiosa», asintió ella con entusiasmo. «Matricida», dije dudando. «Estuve cerca de serlo.» «¿Perezosa?» «Como el pecado.» «Una gitana: una ladrona nata.» «Sólo en días de fiesta. Descansemos, Keller.»

Y salimos de la escalera, justo cuando, en el quinto o sexto ventanuco, empezaba a verse la cúpula en todo su esplendor. Difícil resistirse al encanto de estos pasillos; de pronto nos encontramos, como si nada, en plena cafetería de la clínica. Hay parientes y enfermeras que charlan alegremente. Alguna cara grave. Refrescos de muchos colores titilan en los vasos. Alguien lee el diario ostentosamente. Mila sonríe, al leer los titulares: hablan de la manifestación de ayer. *Manifestación de la izquierda,* dicen. Por algún motivo, nos sentimos cohibidos. Mila me da besos fugaces que parecen gotas de lluvia. Una moza nos trae vasos de agua repletos hasta el borde. Y ya no sé si es Mila o yo quien ha empezado, pero al cabo de un momento, con el nerviosismo y el agua que se nos sube a la cabeza, nos encontramos arremetiendo por lo bajo contra el mutismo de todas esas caras, desgranando esas historias, esos absurdos pasados;

no inventándolos precisamente, sino desenrollándolos como papiros, con la voz de médium que surge de nosotros sin necesidad, casi, de articularse en palabras.

«Tuve tantas caídas, tantas brechas. Fui con las manos extendidas, ebrio de voluntad y de esperanza, hacia cada orilla opuesta; ahora conozco mis medios. Las taras y los desanudamientos del tiempo no pueden ya enseñarme nada: saber que la inercia del cuerpo podrá más al final que toda desesperación, por bella y por terrible que sea; que por muchos y asombrosos recuerdos que acumule, lo intolerable será no enterarme de los resultados del fútbol el día después de mi muerte; sólo eso importa. He llegado a ver con tranquila gratitud a mi desfalleciente cuerpo, del mismo modo que veo y compadezco a los otros. La honestidad de las preguntas importa más que la justeza de las respuestas: en esto hay consuelo. La persistencia del mismo cigarrillo en los dedos; de la misma cara enjabonada en el espejo, de la misma clase de aceitunas en el canasto del mercado, o de una convicción que se ha quedado: todo eso es discreta ternura, a condición de saberlo. Y cuando a pesar de todo fustigamos al cuerpo con una revuelta más, una desesperación, un error más, ya que nuestra desaparición nos duele, y equivocarse es seguir viviendo; entonces incluso la revuelta es más alta por virtud de esa ternura; porque conocemos su real valor, su belleza, gracias a la sal y a las balanzas de la muerte...»

—Ah, ¿vos creés que basta con imaginarlo, Keller? ¿Sin injuria, sin los daños y perjuicios de la experiencia vivida?

—No veo la diferencia. Yo he sido uno de los estudiantes sobrealimentados más tristes de la tierra, gracias a mi imaginación. Y ahora...

—Ahora son *dos* que imaginan una felicidad posible. Quizás no haya diferencia. Dame un beso.

Por los altoparlantes se oyó un llamado a una de las personas presentes. Vimos pasar a un hombre alto con dos niñas de la mano: una iba sembrando de palitos de helado el larguísimo pelo de la otra. Mila bebió, pensativa. Yo estuve por decir algo, y luego dije otra cosa.

—¿Es por eso que quisiste buscar a ese tipo, ayer? ¿Para deshacerte de tu pasión?

—¿Por qué, si no?

—Tu padre, mi madre... Libertad asociada a viejos complejos freudianos.

A nuestro lado pasó otro grupo de niños; Mila los vio alejarse, y se volvió hacia mí enarcando sus deliciosas cejas:

—Asociada al conocimiento de causa, más bien. Hay que saber cómo son las cosas, ¿no te parece? *Nos conoció, tal como somos, fue el primero en amarnos en nuestra imperfección.* ¿No me citaste una vez esto como ejemplo de frase zen, hermano Keller?

—Y materialista, y revolucionaria. También recuerdo haber dicho: *credo quia absurdum.* Me refería, claro, al orgasmo simultáneo. Creo que deberíamos ir yendo, no puedo con mis nervios. Después de este día, voy a necesitar un mes en cama.

—*Yo* estaré en esa cama.

—Que sean dos meses, entonces.

Pero, con risa y todo, se hacía cada vez más difícil postergar la inquietud que nos causaba Boris. Yo podía haberlo visto hacía una semana o diez días, daba lo mismo; era como si hubiera pasado una vida entera. Parecía inconcebible que fuéramos a verlo en unos minutos más. Cada persona que se levantaba, con el objeto evidente de ir a ver a su enfermo, me hacía el efecto de un reproche. Pasó un hombre con un casco de motorista en la mano, luego una monja, luego una enfermera, y tras ella una muchacha vestida de negro y rojo con un chico de la mano, que me recordó fatalmente a Boris en su infancia. El mocoso me miró al pasar, con una especie de curiosidad de pez, y yo me quedé turbado. Miré a Mila, y me dio su acuerdo: pese a todas las fulguraciones de este día, a pesar de los descubrimientos que hacíamos a cada paso, aquello que nos había llevado hasta ahí se revelaba ahora como la última y más formidable de las ataduras: la culpa. La intuición de Mila nos pisaba los talones, como una marea brava: yo no era tan rápido, y en esto entreveía toda la ligereza y la flexibilidad del lenguaje que aún iba a serme necesario aprender. Había presentido un camino en forma vaga, una salida de mí mismo que podía eventualmente liberarme, y ella (¡la aprendiz de escritora, que se creía en retraso!) lo *decía* magistralmente, como si se mirase vivir. ¡Pasión! Abandonar el viejo amor vertiginoso, el amor romántico y moderno por las cosas que no existen, en favor de una forma más loca todavía: una pasión sin doble fondo basada en el fanático *conocimiento* del otro. ¿Podía haber teorema más imponente? Confieso que me sentí celoso. Es notable que ahora, cuando han pasado ya varios meses y registro estas notas —consignando diálogos y reflexiones de tal manera como no pudieron tener lugar, entonces y en esas breves horas y minutos, y que sin embargo lo *tuvieron,* ya que estuve ahí y lo sé, al menos implícitamente—, me llama menos la atención aquel descubrimiento que el haber sabido que Boris dedicó toda aquella mañana a pensar en la llegada de ella, de una sola persona. Sospecho que había algo de culpa en esa ascesis inhabitual en él. Decir que esto es irónico es decir muy poco. ¿Qué hubiera pensado, me pregunto, si hubiera podido oír nuestras ideas, unos pisos más abajo?

Más abajo, sus recuerdos ya formaban un mundo. *Pudo haber sido aquel otoño,* pensaba. Boris recuerda: ese otoño, en las islas. Lo recuerda: su maestro interrumpía con frecuencia sus clases para poner un tronco más en la chimenea. En ella calentaban *grogs,* en un cazo de aluminio barato. Su maestro le gustaba; él se bebía el *grog* de un solo trago y lo escuchaba perorar sobre el sentido de la amistad, largamente, los codos apoyados en la tapa del piano. Boris lo recuerda: podían pasarse las dos horas sin tocar una nota. El maestro vivía en una casita pintada a la cal, cerca del Mercado de Frutos, al borde del delta; Boris tomaba el tren cada sábado para ir a verlo. Al salir de la clase, aspiraba el olor del río, de las frutas podridas, de la nafta quemada del puerto y de los eucaliptos; su exaltación, él mismo la encontraba misteriosa. Tomaba un bote alquilado y se perdía entre los sauces; ganaba cuidadosamente el punto de tensión en que sus músculos se anudaban como cables de acero. El frío lo mordía agradablemente; se preguntaba si, una vez más, había logrado ocultar la piedad que su maestro le inspiraba. ¿Cuándo, cómo, en qué existencia?

Inmóvil en el centro de la cama, en el hospital, Boris recuerda y sabe. Recuerda: en la orilla, con menos frecuencia que antes, lo esperaba una figura vacilante, vestida de amarillo. Mira la pared blanca de su habitación de enfermo y piensa: *yo tomaba la toalla de las manos de ella.* Y decía: «El río está siniestro, hoy; vi troncos podridos saliendo del agua. En varios lugares. Parecían estertores de ahogados.» O bien: «Cuando mi madre se escapó de Alemania le sacaron una foto: llevaba un pañuelo atado en la cabeza, para que la creyeran casada. La expresión de sus ojos, en la foto, es la única que conozco que se parezca a la tuya.»

A la suya: Mila, acurrucada en su abrigo, parecía mirar el punto ignoto desde donde venía la brisa, o tal vez otra cosa, hacia afuera en todo caso, hacia las islas, hacia el río; con esa media sonrisa que podía significar conmoción, meditación profunda, o la más desolada indiferencia. Aquella cualidad impenetrable, Boris la respetaba; si lo conmovía dolorosamente sorprenderla en su cara de nuevo, era sólo porque la hacía más huérfana. Ahora bien, la orfandad, más que otro mal cualquiera, era algo que Boris no pretendía entender: no le negaba su simpatía, en principio, pero su instinto le decía que frente a eso debía recular, como ante un tipo de bacteria rara y peligrosa.

Cuando muy poco más tarde, después de que ella lo hubo dejado, Keller le preguntó por qué no había hecho esfuerzo alguno para retenerla, Boris contestó: «*Yo no era su padre. Es algo que ninguno de los dos, a su manera, pudo nunca perdonarle al otro.*» Ahora sabía que había exagerado la importancia de alguien: ¿la del padre, o la suya? Tal vez ambas.

La desaparición de Mila fue para él un holocausto; en todo caso, instauró una época terrible de su vida. Por un tiempo bebió con rencor auténtico, buscó sus ruidos en los rincones de la pieza, se despertó insultándola con quejas brutales. Su cuerpo soportaba mal estos balbuceos de una pasión naciente; instintivamente la llevó hasta el fondo, en un intento de hacerla abortar por el exceso. Sus amigos se inquietaron, sin notar el principio elemental de higiene contenido en esto. Rompió algún objeto preciado sin barrer los restos; se despertó, más de una vez, en lugares cuyo aspecto no dejaba dudas sobre el estado en que había llegado a ellos. Pero cuando la pasión cedió, la sucedió un vacío como no había conocido antes. Le faltaba la *mirada* de Mila; sin ella, tenía la impresión de haberse vuelto invisible. De pronto el hecho de haber esperado tan grandes cosas de ella, el no haberlo sabido hasta el final, lo dejó perplejo. Sexualmente, su alivio era inmenso ahora; una maraña de complejas furias y terrores de medianoche quedaba atrás con su partida. ¿Qué había, entonces, en el modo de mirar de Mila, para que hubiese podido sostenerlo por sí solo? Preguntas semejantes lo serenaron, pero el vacío quedó.

Volvió a tocar el piano. Se acercó de nuevo a Keller: oyó sus teorías, lo admiró como hombre y como artista entero. Podía estar equivocado, y aun así tenía razón; ya antes de los veinte años, *él* no parecía necesitar la mirada de nadie.

De todos modos (piensa), por mucho que entonces se hubiera dicho que esos dos tenían algo de gemelos; por más que la idea de Mila y Keller aliados por instinto se hubiera vuelto común, en la idea que se hacía de aquella improvisación a tres voces de su amistad, no podía dejar de observar con cierta pena lo poco que este último parecía *vivir*, a fin de cuentas. Mila se movía en círculos, sí: bloqueada por una extraña censura impuesta a sus propias fuerzas, no iba decididamente a ninguna parte; pero, puesta frente a un rebaño de ovejas con las tijeras en la mano, se lanzaba sobre él sin pensar, y no paraba hasta haberlo esquilado entero. Y ésta era toda la diferencia entre ella y Keller. Y por eso Mila, y no su amigo, podía ser su garante y testigo frente al mundo.

Con *ella* había vivido él su inmadurez necesitada de testigos; con ella había interpretado sus sinfonías privadas, sus zarabandas e *intermezzos*. No es que compusiera mucho. Pero la música estaba en todas partes, y a falta de dominarla, se podía vivir en ella. Juntos habían organizado aquel viaje a la cordillera: trabajado, comprado el viejo Citroën usado, olido el polvo en el aire y escuchado con deleite las cadencias y variaciones del motor, durante muchos kilómetros, hasta el pie de los montes; ella se había perdido a la vuelta, gloriosamente, mientras Boris dormía, hasta terminar cenando los dos en un bar de Coronel Pringles, mientras Keller los esperaba maldiciéndolos en un café de Buenos Aires. Imágenes aún muy vivas: Mila pintando sobre frascos de vidrio, absorta y medio desnuda, el tirante de su *jumper* de tela de vaquero caído por debajo del hombro: el trémulo reflejo del vidrio en la cal del techo. Y él, en el borde de la ventana, cosiendo para ella un vestido de verano, con el modelo en la revista abierta a sus pies. Ella, inopinadamente, le había sacado una foto: «En el último rollo de Mila aparecías cocinando, y en otro construyendo un motor», comentó Keller, entusiasta, al devolvérsela. «Ahora esto. Deberías volver a considerar tu profesión. Por lo pronto, yo estoy necesitando un saquito de otoño. ¿Cuándo me lo podrías tener listo?» «Boris es versátil como un agente secreto», dijo Mila, sirviendo el vino. «También arregló todas las cañerías de mi pieza. Y todo lo hace con indiferencia, además, como si fuera lo más natural del mundo. Yo sospecho que, en realidad, está a sueldo de la CIA. Sirve de conexión con Israel: están pensando instalar un centro de circuncisión clandestino en la Patagonia.» «¿Con fines puramente pacíficos, supongo?», se inquietó Keller, ofreciéndole un plato de aceitunas. «Error. Envían prepucios al Líbano, a cambio de armas.» «¿Para qué quieren prepucios los libaneses?» «Eso es exactamente lo que intentamos saber.» Y de pronto, en medio de las risas, Mila agregó (estaba alegre, pensó Boris, como raras veces, y era como ver reírse a la luna o las estrellas): «Se ha estado haciendo un saco de satén, estilo *glamour,* como el que usaba Bowie a principios de los setenta... mirá cómo sonríe: es un monstruo, Keller.» «Gran época», concedió Keller, la boca llena, y todos asintieron. «Conciertos en Berlín, satanismo, la cara avergonzada de Nixon y las grandes guerrillas.» «Un preludio, creo yo», dijo Boris. «Naturalmente; el escenario perfecto para que esta generación naciese. Todavía tenemos algo de brillantina y de pólvora detrás de las orejas. Por eso no nos acostumbramos a la nada de fin de siglo; somos violentos y tímidos, pero bien intencionados.» «Un poco maricones, también.» «Sí; pero haremos excelentes padres.» «¡Yo no!», dijo Mila estremeciéndose. «Mejor matarse, que ser madre.» Y después de un instante: «Pero *también* se hizo unos pantalones militares, Keller: son maravillosos. ¿Puedo abrir tu armario, Boris?» Cuando ella volvió, con los pantalones puestos, se produjo algo así como un silencio. Estaba encantadora. Él se echó a sus pies, con las manos sobre el corazón, y dijo: «¡Oh, reina mía! Puede que desdeñes mis artes. Pero, por el sol que nos alumbra, ¡yo juro aquí y ahora colmarte de amor, ardientes canciones y prendas diversas!» Y así habían seguido bebiendo, cocinando, riendo, hasta que Keller dijo algo sobre Spengler, y él sintió el pudor y el leve hastío y el deseo de vencer y de ser visible, no ante ellos sino ante el mundo, un mundo que esperaba como detrás de las paredes, similar a las cañerías del agua o los repartidores de facturas; y buscó en su memoria y con suave elegancia dijo que Heisenberg lo había refutado, y citó el principio de incertidumbre, y algún pasaje selecto de Nietzsche. Para él, que hurgaba en su propia cultura como en un cajón repleto de cachivaches, el juego no representaba esfuerzo alguno; pero tampoco, para contrariedad suya, lograba apasionarse por él. Lo hacía, de modo inconfesable, por Mila, que los escuchaba con curiosidad feroz. Pero ella, cosa curiosa, no parecía darse cuenta nunca.

La memoria es algo misterioso. ¿Por qué había sido siempre difícil recordar, de Keller, otra cosa que sus dichos e ideas, y algún otro detalle grotesco? ¿Y por qué, precisamente ahora, esas cosas no querían venir? ¿Por qué *esto otro* parecía arrastrarlo, a pesar de él, como revelándolo a sí mismo: la solución a un problema que nunca había sido planteado? Aquellas correcciones operadas por el recuerdo se imprimían en su vida, sonoras, con el ligero resplandor de las verdades en estado puro: el vino, el suave tañido de la tarde, la noche que avanza; los raros silencios como pozos de frescor, y el modo en que las voces habían ido pasando de sostenidos a notas mayores, y luego decreciendo en un *larguetto* como un anuncio o exégesis del alba por venir, y el sueño. Keller era su amigo. Su carne era música y cristales rotos, también: avanzaba hacia él, en el tiempo, por carriles transitados desde antiguo.

Tal vez (habría dicho Keller, si Boris le dijese todo esto) somos modelados, no tanto por nuestra memoria, sino por el recuerdo que de nosotros guardan nuestros amigos. Y éste, ay, cambia según el momento, las estaciones, los accidentes y las grandes o pequeñas decisiones tomadas en el día...

Por eso ahora es posible saltar algunos meses, y verlos así: con los pies desnudos, los tres a mediodía, entre los pastos altos, invencibles como nunca volverán a serlo: ahí está el sol, intolerable casi, y otra vez la brisa tibia del delta, y Keller espantándose las moscas dijo: «¿Estás seguro de que es acá, Boris?» Mila, ayudándolo a despegar un pie del barro, se ríe bajito. El agua estaba subiendo. «Cántanos algo, Keller. ¿Qué estabas tarareando?» «Oh, trato de recordar *La internacional;* ahora que Boris ha decidido explotarme, tomo conciencia de clase.» El director de la escuela los recibió, da su acuerdo, el trabajo va a empezar. «¿Y qué hago con esto, Boris? ¿Lo clavo, o lo sostengo hasta que las generaciones por venir nos sucedan?» «Tomá un trago, Keller.» Mila y él estaban sentados en el pasto, hablando de la Tsvetaieva; las cigarras cantaban y el ruido de los martillos empezó otra vez. Y Keller lijaba y pintaba con torpeza, pero concentrado y probo; él vio a Mila, los pantalones rotos, alcanzándole un balde con la cara seria: casi triste. Y sintió que con eso y a pesar de eso y de lo que pudiera venir, vivir valía la pena, que ver crecer a Keller y a Mila valía la pena. ¿Pero por qué? (*Ahora* lo sabía, entonces no.) «Acá vienen los chicos», dijo alguien. Y Boris pidió que lo ayudasen a enganchar el toldo, y Mila pintó de blanco el último rincón de la pared del frente. Se alejaron un poco a mirarlo, maravillados: en una tarde habían restaurado esa escuela patética del Bajo Paraná, por nada, sin generosidad siquiera, como quien prueba un plato nuevo. Y luego vinieron, por supuesto, los regalos de los chicos mugrosos, sonrientes, que los rodeaban con su solicitud de pigmeos: *collages* de papel satinado, ramitos de flores amarillas, poemas en letra ilegible, aunque cursiva. «Supongo», le susurró Keller, «que me vas a decir que no podemos huir de inmediato». Pudo verlo, más tarde, sentado en un tronco: un chico muy flaco, sentado a su lado, lo examinaba desde allá abajo con cierta severidad. «Vos, de albañil, me parece que te morís de hambre», constató. Y Keller, frunciendo el ceño: «Como psicólogo vocacional, mocoso de Biafra, no se te puede negar cierta fineza. Y qué tal si me traés un vino. Qué vas a ser *vos* cuando seas grande, a ver.» «Yo, chofer de colectivo. ¿Y vos?» «¿Yo? Yo soy escritor.» «¡Ja! Y eso para qué sirve.» «Bueno, mirá, cuando ves pasar a una señorita muy pero muy bonita, en vez de ir a casa y sacudírtela, agarrás un papel y contás cómo la hiciste gozar.» «A ver, contame un cuento.» «Cómo te voy a contar un cuento, nene; te creés que no tengo nada mejor que hacer que decirte que en una isla como ésta, una vez, vivía un pirata llamado Barbazul; y que un día, navegando en su barco, vio un galeón que venía desde...» Mila, que se había quedado algo abstraída debajo de un ciruelo, sonrió; en menos de un momento Keller estaba rodeado por una docena de ojos que seguían, extáticos, su improvisación de virtuoso. Todos aquellos gestos se perdieron en la noche; todavía quedó tiempo para terminar, bajo los débiles faroles del muelle, tocando una guitarra vieja mientras Keller y Mila, con toallas en la cabeza, improvisaban una comedia musical delirante para todos los alumnos de la escuela.

Esa noche volvieron juntos a su casa, y Mila volvió a sumirse en un silencio hosco. Él se recostó en la cama. Al cabo de media hora volvió a levantarse, se sentó con ella a la mesa y dijo: «Amo la música por *eso*, porque es algo puro. Me parece que avanza, y que no lleva remordimiento alguno. No dejes que te haga creer nunca que es por otra cosa.» Ella le tomó la mano, cansada. «Fue un día muy lindo. Y creo que no trabajé menos que vos y Keller. El director me dijo que pongo ladrillos como un hombre.» «Si quisieras», dijo Boris. «Si hubiera *alguna* posibilidad de que me veas, entonces tal vez los dos estaríamos salvados. Nadie tiene derecho a pedir algo así, por supuesto.» Ella soltó su mano y encendió un cigarrillo. «¿Qué querés decir? ¿Pero *qué* querés decir, Boris?» «Quiero esto... No es nada. Quiero saber si me querés, eso es todo. Nunca me lo dijiste.» Y agregó: «Y quiero que vengas a vivir conmigo.» «¿Si yo qué? ¿Si yo qué? ¿Por qué, Boris, por qué todo esto?» «Porque te quiero.» «¡Callate! ¡No me vuelvas a hablar de eso! No, perdoname, por favor. Yo no sabía, yo no sé nada, nunca entendí nada. Pero por qué hacés esto, no ves... ¡Dios santo, estamos podridos, los dos!» Y, para su sorpresa, tomó con violencia su cartera y salió, dando un portazo. Boris se quedó inmóvil: al cabo de dos horas se desvistió y se acostó en la cama. Debían ser más de las cuatro cuando Mila regresó. Le dijo que se había acostado con un hombre, y que no quería volver a verlo.

Cuando la agonía pasó, Boris sintió un deseo real, profundo, de hurgar por única vez en el pasado de Mila; y ese mismo día se consagró a sus pesquisas. Había empezado siguiendo, varias tardes consecutivas, a la vieja pedicura, la madre de Mila. A pocos metros de distancia, andaba todo el tramo con ella desde su covacha de la calle Brasil, cerca de la autopista, hasta el almacén donde compraba el vino. Un día la abordó simplemente y, con autoridad improvisada, la invitó a comer en el café de al lado. No se habían visto nunca. La mujer se deshizo en llantos: Mila no iba a verla nunca, a ella, que había hecho sacrificios para educarla, y a pesar de que su marido le había ofrecido venir a vivir con ellos. Mentía sin la menor pretensión de ser creída, y tragaba grandes pedazos de bife entre sollozos. Boris medía con asombro el parecido físico entre la madre y su hija; los pómulos salientes de Mila, la deliciosa curva de sus cejas, se insinuaban sin cesar en aquella cara socavada por la tontería y el sufrimiento. Había esperado que la mujer le hablaría del padre, aquel legendario padre de Mila, y desde el principio entendió que era esfuerzo perdido. Obtuvo de ella un dato inesperado, sin embargo: Mila había trabajado años antes en una dependencia ministerial, en un puesto insignificante. Debía haber tenido unos quince años por entonces. Ella nunca le había dicho nada semejante, aunque le hablaba con frecuencia de otros trabajos pasados; Boris se informó, insistió, jugó su suerte: al cabo de poco tiempo había logrado que lo contratasen en el mismo puesto. Los primeros dos días pasaron como un sueño. Habló acá y allá de una amiga suya; le gustaría saber por qué había dejado el puesto. Una secretaria de perfil aindiado dijo haberla conocido, pero la recordaba apenas; Boris la invitó a una copa después del trabajo y, mientras fumaban un cigarrillo, ella dijo que Mila había tenido problemas con su jefe. Él le tenía ganas, decían los compañeros, y ella se asustó. El hombre en cuestión había sido transferido poco después de la renuncia de ella. Boris se vistió, pensativo; al día siguiente, el jefe de archivos lo sorprendió en el acto de guardarse el expediente del antiguo jefe. Tuvo que devolverlo y fue despedido de inmediato. Pero había alcanzado a echarle un vistazo: *Escuela de Marina*, decía: *Destacado operaciones especiales*, y la fecha: 1979. Se sintió profundamente cansado: no un hombre, sino la historia, en cierta retorcida forma, había estado contra Mila. Averiguar qué había pasado exactamente era casi superfluo. De todos modos, no pudo evitar encontrarse ese mismo día a la entrada de la Escuela; vio acercarse a una muchacha con carpetas, le rogó que le permitiera entrar como si fuera amigo suyo; la muchacha sonrió con tristeza y lo condujo a donde quería. Boris consultó las fichas. Sabía que la pesquisa estaba terminada; el hombre había egresado a fines de los setenta, y, de creer la ficha, había sido asignado a un puesto en Río Gallegos en 1987; allí terminaba su carrera. Por lo visto Mila había estado en conflicto con un sosias o un fantasma.

Pasaron algunos días y Boris volvió a la vida corriente. Después, una tarde, mientras hojeaba partituras en una tienda, vio entrar a la muchacha de la Escuela de Marina. No pudo resistir la tentación de espiar lo que compraba y, cuando ella hubo pagado, dijo suavemente por encima de su hombro: «Es verdad, Debussy parece lo más correcto para una cadeta de marina. Quiero darte las gracias por el favor del otro día.» Ella se sobresaltó, sonrió con menos tristeza que la primera vez, y por fin le dijo que no tenía nada que ver con aquella institución: había ido aquel día para saludar a un amigo. Boris se quedó mirando aquellos ojos tristes, los bucles negros que los enmarcaban, como quien resuelve una ecuación difícil. Poco más tarde se volvieron a encontrar, ya de manera prevista; y a los cuatro meses de aquel día en la Escuela de Marina, la muchacha estaba instalada, con partituras y todo, en el departamento de Boris.

Tenía ojos tristes, sí; tocaba el piano con aplicada soltura y desconocía con plenitud toda teoría sobre la música, o sobre cualquier otra cosa. Daba clases de solfeo. Boris se levantaba, cada mañana, con la impresión de una inocencia antiquísima rugiendo y ensanchándose en sus venas. La pesadilla del recuerdo de Mila y de sus pesquisas policiales se desvanecieron en el aire fresco. Keller se encontraba entonces en una nueva fase de existencia anaeróbica; se había aislado por completo para escribir lo que, decía él, iba a ser la gran crónica de la enfermedad de nuestro tiempo, o cosa parecida; sólo salía para trabajar en el banco. «Bueno, ya que insistís, iré a conocer a tu ángel sexuado», le había dicho. «Pero si no derrocha lascivia por todos los poros, y si no salgo de tu casa envidioso, convertido en un sátiro barbudo y pedorreante, espero que me reembolses.» Pero a último momento surgió un imprevisto, y la cosa quedó pendiente. La muchacha había estado hojeando unas páginas de Keller que él guardaba con celoso respeto: hizo un comentario acerca de ellas, y Boris no contestó; ante su insistencia, él dijo suavemente: «Es una opinión completamente nula; no entendiste nada de lo que él dice.» Luego, sin que ninguno de los dos acusara la menor turbación por aquella última frase, cayeron el uno sobre el otro pesadamente, sin ruido, como dos cortinas de terciopelo recogidas y desatadas de un golpe, e hicieron el amor. Boris se resistía a abandonarse del todo a aquella felicidad; y su resistencia tenía algo sublime, como una ofrenda. No era en absoluto por Mila. Era, cosa muy distinta, por lo que ella había representado. Ese día lo alegró que Keller no la conociese de momento; y para cuando Keller regresó al mundo, al cabo de cuatro meses y sin crónica de ninguna especie, la muchacha, contra toda predicción, no vivía ya con Boris.

Las imágenes se vuelven más confusas; los ojos de Boris ruedan por la habitación de la clínica y vuelven a encontrar la misma fatalidad, las mismas consecuencias; la emoción gorgotea en su garganta como una pileta que termina de vaciarse; Mila riendo, Keller sosteniendo la viga... «Cómo voy a contarte un cuento, mocoso»... No sé nada, nunca entendí nada... el sol, la noche creciente y las mañanas casi insoportables... Por fin el remolino se detiene: en el centro del recuerdo, engarzada como una joya, había una expresión dura, inimaginable, torturando una cara que no podía ver: la suya.

Era el instante en que había aceptado: era el día en que todo había empezado realmente. Los últimos dos años, hasta llegar a esta pieza y esta cama, estaban contenidos de algún modo en este hecho simple y capital: él había dicho que *sí* cuando la muchacha se ofreció a dejarlo. Ella estaba desesperada, los ojos tristes gritaban ahora de verdad tristeza, gritaban que la dejara quedarse, que le prohibiese tomar ese bolso y salir: él sintió la dureza intolerable naciendo en su corazón irregular, subiendo por su cuello; y, al llegar a su boca, esta dureza inventó cosas asombrosas y obscenas que él no iba a repetir nunca (aunque lo hizo una vez), las formuló, y las dijo al fin por él: *«Ya sé qué estás pensando, pero es mejor para los dos así. No sé cómo explicártelo. Es como si esto fuera un límite. No podría pasarlo aunque quisiera. Tengo que ocuparme de esto: es lo único que sé hacer. No puedo sacrificarlo, te lo juro. No puedo. Te voy a dejar ir. Tengo casi veinte años. Es mi última oportunidad de ser músico.»*

Me pregunto si en el curso de esa mañana alguno de nosotros pudo sentir, siquiera vagamente, de qué modo estábamos llamándonos, los tres; intentando reunirnos de hecho, mientras la fuerza de las cosas nos proyectaba a cada uno hacia afuera, como un abanico. No parece probable, ya que ninguno de los tres recuerda nada parecido. Pero ahora, cuando intento consignar los pensamientos y las acciones de cada uno tal como he llegado a conocerlos, obligado a darles una forma, me es imposible no sentir la desbandada, la fuerza expansiva. Así suceden las cosas para ciertos ironistas chinos: no hay amistad sin yo completo, pero *yo* es, en esencia, el nombre de aquello que se aleja. ¡Qué experiencia, de todas formas! Apenas logro creer que los recuerdos de Boris siguiesen con tan minuciosas armonías el hilo de nuestra conversación, algunos pisos más abajo. Un mismo momento, un mismo mundo de burlona simetría, perfecto como un roscón de Reyes, eso era aquella clínica. En el séptimo piso, de acuerdo con el número recortado en bronce que veía desde el armario, ciertos asuntos relativos al sexo y sus intempestivas enseñanzas estaban siendo también, y muy a su manera, zanjados. El número coronaba la puerta de un ascensor; el armario era uno muy común, correctamente provisto de escobas y baldes, dentro del cual Mila me había empujado. No sé cómo expresar exactamente el sentido de este hecho, a menos que las palabras *lujuria* y *desenfreno* tengan aún sentido en los tiempos que corren, en especial aplicadas a una muchacha más bien tímida de veinte años. El sonido de un cierre de pantalón bajándose me ha parecido siempre, aun en tiempos de mi admiración por Sade, de una franca indecencia; procuré disimularlo moviendo con el pie un balde, y Mila me chistó desde allá abajo. Por los siglos de los siglos, pensé, el olor a humedad y a lejía y detergente será símbolo de ternuras y delicias sin cuento. Suponía, incluso entonces, que la imposición de aquella horrenda clínica por escenario de nuestro reencuentro era en realidad muy justa. El amor, cuando no es enfermedad ni mística, es una ciencia del espacio: está más cerca de la arquitectura que de la física clásica. No hay determinismo en él, y por eso la memoria nos ofrece de él un falso cuadro. «La memoria es el determinismo del *ego*», le susurré, tratando de doblarme en dos para alcanzar su oreja. Ella apretó muy ligeramente los dientes, en señal de asentimiento. No requiere tiempo, pensé cerrando los ojos, sino espacio, espacio virgen a ser posible. Mila debía haber llegado a la misma conclusión, ya que se levantó bruscamente y oí saltar, en la oscuridad, dos botones de su camisa. «*Yo te los coseré, mi reina*», susurré en su oído. Pero en la ternura de esos besos no había rastro de burla. ¿Era por eso por lo que Buenos Aires nos había elegido, después de todo? ¿Su inconstancia, sus frases hueras, su larga compasión soleada? ¿Su espacio plástico y vacío, en fin? ¿Me había equivocado, tal vez, al creer que aquel vacío de café envasado de mi ciudad natal se oponía a la germinación de la planta amor? Sentí a Mila a punto de absorbernos en el argumento irrefutable de un orgasmo, y me detuve de a poco, paciente, como quien intenta hacer dormir a un tigre: «No todavía», dije bajito. «No todavía», repitió ella, en el hueco de mi cuello. Su aliento me rozaba: en la media luz del armario vi una sonrisa que debió estar allí siempre, burlona, sin otra historia que un mentón y una mejilla a los que la rendija entreabierta de la puerta daba un blanco de luna llena. Le pedí que me dejara mostrarle algo; me tomó la mano y me guió afuera.

«¿Ves qué quieren decir, todos ellos? ¿Lo ves?», me sorprendo preguntando ahora, con el viento en la cara, haciendo un amplio gesto. Mila se hace sombra en los ojos con la mano, como un marino: «En cierto modo sí, en cierto modo lo veo», dijo. «Lo he visto siempre, en realidad, desde que era chica: y cuando leí lo que *ellos* pensaban en versos libres o novelas de los años cincuenta, me asombré de que para otros fuese motivo de alabanza o de sorpresa. Para mí la ciudad era evidente; creía que cualquier poema debía empezar a partir de ahí.» «Es tan raro. ¿Que oís allá abajo, vos?» Mila aspiró aquella enormidad, sonriendo: el aire le tenía el pelo levemente en alto sobre la frente. «Bocinas de coches», dijo. «Y viento. Y una especie de silencio profundo, eso es lo que querés decir.» Se dio vuelta y me miró, burlona. «El poema», repetí. «Pero, ¿hubo alguna vez tal poema?» «¿Por qué no? Allá abajo: mirá allá, Keller, mirá esos chicos: allá, seguí mi dedo, bajando por la avenida. Una hilera de figuritas en blanco, tienen guardapolvos. Parecen *confetti*. Los ha sacado de excursión alguna maestra. Van a llevarlos a ver un museo, o la Manzana de las Luces. Para alguno de ellos al menos *existe* el poema, de algún modo, creo.» Hubo un momento de silencio; el espectáculo era indescriptible; a mí empezaban a dolerme los ojos a causa de la luz intensa. Estaba a punto de preguntarle qué quería decir, cuando ella volvió a hablar. «No sé», dijo pensativa, apoyando los codos en la barandilla. «¿Habrá realmente *algún* lugar en esta ciudad que valga la pena ver, a los diez o a los veinte años?...» En ese momento un enfermero se acercó para pedirnos, discretamente, que cerrásemos el ventanal: había que impedir las corrientes de aire. Lo hicimos, agradecidos y admirados de sus buenos modos.

(... *¿que si había algún sitio, alguno en absoluto? ¿Algo como el Palais de Glace? ¿Como el café La Giralda a las seis de la mañana? ¿Como el Pasaje Piedad? ¿Como el número 457 de la avenida Pueyrredón? ¿Como el Callejón de los Deseos? ¿Como Esmeralda, como los subtes muertos? ¿Como los círculos y círculos de Parque Chas? ¿Como las bóvedas desesperadas de la estación Retiro? ¿Como Ca-*

bildo, la calle de las primeras penas? ¿Como la Recoleta? ¿Como las queridas pagodas y bunkers de Clorindo Testa? ¿Como las escaleras del parque Lezama, cierto domingo de 1984? ¿Como el palacio barroco mortalmente barroco de Obras Sanitarias? ¿Como el jardín botánico, incluyendo al último de sus pulguientos gatos? ¿Como la Catedral Abandonada? ¿Como el Lago Lugano? ¿Como el Hospicio de las Mercedes? ¿Como la Dársena Sur, y sus pintorescos y variados afluentes? ¿Como la librería Gandhi? ¿Como los cables tendidos y las ventanas cerradas? ¿Como cierta ventana de un primer piso de la esquina de Pampa y Freire? *¿Había, entre todos estos nombres terriblemente reales, uno que pudiese significar algo, entonces o ahora?...)*

—Supongo que vas a irte, antes o después. ¿No es cierto?

—¿Por qué decís eso, Mila?

Pero sabía muy bien por qué lo decía. Mila se alejó por el pasillo frunciendo los labios con regocijada tristeza; yo la seguí, trotando entre las nubes. «Estaba pensando», dijo, volviéndose hacia mí de nuevo. «¿Adónde podrían llevar estas escaleras angostas? ¿No habrá una terraza en esta clínica tan moderna?» «¡Cómo!», dije, escandalizado: «¿Vamos a ir más arriba antes de ver a Boris?» «¿Vos creés que le molestaría? Dejémoslo, entonces.» Pero no parecía convencida. Nos sentamos a reflexionar en un banco forrado de plástico negro y lustroso. Una mujer mayor, en bata, con un cuello rígido y ojos en los que navegaban desde hacía siglos todos los barcos de los vikingos juntos, miró a Mila con aprobación y creyó oportuno informarla, en alemán:

—Mi *marido* está en la *cafetería.*

—Celebro que lo acepte usted tan bien —respondió Mila, en el mismo idioma—. ¿No teme dejarlo solo, en presencia de las damas?

—Yo no conozco los celos —dijo la mujer mayor.

Pero al cabo de un rato nos levantamos lentamente, y con pies de plomo nos dirigimos hacia el lado por donde los números de las puertas decrecían. Incluso Mila estaba tensa ahora. La habitación de Boris se acercaba de número a número, y a nuestra culpa se sumaba ahora el horror natural de ver en la cara de un amigo los rasgos afligidos de la muerte. Volver a ser los tres amigos: era una idea simple como el ámbar, casi una necesidad imperiosa, pero ¿era posible? ¿Cómo puede haber amistad auténtica entre quienes se encuentran en distintos planos de la vida? La confianza de Mila en la resurrección de Boris, que debía ser eco de la nuestra, es prueba de cuánto lo quería, incluso ahora; yo no estaba tan seguro. En los primeros tiempos nos había unido una fuerza incomparable entre todas: la fe y el anhelo del futuro. Más tarde, aunque separados, habíamos conservado a nuestro modo un lazo porque una fuerza distinta, tal vez no menos crucial, nos seguía uniendo: la desilusión de los primeros fracasos. Ahora todo se volvía infinitamente complejo; nada podía ser más errado que la archifamosa sentencia sobre el parecido de las familias felices. A nosotros se aplicaba exactamente el postulado contrario: todos los jóvenes desgraciados se parecen, pero los felices lo son cada cual a su manera. De cualquier modo, y por si acaso, empecé a explicar esto a Mila; pero tuve que interrumpirme en la mitad. Ella me siguió la mirada y no entendió, al principio, mi extrañeza. Yo acababa de verlos; venían en dirección a nosotros. La mujer de la cafetería con el niño de la mano. Había algo en el chico que resultaba inquietante; quizás fuera aquel parecido absurdo con Boris que yo le encontraba. En todo caso, era como encontrar a un evadido de nuestra infancia. Tenía puesta una camiseta minúscula, azul marino, razonablemente manchada en la panza; me pareció inútil tratar de calcular su edad. La madre no me miró. «Pero no puede ser sólo eso», dije a Mila. «Tal vez yo mismo me reconozca en él... pero no creo.»

Los dejamos pasar, discretos como antílopes. Llegaron al otro lado y tomaron el ascensor. Mila me apretó la mano y sonrió, significativamente; de pronto me sentí acorralado.

Tuve que sentarme en otro banco, en un rincón libre de enfermeras. Respiré hondo y dije: «Nací en uno de los barrios más fascinantes de esta ciudad, en el Once. Tenía todo lo que se puede desear: calles con plátanos altos, algo de misterio, un cierto peligro, vecinos que contaban historias. Incluso buena parte de los amigos pintores o poetas de mi madre eran del barrio, cosa notable. Yo adoraba todo eso, con una salvedad: que había nacido ahí. Siempre, desde que tengo memoria, he estado buscando una excusa para rajarme de este lugar. Cuando era chico rezaba para que hubiese una guerra civil o un golpe de Estado y mis padres tuviesen que emigrar. No me importaba a dónde. Tenía dos ambiciones: adelgazar, y ser ciudadano del mundo. Digamos que he perdido en buena parte las ilusiones de flacura. Pero lo otro, Mila: despertarse en un hotel, en una pieza cualquiera, con el olor inconfundible de un país extraño; llegar a hablar a todo el mundo en su propio idioma, como vos hace un momento; hacerse extranjero, ser extranjero y volver a tu ciudad como extranjero, como quien se da un nombre... Siempre lo mismo, ¿no? Me da igual que sea vulgar, o que te des cuenta, al escucharme, del provinciano que siempre fui: todo eso me tiene agarrado de las pelotas. Podría darte muchas razones; podría hablarte del hartazgo de ser alguien, y otras del mismo tono. Pero eso no es lo más importante. La verdad es que me gustan los aviones, el olor de las aduanas y los aeropuertos. Me gusta cierto tipo de esfuerzo, cierta resistencia, cómo decirlo: esa cosa mágica que asocio siempre con lo que hay de más noble en la especie humana, el anhelo de interpretar, y entender como es debido, el lenguaje y los gestos de un lugar ajeno. No sé qué espero exactamente de eso. No me importa saberlo por ahora, además. Sé que la variedad del jodido mundo no me deja tranquilo. Me molesta, te lo digo en serio. A veces, cuando la entreveo, me impresiona mi propia fuerza. Soy como uno de esos dinosaurios congelados de las películas: cuidado con sacarme de mi lecho de hielo, porque tengo estómago y mandíbulas como para devorarlo todo. Nada es nunca igual, al menos visto de cerca. Ni siquiera la polución de las ciudades se parece, de un lugar a otro. Me gustaría que me pregunten de dónde vengo. Me gusta, si supieras cuánto, imaginar que una lista de platos, escrita a mano en la pared de un bar, pueda resultarme completamente ilegible.»

La hice sentarse en mis rodillas, rodeándola con mis brazos torpes y velludos; ella enterró la cara en mi cuello. «Siempre tuve», dije a su pelo, «una necesidad alarmante de ser querido. Más todavía: aprobado, mimado, lavado con leche y laurel. No entendí cómo eran las cosas reales así como no entiendo ciertos chistes: no logro creer que *lo peor que pueda pasar,* es lo que realmente pasa. Era débil; me faltaban ganas de levantarme a la mañana, me faltaba toda forma de ambición, me horrorizaba que me preguntaran: ¿qué vas a hacer en la vida? Cómo qué voy a hacer, imbécil, mi estructura mental es la de un inactivo, con ciertos rasgos depresivos por añadidura, con un poco de suerte llegaré a ser poeta, y si no probablemente un vago, ¿*cómo* qué voy a hacer? Pero lo cierto es que uno *hace* algo, quiere hacer algo. ¿Pero qué, y sobre todo: por cuánto tiempo? Entre la actividad y el amor hay afinidades evidentes. La gente activa está llena de amor; a veces un amor invertido, ya sé, a veces despecho y odio y todo eso, pero siempre están llenos de algo. Yo estaba vacío. Era débil. Y no quería a nadie. En fin, a nadie; a veces... Claro, a veces es fácil: trabajar intensamente una vez, durante días o meses pero *una sola* vez, eso siempre pude hacerlo; compadecerme intensamente de alguien, amar incluso a alguien con toda mi fuerza por un rato, eso siempre pude hacerlo. Una vez es fácil, pero algo te dice siempre que la vida no es exactamente eso, que hace falta otra cosa, hace falta *constancia.* ¡Constancia! ¿Qué vas a hacer en la vida? ¿Qué tareas, qué altas aspiraciones, qué amores incomparables van a llevarte por el camino de la vida? Para mí, y en tanto la pregunta implique a la vida entera, en tanto signifique *constancia,* la respuesta es cero. Para mí, la solución hubiese sido una: hacerlo todo *una vez,* muy rápido; y después detenerme por completo, contemplar las cosas hechas, y entonces sí, entonces sin ningún reparo, declararlas buenas. Si no podemos tener cuarenta años, o cien, antes de haber cumplido los veinte, entonces no vale la pena tenerlos nunca... ¿Te reís? ¿Te reís, rebelde de lechería? ¿Creés que me olvidé de que ya dijimos esto, una vez, muchas veces, a los diecisiete años? Me gusta que te rías, me gusta tu risa más que ninguna otra cosa. Y bueno, qué, tenemos veinte años: ¿tendría que haber cambiado de opinión? No cambié de opinión; pero en estos tres días pasó algo. Podría llamárselo memoria. Yo todavía no sé qué es. Podría llamárselo memoria: como si mágicamente hubiésemos sido jóvenes y adultos y viejos, antes de volver al principio. Salvo que, ya ves, no somos viejos; ya lo ves, estamos al principio de las cosas. Y sin embargo *sabemos* lo que es la vejez; y ésta es una ventaja, quizás toda la ventaja de que disponemos, y dispondremos, en la tierra. Me cuesta esperar. No sabés cómo me cuesta esperar, Mila, ojalá pudiera borrarme y desaparecer del todo, antes de volver a encontrarte. No me mires así: ya sé que estamos enteros, ya sé que estamos al principio y que tenemos, como suele decirse, la vida por delante... También sé que entendés lo que trato de decirte. Que ésta no es manera de empezar nada, y que si es cierto que hay otra vida para los dos, una que todavía no empezó, nuestro lugar es ahí, *al principio*. Hoy no voy a dormir con vos. Hoy voy a terminar mi día solo. Vamos a ver a Boris, dale: digámosle lo que pasó, terminemos de una vez. Ahora estoy dispuesto a terminar. ¿No es esto el paraíso, *el verdadero*? ¿No es verdad que desde ahora habrá que empezar de nuevo, con inmensa pena, no es cierto que vamos a sufrir espantosamente, Mila? ¿No estamos ya empezando a sufrir? Mila, ¿te estás riendo, o llorás? No puedo verte, así con la cabeza en mi hombro, pero espero que llores, no faltaba más, yo también estoy emocionado. Pero no estás llorando, ¿verdad? ¿Te estás riendo, no es cierto, mi oro, mi ángel, mi hija? Te estás riendo *porque yo te amo, hija de otros y mujer de otros que no te conocieron nunca*. No me hagas decirte que *sí*, que voy a irme. Vamos a ver a Boris, dale...».

En ese momento se nos acercó una enfermera: alta, provista de un flequillo etéreo, parecía dejar tras de sí un rastro de polvo dorado, una lenta estela iridiscente, aunque tenía al mismo tiempo un no sé qué de aficionada al poker, o quizás a las carreras de coches. Nos preguntó si veníamos a ver a Boris, y dijo nuestros nombres. Yo me levanté de un salto, y le clavé una mirada feroz hasta detrás de las órbitas.

—No somos Keller ni Mila ni conocemos a ningún Boris —dije—. Yo me llamo Sacco y él es Vanzetti, mucho gusto. Estábamos buscando testigos para un juicio. ¿No es acá, la corte suprema del estado de Nueva York?

La enfermera me consideró, sin excesiva inquietud. Agregó por si acaso: «Él dice que se conocen de hace mucho.»

—Desde siempre, sí. Disculpe. ¿Cómo está? ¿Está fuera de peligro?

—Sí, totalmente —dijo—. Yo *sabía* que ustedes eran Keller y Mila. Él me dijo que el otro día los estuvo esperando, sobre todo a la chica. Parece que te esperó un montón de tiempo. Él está muy bien, ya ayer salió de terapia intensiva. Es un churro, tu amigo. Yo no sé cómo lo dejaste ir. Lo que es yo, no me lo sacan ni con fórceps.

Y sonrió, mirando a lo lejos, como si vislumbrara ya a los fórmula uno dando la última vuelta. Miré de reojo a Mila, para ver cómo había encajado aquello; parecía por completo indiferente, o sea que estaba angustiada. La enfermera consultó su reloj:

—¿Entonces, van a verlo, no? Pueden entrar dentro de veinte minutos.

Yo me senté, con el mentón en la mano, serenado de pronto. La enfermera había desaparecido. Entonces sentí a Mila, parada detrás de mí, tapándome los ojos con las manos.

—Pensá en un lugar.

—¿Cómo?

—Un sitio: un lugar a donde ir.

—¿Venís conmigo?

—Eso no es una respuesta.

(... la iglesia de San Tarcisio, la Recova, los jacarandás de Lincoln, el burdel en un rincón de la avenida El Cano: ¿había realmente algún otro lugar, en alguna parte, a donde fuera posible ir?...)

Hacía un momento, cuando ella estaba sentada sobre mí, se lo había dicho de otro modo. Las palabras seguían sonando en mi cabeza; de algún modo, iban a seguir sonando siempre:

«... Y no sé por qué ahora de repente me acuerdo de tantas cosas, recuerdo otra que dijimos; es notable, es como si empezara ya realmente a contemplar una vida pasada, y a declararla buena. Entre tantas raras exaltadas absurdas cosas que dijimos a los diecisiete años, Mila, se nos ocurrió una vez comparar la soledad absoluta de un hombre con el Verbo. Espero que lo recuerdes, porque no estaba mal. Para los modernos *todos* somos el Verbo, decías vos, pero nadie sabe qué es el Verbo, y además no le importa... ¿No nos faltaba agregar, también, que el Verbo se hizo carne por amor? ¿Y para qué? ¿No estaba buscando nuestro gran personaje salvarse, salvarse a sí mismo, porque ser un hombre y romperse y hacerse crucificar como un hombre, por elección propia, es llegar a saber qué es el Verbo, es decir, quiénes somos nosotros? ¿Me seguís, Mila? Sería una pena que no me siguieses, porque la idea la inventaste vos. Vos fuiste la que preguntó, entonces, si romperse no es llegar a saber quiénes somos. Y alguno de los tres dijo: *¿no es eso el paraíso, el verdadero?* Y yo digo que sí, que es el paraíso, el verdadero...»

Cuando abrí los ojos, Mila no estaba. Miré a mi alrededor; el ruido de sus pasos se alejaba por el pasillo.

Me puse a buscarla. Sin darme cuenta casi, me encontré corriendo: «¡Mila! ¡Mila!» Un viejo en bata blanca me miró, sin expresión, como un perro perdido.

Era angustioso estar solo. Era la primera vez en el día. Mila no estaba por ninguna parte. Entonces vi la puerta de la escalera de servicio; subí con furia, saltándome todos los escalones que podía. Al fin encontré la puerta de hierro que daba a la terraza: estaba abierta. Tuve la impresión auténtica de jugarme la vida al cruzarla; se desvaneció en el momento en que el sol me cubrió con una capa ardiente. «*Mila*», dije despacio.

Ella estaba examinando, bastante divertida, una cosa de concreto, enorme y redondeada, en el centro de la terraza. Yo me paré a su lado, jadeante. «¿Para qué te parece que puede servir?», preguntó. Y sin esperar respuesta, abrió la canilla fija en un caño pintado de blanco, y el agua empezó a llenar la cosa. «Una piscina de rehabilitación», observé. «Yo empezaría por volver a cerrar esa canilla y después me retiraría, no sin *considerable* discreción; si alguien nos encuentra acá, nos van a echar a patadas, Mila. Cosa que haría un tanto difícil la comunicación con nuestro amigo. A menos que quieras felicitarlo por su ataque mandándole postales desde el Club de Jazz.» Pero mientras hablaba, y a medida que mis ojos se acostumbraban a la luz, un espectáculo titánico se desplegó ante nosotros: era como despertarse de un sueño luminoso, y encontrarse con que se está soñando. Toda la ciudad estaba ahí: hasta el último techo, hasta la última antena, hasta el último ignoto perro ladrando en la última terraza. Una ciudad entera: fragmentos minúsculos, innumerables, demencialmente ordenados de gris, malva, blanco: escaleras de incendio, chimeneas, un campanario de iglesia asomando entre los edificios sucios, lentas bandadas de pájaros pasando en el horizonte como ideas ociosas nacidas de la fatiga. Una ciudad quebrada, inabarcable, vibrante, aplastada por el verano pero respirando, respirando; y ahí adelante, pavorosamente cerca, en todo su grotesco esplendor, el edificio famoso con sus cúpulas violetas y su ápice caído. Una sucia paloma gris se posó encima. Si era un adiós, era magnífico. *Era* un adiós. Tampoco me pasó por alto que era la segunda vez, en tres días, que me encontraba en una situación semejante. ¡Y estaba a punto de responder exactamente como la primera! La piscina seguía llenándose; Mila me miraba, divertida. «Sí, ya sé», dije, desprendiéndome el botón del cuello de la camisa. «El estupendo mundo de Mila, y todo eso.

Ahí voy, sí. Seguí buscando tu jodida flor entre los matorrales; enseguida voy.» Volví a la puerta, agucé el oído (no pude evitarlo) para ver si se oía algo en la escalera, la cerré, y empecé a desatarme los zapatos. «Usás camisas demasiado caras. Y, en general, te olvidás de lavarlas», dijo Mila, mientras desprendía los botones de su falda. «Sí», respondí, «lo sé». «Y tus chalecos están bien», continuó ella, como cantando, «pero es hora de cambiarlos, o dejar de usarlos. Vas a dejar de parecer un *dandy*, Keller, porque los *dandies* son más bien ridículos y además me intimidan. Y otra cosa, nunca pensaste en unos buenos zapatos». «Mañana, así me crucifiquen, tiro toda mi ropa al río y me paseo, costanera abajo, desnudo como Adán en la primera mañana. Después compraré blusas gruesas y un cayado de campesino. ¿Algo más?» «Sí: no sos tan gordo como creés. En realidad, nunca fuiste gordo.»

Estaba de pie en el centro de la piscina, desnuda como una gracia, desafiando con valentía su propio pudor. Tenía los pezones rosados y perfectamente redondos. Ligeras gotas de agua brillaban en sus piernas. Eché un discreto vistazo alrededor: nunca iba a saber si algún *voyeur* afortunado y cenital, provisto de binoculares, se estaba dando el banquete de su vida. «Tenemos que bajar, Mila», dije abrazándola. «No ahora mismo, pero dentro de un momento vamos a tener que bajar. Hace menos de dos días Boris nos esperó, a los dos, en su concierto. No fuimos. Ahora tenemos que entrar en esa habitación, por terrible que sea, y decirle exactamente lo que pasó. Una confesión monumental, de melodrama, que nos anude o nos separe para siempre.» Me sentía mirado; Mila se apartaba a cada momento a mirarme, y de pronto tuve la impresión, acaso tardía, pero posiblemente justa, de ser un hombre. No estaba mal. No estaba mal ser un hombre, en este o cualquier siglo. Nos zambullimos en el agua que ya nos llegaba a los muslos: la ciudad, inmóvil, seguía latiendo alrededor. Mila curvó su cuerpo flexible y saltó como un delfín. «Yo me porté con él de manera horrible», dijo, pegándose a mí. «Nunca le di la menor oportunidad. Y es mentira que él no entendiese: veía otra parte de mí, que yo no podía tomar en serio. Veía a una adolescente. Me veía turbulenta, paralizada, inmadura. Yo quería que me viesen como víctima, viviendo con los muertos. Y voy a decirte algo terrible, nunca quise tampoco a mi padre. Siempre supe, en el fondo, que era un patán, que debía serlo. Vos sos el primero, Keller. Y ahora no puedo soportarlo, no puedo.» Y se agarraba a mi cuello, apretándose contra mí con todas sus fuerzas. «¡Necesito un poco más de tiempo! Un poco más, al menos.» El sol estaba en todas partes, y era imposible verlo. La cúpula seguía ahí, reseca. Nos sumergimos juntos, con las piernas enlazadas, buscándonos con furia; a cada salida levantábamos olas, y gruesas gotas —cada una un oblongo reflejo de la ciudad, cada una conteniéndola por separado—, saltaban y volvían a caer ruidosamente dentro de la piscina, y afuera. Nos apretamos más. *Ahora, ahora sí. ¿O todavía no?*», dijo ella. «Sí, creo que es ahora. Creo que es ahora, no pares, no puede ser más tarde.» Y empujé, sin delicadeza, con el secreto dolor de parto que el sexo asume cuando, atraídos por el objeto del amor hasta el límite mismo del cuerpo, sentimos que nos va la vida en ello. Nos forzábamos, nos empujábamos a nacer, el uno del otro. En el último instante creí que la perdía, y grité. Las gotas saltaron más alto, y más lejos. Dejamos de ver la ciudad. Hubo un largo instante negro y de pronto ella abrió los ojos: *Keller,* dijo, o tal vez estaba gritando; y sentí mi garganta que ardía, formando los sonidos del nombre cuyo significado, de pronto, fue lúcido y evanescente como el agua que corría entre mis dedos.

Los dos sabemos que es el momento de bajar.

Nos hemos vestido, secándonos sólo a medias. Hemos bajado la escalera sin decir una palabra.

Un pasillo. Al final, la habitación de Boris. Un último impedimento, pensé (pero la culpa nos había traído, pero si persistía incluso *ahora,* ¿en qué se diferenciaba aquello de la otra noche?).

Y cuando estábamos por llegar, los vimos. No sé quién de los dos lo hizo primero: yo tenía la mano de Mila en la mía y la sentí ponerse rígida. Allá adelante, la puerta se había abierto, y alguien salía. La mujer de negro y rojo. Con el chico de la mano. «Pero esto es absurdo», dije en voz alta. «¿Quiénes son?»

—Podés preguntárselo, si querés —murmuró Mila.

Y ya sobre el final del año, porque no podía evitarse, y tal vez por pura suerte o porque el mundo mismo empezaba a cambiar, habían comenzado los moderados éxitos: la noche en que había tocado en el velódromo, solo, en un piano de concierto que no estaba acostumbrado a que le hiciesen en las tripas otra cosa que temas ligeros, de fondo, la gente se había dado vuelta para mirarlo en las mesas. Él había aprendido un par de cosas entonces. Primero, que los pasajes y frenazos maliciosos en medio de la escala, las séptimas agregadas como una adivinanza al final de la frase, que él hacía sólo por divertirse, o en clase con su maestro, gustaban al público, que parecía entender o al menos sospechar la broma. Segundo, que necesitaba un grupo de apoyo: un contrabajo y una batería, al menos, para hacer algo realmente bueno.

Se encargó del asunto con habilidad, en unas pocas semanas. Recordaba la forma en que había entrado en la escuela de música de la Universidad Católica, con paso elástico, el aire prístino de la mañana bajo las cristaleras del mirador, mientras decía al cura el nombre del estudiante al que buscaba. Se había entendido perfectamente con Francisco; él también parecía percibir la cualidad exacta y etérea del día, su aspecto de anuncio a medio formular. Ensayaron juntos varias noches seguidas, en el sótano de la escuela; una tarde, Francisco trajo a un chico de largos rulos, que por su evidente indiferencia hacia el mundo sensible podía anunciar a un buen percusionista, y le dijo que guardara el secreto, pero que aquél era el mejor batería de toda la universidad, «incluyendo a los estudiantes de teología, que suelen ser los mejores». Tres semanas más tarde, tocaron juntos en público por primera vez.

Y si le hubiesen preguntado entonces qué significaba ser padre, a los diecinueve años y sin carrera alguna, Boris no habría sabido qué responder. Que él iba a ser el padre de un mocoso, de algo que viviría y dependería, en buena medida, de él, era algo que sólo llegaba hasta la periferia de las cosas reales; era cierto, sin embargo; apenas un mes atrás había dejado ir a la muchacha. Ella le había dicho, simplemente: «*Me hice un test, Boris.*» Con la mirada triste de cuando estaba triste de veras, no la otra. Triste, pero sin ningún respeto por el pudor ofendido de Boris; triste, pero sin ninguna sospecha de la forma en que aquello parecía dar por terminadas, simultáneamente, la juventud de Boris, su independencia, y toda posibilidad de formarse como músico. Se conformaba con aquella tristeza átona, molesta sólo por causarle un disgusto. Hay que decir que Boris, en esos días, experimentó en carne propia la sentencia de que sólo se mata lo que se ama; no la mató, por cierto, pero sí es cierto que la quería, que la había querido desde el principio. ¿Cómo iba a ser de otra forma, si ella hablaba su propio idioma secreto y, así, lo emancipaba de los otros? Y por eso, tal vez, fue una de las raras personas a las que Boris maltrató realmente. Para ella fue una agonía, como antes lo había sido para Boris el silencio de Mila. Él no le ahorró nada; descubrió injurias y formas inauditas del reproche, que le repugnaba, guardadas entre las reservas de su alma. Lo había ofendido la falta de comprensión de ella; en aquel momento no importó el hecho de que la hubiese elegido *precisamente* porque su comprensión era de otro género, más oscuro, más primitivo tal vez, así como él era oscuro y primitivo en el fondo de sí mismo. No se le ocurrió que al rebelarse de ese modo, y de manera irónica, estuviese poniéndose, una vez más, del lado del mundo contra sí mismo —no del mundo en general, que aborrece la progenie entre las clases medias y, no siendo libre, detesta todo símbolo de la pérdida de libertad; sino ese otro mundo imaginario encarnado en otro tiempo por Keller y por Mila: el mundo en que regía la idea del Artista. Ella tal vez lo conociese mejor que él mismo, pero, de todos modos, le dijo que estaba dispuesta a irse, para que él pudiese continuar en paz con su carrera. Y él dijo *no*, y en muy poco tiempo dijo que sí. No se le había ocurrido un solo instante que el chico pudiera ser suprimido. Su facultad de ponerse del lado del mundo no llegaba hasta ahí. Pero un día ella hizo el bolso, lo miró con desesperación sincera, y Boris le dijo todo aquello. Le dijo que había alcanzado un límite y que tenía que hacer algo por su vocación. También le prometió ocuparse de ella, a distancia; pensaba ayudarla a pagar los gastos del parto, y, con su ayuda y el sueldo de profesora de ella, debía ser suficiente para criar a un chico. Sintió náuseas al decir todo esto, y una especie de rigidez de plata lavada por una tristeza profunda. Y el trabajo mejoró, porque después de eso no quedaba en efecto más remedio que convertirse en artista. ¿Cómo? Mientras esperaba la respuesta, pensó, tenía otro proyecto inmediato, harto más modesto: hacerse famoso en Buenos Aires con su música.

No fue fácil; no podía ser fácil. El primer concierto con el nuevo grupo fue un fracaso parcial. Después hubo varias tentativas abortadas para conquistar los cafés y las salas y por falta de aliento el trío estuvo a punto de ser disuelto. Se tomaron unas vacaciones de diez días; Boris las pasó componiendo melodías, estribillos, y al cabo de una semana, temas enteros. Se acordó otra vez de Keller, y lo llamó para proponerle que escribiese algunas letras; Keller oyó las melodías por teléfono, pensó y repensó durante algunos días, y por fin, muy escéptico, le leyó el resultado: Boris se lo agradeció educadamente y no volvió a tocarse el tema. (Keller componía una metáfora, a la vez brillante e inepta, para *cada* verso; hacía estallar el ritmo interno de la canción como las semillas revientan una granada madura.) A partir de entonces Francisco se encargó de escribir las letras; las copiaba literalmente de viejas revistas de jazz, alterando el orden de las estrofas, de modo que siempre resultaban impecables.

Para conquistar las pequeñas salas de conciertos de una gran ciudad hace falta más genio que para llenar estadios. Aquel año Buenos Aires parecía a la vez más provinciana y más en sintonía con el resto del mundo que nunca; se abrían cafés y discotecas, se construían autopistas, se daban acá y allá toques de lujo, de distinción incluso: cosas que olían a profesionalismo, a progreso, a una suerte de poder auténtico, que se mezclaba malamente con el espíritu de una ciudad cuyo signo y orgullo habían sido siempre la impotencia, la decadencia gozosa. Boris tomaba colectivos y hacía llamados telefónicos, pese al ruido del tránsito. No podía dejar de asombrarse de lo que veía. En alguna parte del país, en una vulgar habitación de hotel, en las postrimerías de una fama fulminante y que aún repiqueteaba, acababa de matarse un músico muy joven; como por casualidad, casi al mismo tiempo, en Nueva York o Los Ángeles una cantante apenas mayor se envenenó con cianuro, y la imagen de la muerte triunfadora se transmitió como una corriente entre los dos hemisferios, erizando las pieles, galvanizando los lujos desiguales de ambos lados con un baño de autocompasión y llanto: combinación irresistible, que producía una leve picazón del cuero cabelludo y una sensación de *pertenecer* por fin, al cruzar las calles.

El gobierno hizo bajar los impuestos, nuevas salas fueron abiertas, hambrientas de público: Boris y sus músicos se encontraron tocando tres veces por semana. Sonrió: el viento que soplaba entre sus puntiagudas orejas no era sólo fúnebre, y, si las noticias de aquellos años no dejaban entrever a una humanidad en vías de regeneración o de inteligencia, ello sólo era una razón más para aprender su oficio honestamente y sin preocuparse de otra cosa. Otros juzgaban de eso, era su trabajo: el de Keller, por ejemplo. O el de Mila.

Cuando vino el nuevo otoño, Boris notó que algo empezaba a cambiar en su estilo: sus bromas, sus pasos de equilibrista se habían hecho más serios, y se aplicaba a ellos como intentando encontrar su sistema, su clave; Francisco hizo un comentario sobre una tendencia «abstracta» de su nueva música, y el baterista se encerró varios días con un grupo de espiritistas en el que una chica de Morón lo había introducido, hasta que los otros dos tuvieron que sacarlo por la fuerza y sentarlo en el banquillo de su batería, justo antes de comenzar la función. Después del concierto, mientras Francisco reanimaba al baterista a golpes de vodka, Boris comprobó que habían ganado algo de dinero; esa noche y las siguientes se desataron tumultos de origen confuso cerca del *pub* donde tocaban, pero ellos lo leyeron sólo más tarde, en los diarios. «*La vida de un músico*», le había dicho Keller, «*está hecha de una serie interminable de anécdotas. Nada explica mejor su ineptitud para pensar, ni su aptitud como símbolo del mundo moderno*».

Aquello, de cualquier modo, le permitió pagar a Keller una parte de la pequeña deuda que había contraído con él para comprar equipos, y, secretamente, para ayudar a la muchacha a instalarse en una nueva pieza. Keller, que trabajaba desde hacía poco en un banco («Para entender mejor a T. S. Eliot», decía), sufría de tener dinero a su disposición, y procuraba prestarlo: desanimado, últimamente hablaba de iniciar estudios en la universidad, pese a lo que había sostenido siempre.

—De hecho, supongo que lo peor que podría pasarte es obtener información —opinó Boris, bajo el impresionante cielo estrellado, en la terraza de Keller, con un whisky en la mano—. Pero no sé, muchos dirían que ya sabés lo que te hace falta. En realidad, siempre tuve la impresión de que lo sabías todo.

—Qué idioteces hemos llegado a decir, Boris. Incluso vos —dijo Keller—. Toda esta preocupación con el tiempo, con la Historia; ¿creés que no me doy cuenta de que es inane? Pero todavía falta para que deje las pavadas y me ocupe de mi huerto. Todavía no toqué fondo. Pero cuidado, dame tiempo: puede ser que nos estemos acercando.

De todo lo que le ocurría, pero en especial de lo concerniente a la muchacha, Keller no sabía casi nada; por nada del mundo Boris le habría hablado de lo que estaba por sucederle, de la responsabilidad que se le había querido imponer, y contra la cual había tenido que rebelarse. No temía tanto las burlas o la piedad de Keller, como la profunda desazón que iba a causarle. Sabía que una cosa así debía necesariamente ofenderlo, hacerle considerar el mundo como un poco más hostil de lo que ya era. Nadie, por lo demás, fuera de su hermana y su madre, estaba al tanto. Pero lo que no pudo disimular —ante Keller o ante los otros— fue su *estatura:* el esfuerzo y la influencia del papel que había rechazado, aun de modo negativo, lo hacían imponente. Antes había sido el espectáculo, sutil pero aún visible, de la voluntad de Boris el joven, que organizaba viajes o restauraciones de escuelas; pero ahora aquella voluntad no podía verse, ni palparse, porque no estaba ya en Boris sino a su alrededor, envolviéndolo, como los simples acontecimientos sin sentido nos envuelven a la mayoría de nosotros. Boris no hacía un gesto, no pronunciaba una palabra: las personas y las cosas insensiblemente se organizaban en torno a él, constituían secretos dibujos y configuraciones que, sin que él mismo lo supiese, formaban su retrato. Y entonces le ocurrió algo nuevo, como a todo aquel que accede a esas corrientes marinas de la voluntad impersonal: se volvió escéptico de la capacidad del individuo para influir en el curso de las cosas. No le importaba ya moverse en aquel mundo de empresarios feroces, hacedores de grandes espectáculos y estrellas gárrulas y todopoderosas a las que, a veces, había que pedir humildemente un favor; ante él mismo y ante los demás, aceptaba tácitamente el hecho de ser más fuerte que todos ellos *en un grado incalculable:* capaz en el fondo de hacer temblar sus imperios o barrerlos de un plumazo, si fuera posible contravenir de tal modo el orden natural, si tal poder no trajera consigo una renuncia aún más grande, y por ende fuese normal e incluso indispensable encontrarse con frecuencia, como Gulliver, atado al piso por un ejército de enanos. No sólo no podía cambiar nada, a medida que crecía, sino que cada vez podía menos. Sólo una vez se le había escapado, por poco, un atisbo del secreto; un publicista se puso excesivamente grosero ante una propuesta de Boris y éste se limitó a mirarlo, brevemente, pero sintiendo *algo* su enojo; el hombre quedó mudo en el acto, sin terminar su frase, como fulminado. No había recobrado aún el habla cuando Francisco y Boris salieron del despacho.

En lo alto del chorro de la fuente de su vida, un hombre fuerte puede divertirse, a veces, con el juego ingrávido de fantasías no hechas para articularse; Boris se divirtió así, a veces, aunque no abusó nunca de ello. Las noticias lo dejaban cada vez más indiferente. Hubo cambios en las leyes de prensa, un nuevo descenso del valor de la moneda, y después una lluvia. Los túneles comenzados para la construcción del subte nuevo quedaron anegados: desde el colectivo, al pasar por Cabildo rumbo a la sala de ensayo, Boris veía a los obreros sacando el agua embarrada con grandes mangueras; el ruido de las bombas a presión se oía a muchas cuadras de distancia.

Su hijo nació uno de los últimos días de septiembre. Hacia las siete del día anterior, la muchacha lo había llamado para decirle que las contracciones iban aumentando. Boris llegó en taxi, un rato después, y a las nueve y media llamó a Francisco para disculparse por no acudir al ensayo. A las tres de la mañana el guardia de la clínica les abrió la puerta. Cuando Boris tuvo aquello en los brazos, tímidamente confiado por la madre desde la aureola de mantas y blando triunfo de su cama, sintió una vaga tristeza; luego sintió náuseas; luego se sintió perdido. Quería a esa mujer y se sentía abandonado por ella. Su ternura lo anegaba; hubiera querido estar muy lejos, perdido en laberintos infantiles y abstractos como Keller, ser cualquier otro, ser nadie, ser un niño. En los días siguientes fue y vino casi constantemente de su departamento al de ella, donde una tía se había instalado, y la propia hermana de Boris pasaba gran parte de su tiempo. Salía de allí aturdido, medio intoxicado de flores y olor a leche, y a ruina. Tomó a todos los alumnos particulares de ella. Vio los ojos azules del chico, pavorosamente idénticos a los suyos, aún incompetentes pero ya en poco tiempo más dispuestos a reconocerlo: a reclamarlo. Y si él, Boris, cambiase; si se convirtiese en algo distinto —en músico, por ejemplo— esa cosita blanda y rosa se sentiría ultrajada, traicionada. Le hizo una mueca, sin convicción; la criatura sonrió. En ese instante Boris supo que él mismo iba a morirse, un día. Pensó que el chico crecería mejor sin él, de todos modos. Y la ciudad, de ser fluctuación de fuerzas hacia ninguna parte, se volvió cíclica.

—¿Adónde pretendemos llegar, Francisco?

—A lo más alto y lo más excelso, Boris.

—¿Dónde está eso?

—En máxima emoción unida a la mejor técnica.

—Exacto. Empecemos de nuevo. Esos dos compases del principio andan desinflados.

No es cierto que una gran pasión *no* pueda abandonarse. ¿Qué saben los que nunca han sido fuertes de las torturas que el hombre nacido para mover montañas sufre, en su intento de conservar el interés, la *alegría* de su fuerza? Se dice que Johann Sebastian Bach, acosado por el infortunio, realmente pronunció la frase: «*¡Señor, no dejes que pierda mi alegría!*» Quienes conocieron a Boris, entonces o ahora, saben que en esos días oscuros, después del nacimiento de su hijo, estuvo tal vez más cerca de tocar la fibra de un verdadero músico que nunca antes en su vida. Había perdido, hasta alcanzar su perfecto reverso, la facilidad de la adolescencia; la dificultad con que surgía el tono, la sonrisa del ritmo sin la cual nada perdura una vez construido, su negativa a plegarse al mandato de sus dedos, era mayor que si no hubiese poseído ni un cuarto de su destreza de entonces. Dicho de otro modo: empezaba a construir sobre terreno firme. El profano, metiendo la nariz por el hueco de la puerta, ve los esfuerzos y los instrumentos musicales dispersos y en derrota bajo la luz amarilla de la sala de ensayo, y suspira con tristeza; el profano aplica sus propios cánones y su propio fracaso a esa operación cuya praxis, inefable, necesita el concurso de algunos dioses menores del olimpo. El profano puede ser incluso, según la ocasión, el mejor amigo del líder del grupo; pierde la fe en él, y hay buenas posibilidades de que, si un resto de sensibilidad no lo abandona, sepa que lo ha hecho y no se lo perdone nunca.

Y así va el mundo.

Boris tomó y dejó trabajos, perdió la paciencia, jugó con otras ansias. Viajó al norte del continente y a Europa. Repasó los restos de una vasta y extinguida ciencia del placer en París, el excipiente de su universal inteligencia; tocó mármoles y arcos imperiales en Londres, y admiró sus cervezas; oyó los desgarros y chasquidos de Berlín, de Praga; en Nueva York se sintió en casa, ya que sus sonidos no eran realmente diferentes, sino sólo más altos; paseó bajo infinitas fachadas de ladrillo; una noche, en un bar de la calle Houston, un saxofón lo dejó sin aliento.

Volvió.

Boris acostado en su cama. En la ventana el agua cae a torrentes. En el piso hay una pila de viejas fundas de discos, un tubo de pegamento abierto; en el techo ya hay dos que brillan, inalcanzables. El teléfono suena. «Hola. No, por supuesto que no. Me alegra oírte. ¿Cómo están? Pensaba ir el viernes. Podemos salir a pasear con el mocoso. ¿Se paró *solo?* Es increíble. No, no estaba ensayando. Estoy bien. Tenemos un *show* el sábado. No, para qué, vas a estar cansada. Además es lo de siempre, ya lo oíste. Estoy componiendo uno nuevo, sí. Me parece que es bueno. Gracias. No, pero es que a vos te gusta todo lo que hago. Gracias, yo lo espero también. Gracias, cuidate mucho. Es raro, verte sólo una vez por semana.» Después de colgar se levanta, considera el techo, sube a una silla y sigue pegando fundas. Se le ocurre que le gustaría jugarse todo en un concierto, uno grande. Desecha la idea. Tardes así desperdiciadas eran infrecuentes.

Al final de una temporada en la costa (y con el descubrimiento de un nuevo y promisorio *pub*, El Subsuelo), él y Francisco habían emprendido la búsqueda de un nuevo baterista. Una noche, después de un concierto en un bar situado en lo peor de La Boca, habían tomado un taxi juntos; hacia la mitad del trayecto, justo cuando pasaban sobre el puente de la calle Freire, Francisco se golpeó la frente y gritó: «¡*Corrillo!*» Era el baterista: se lo habían olvidado en el bar. Se miraron, fijándose en la hora, considerando los costos y ventajas de volver a buscarlo; el chofer preguntó si había que dar la vuelta, y los otros dos, simultáneamente, dijeron que no: «¡Siga derecho!» Al día siguiente, Francisco se sentó a interrogar a un chico muy joven de La Plata; después de verificar su técnica, disponibilidad y creencias religiosas, lo incorporó al grupo.

Y en cierta ocasión Boris se oyó saludado por dos desconocidas en la calle. Otra vez, en la fiesta de presentación del disco de algún otro, un compositor al que admiraba, habló de él con gran respeto.

No hay manera de decir cuándo ha empezado, o cómo: el modo en que las salas colocan sus carteles; ciertas miradas en la calle, en los subtes; una tonada propia reconocida en una radio; luego una frustración; luego una voz que, al oír su nombre en el teléfono, se vuelve de pronto más suave, dice sí, dice por cierto, dice me interesa. Sus amigos estaban encantados. Boris sabía que, en cierta forma, aquello empezaba a llegar demasiado tarde; era difícil creer que aquel de quien hablaban fuese él. Él era el que durante un mes, durante dos, tres, oía las grabaciones de Alban Berg, de Schönberg, de Miles Davis; analizando, prensando, volviendo a escuchar, siguiendo tramas, desbastando, borrando, volviendo a organizar la comprensión de un movimiento; él era el que tocaba, repasaba, molía el piano a golpes o lo tentaba con caricias insidiosas, buscando puntos débiles, moldeándolo, humillándolo hasta lo más hondo pero siempre con precaución, feroz, amable, discreto como un buen asesino; él era el que durante uno, dos, tres meses bajaba hasta el mismísimo infierno, diciéndose que todos los sonidos habían sido escritos y si acaso quedaba algo, era precisamente lo que no valía la pena. Luego salía a la calle y algo —quizás él, quizás los otros— ponía en su cara la máscara de la esfinge. Y alguno lo señalaba: «*Ese tipo se las trae, es un verdadero maestro.*» Pero nadie sabe a ciencia cierta cuándo, o de qué modo, las laboriosas torturas de un músico que se forma se manifiestan en el exterior; es una ofrenda que parece borrarse con el humo del incensario, y no vuelve a aparecer, la mayoría de las veces, más que en las caras del público, en especial entre los menos entendidos.

Pero tenía otras cosas de qué preocuparse; bajo su ventana habían empezado a construir una caseta telefónica, que arruinaba la vista. Las enredaderas de la pared de enfrente tapaban a medias las palabras «Baldomero, botarate». Al menos ciertas cosas habían vuelto a ser como antes: la inflación se había declarado de nuevo, las salas cerraban a montones y toda semblanza de brillo y de lujo provisorio se había desvanecido.

Y además, en la luz convaleciente de una plaza del centro, un domingo, el chico había dicho su nombre. Cinco letras. Él se había quedado mirándolo, agachado ante él sobre la arena fría y húmeda, oyendo su risa, sintiendo un dedo minúsculo que le rozaba los labios.

Era una agonía que parecía tener siglos de edad, intemporal, como si él hubiera vivido varias vidas y en cada una hubiese estado él, el hijo, siempre el mismo, con sus ojos y su voz y sus dedos que rozaban labios. Ni un detalle, ni un pelo de esa cabeza podían cambiar, o el mundo se venía abajo. Imposible imaginar el universo sin él. ¿Cuánto tiempo había pasado desde que la madre, antes de serlo, había salido de su casa con un bolso al hombro? ¿Cuánto, desde que él se había dado cuenta de que si *algo* ocurriera, si por una razón, la que fuere, no volviese a verlo, su vida perdería toda semblanza de sentido? Y Boris, sin responder a la pregunta, se cargaba al mocoso sobre los hombros, corría para hacerlo patalear y gritar de contento, y pensaba, con una voz lastimera que no era la suya, como una súplica dirigida no se sabía a quién: «Solamente *un poco* más de tiempo; solamente un poco más.»

¡Qué extraño e irreal, volver a ver a Keller al cabo de tantos meses! Como de vez en cuando se les hacía imperativo a los dos el verse, nunca llegaban a perder todo contacto. Boris llegó a su casa con una botella de vino; la mujer con la que Keller vivía ahora cenó con ellos y se fue a dormir. Keller abrió otra botella y encendió una vela; a la luz de los faroles de la calle, que entraba por la ventana, parecía más delgado, casi viejo. Pero Boris sabía que esto era sólo una ilusión.

—¿Cómo va la facultad? Estás ya en el segundo año, ¿no? —le preguntó.

—Sí, no está mal. Lo curioso es que, hasta ahora, ahí siempre he vuelto a encontrar, poco más o menos, las mismas cuestiones de las que hablábamos Mila, vos y yo, en tu casa... Sólo que peor planteadas.

Los dos rieron. Keller dijo:

—¿No tenés noticias de Mila?

—No. ¿Y vos?

—Tampoco.

Al cabo de un rato, más que otra cosa por romper el silencio, Boris preguntó:

—¿Estás escribiendo algo, ahora?

El otro se volvió hacia él lentamente, con un aire burlón que lo desconcertó.

—Oíme, Boris. Yo me hice a mí mismo una broma gigantesca: compenetrarme con mi época. Llevó un tiempo, pero está hecho. ¿Creés que puedo tener el más *mínimo* interés en expresar alguna cosa con palabras?

Había vuelto a su casa caminando, con cierta melancolía. No terminaba de creerse que Keller pudiera ser un fracasado. Por lo demás, ya mucho antes, durante su viaje por Europa y Estados Unidos, y para sorpresa suya, había entendido —insensiblemente, pensando casi sin palabras, como lo había hecho siempre— que la visión de Keller sobre el tiempo presente de la historia *era* correcta, pero se le escapaba por los pelos un detalle, debido a su negativa a vivir la idea en carne propia: que las palabras, como las otras antiguas formas expresivas, habían perdido todo substrato o poder, era cierto; pero el mundo no marchaba hacia la disolución, como él imaginaba, en un tropel de imágenes silenciosas de las que ninguna fuerza o motor determinaba el rumbo; al contrario, el mundo entero no era sino fuerzas, fuerzas en las que la palabra parecía naufragar, sí, pero sólo para encontrar otras vías, otros canales de resonancia; fuerzas que ningún motor único llevaba, pero que tendían, sorda y ciegamente, hacia un orden, por inextricable que fuese, hacia la integración antes que la disolución, aunque en un espacio de tiempo indefinido (siglos, edades enteras) su reflujo asumiera las apariencias del caos. Cada cosa, cada diverso cielo, cada disposición de hombres y mujeres en una calle, en una casa, sobre un escenario de *pub* o en la sala de maternidad de una clínica, llevaba inscrita una tendencia, una propensión, que era a la vez su sello particular y su tributo a un orden mayor. Y Boris lo sabía porque era, *todo él*, fuerzas en marcha, y porque lo era y lo sabía, comprendía también que nadie puede realmente hacer nada, que la voluntad humana no es nada, si no es conocimiento: así, no menos la suya que la de los llamados poderosos, los influyentes, los administradores, los hacedores de imágenes; los invisibles gobernadores de esas vastas avenidas americanas, sus rascacielos, sus tratados, sus monedas y sus guerras virtuales, extendiéndose por el planeta entero; los irredentos y deslucidos europeos, y sin duda esas otras sombras de Asia, África, Oceanía; cuanto mayor la influencia, cuanto más espantoso el poder, menos fuerza individual poseían proporcionalmente; y Buenos Aires no estaba ni lejos ni cerca de aquello, *era* a igual título que todas las otras, del mismo modo que un solo hombre o mujer no era menos, en el orden mayor, que las legiones y las hordas de la tierra.

Resultaría absurdo pretender que todo esto sucedió precisamente así, y en este orden; sería grave falta olvidar que todo lo que precede es recordado por un hombre que piensa, en estos instantes, con el objeto de matar el tiempo. Estos recuerdos tienen lugar en un sitio, y en un tiempo precisos.

El sitio, ya lo hemos dicho. Es la habitación de la clínica donde Boris está despierto, desde esta mañana. No ha mirado el reloj para ver la hora; es cierto, sin embargo, que presiente el modo en que, de minuto en minuto, aumentan sus posibilidades de ser interrumpido.

Sin embargo, también algo en su recuerdo se acercaba a una interrupción, a un final: ¿acaso no había pensado *ahora mismo* que fue también esa noche, al salir de lo de Keller, cuando la idea de un gran concierto que definiera su suerte volvió a cruzarle la cabeza? Sólo que ahora, madurada la idea, se daba cuenta de que el propio destino, musical u otro, no puede jugarse a un solo golpe, como en una corrida de toros; lo que había querido pensar, lo que en realidad había pensado en lo más profundo, era que quería invitar a la muchacha con su hijo a un gran concierto, y ser músico de una sola vez por todas, *ante ellos;* si era capaz de hacerlo, pasara lo que pasara después, sentía que su vocación habría sido salvada.

Encontró a Francisco y al baterista en las mejores disposiciones. Apenas tuvo que exponer su idea; los otros dos se aplicaron a organizarla como si hubiesen sido llamados a filas. El Subsuelo fue propuesto enseguida como lugar idóneo. Augusto Pondanián, su dueño, tenía verdadera estima a Boris; se mostró dispuesto a organizar en grande el concierto, apelando a las radios y pegando anuncios por todo el centro, a cambio de una simple reducción del porcentaje de ganancias correspondiente al grupo. ¡La historia de siempre! No importaba, el proyecto prometía. Redoblaron los ensayos, y la fecha fue fijada para dos semanas más tarde.

Boris el que recuerda, Boris tendido en la cama, sonríe de nuevo. Oye pasos detrás de la puerta, oye voces que acaso, en unos minutos más, serán voces conocidas. No importa.

No importaba tampoco en aquellos días, ya que cada visitante de la calle Freire, cada voz en el teléfono, era un invitado más al gran acontecimiento. Un locutor de radio independiente los llamó para entrevistarlos; pocos días más tarde, por primera vez en la historia del grupo, la dirección de un verdadero programa de música moderna en FM los invitó a su turno, formalmente, a aparecer en el aire. Fue un viernes cuando las ondas difundieron sus voces, la seca y quejumbrosa de Francisco, la del baterista y la grave, vibrante, sonriente y lunar de él, por todo el país. Pondanián lo llamó esa misma tarde: más de dos tercios de las entradas habían sido vendidas. Era, como se dice en el oficio, un lanzamiento.

Keller también lo llamó para felicitarlo. Le prometió estar allá, en primera fila, así lloviera o tronara. «Por lo demás», agregó, «no sé si te he dicho, alguna vez, que tu música me gusta. Si yo fuera dentista, la pondría sin un instante de duda en mi sala de espera. Mucha suerte, *de verdad*, Boris». Su madre y su hermana, afortunadamente, estarían en Brasil por entonces, visitando a los parientes. A medida que pasaban los días, él se encontraba pensando más y más, con intensidad inusitada, en la muchacha y en el niño. Tuvo aquella idea inesperada de invitar a Mila; la llamó, ella parecía sorprendida y cambiada, pero le dijo que le gustaría mucho verlo, y también a Keller. Esperó, sin embargo, casi hasta último momento para llamar a los otros dos, a los únicos *verdaderos* invitados; le dijo a ella que se vistiera de rojo y de negro, como el día que se habían conocido. Ella le dijo que sin duda intentaría ir, aunque podían surgir dificultades. Y agregó algo que desde hacía mucho tiempo no había dicho, agregó que lo quería. Cuando Boris oyó la voz del niño en el teléfono, sintió vagamente lo que ahora sabe y piensa...

Otra vez las voces, los susurros detrás de la puerta. Alguien, allá afuera, no se decide a entrar. Son ellos, lo sabe; ellos dos, los amigos, llegando puntualmente un par de horas más tarde que su mujer y su hijo.

Él no se había equivocado; ese último miércoles, al hablar con los dos, no se había equivocado. Sentía ya lo que ahora era certeza, lo que después de la conversación con la muchacha, esta mañana en la habitación, era ya realidad. No sabía si alguna vez iba a ser músico. No lo había probado la noche del concierto y tal vez no lo probara nunca. La música era su metabolismo, sin embargo, su pulso y su razón, y no iba a dejarla nunca. No era posible forzar las cosas, nadie elige lo que debe o lo que puede ser; pero él, desde esta mañana, sabía que su única oportunidad, tal vez, de llegar a arrancar a la música su más alta expresión, radicaba en el escueto pedido que había hecho a la muchacha. Le había pedido que viviesen juntos. Ya que (como se ha dicho) la voluntad no es nada si no es conocimiento de las fuerzas que nos rigen, que nos hacen, que nos deshacen y nos entronizan, siempre primeros y a la vez últimos entre todos los seres, en un orden mayor. Y la música —la suya o cualquier otra, en cualquier época—: ¿no era la *cara misma, la invisible e inescrutable sonrisa de todas aquellas fuerzas?*

Y éste era casi el final de sus recuerdos. Porque a partir de entonces el presente iba a hacerse perentorio —agobiante, agotador, intolerable a veces, quizás—, y porque las voces ya se decidían, y en apenas un instante más iban a interrumpirlo. Los esperaba, los había esperado mucho tiempo. Y sin embargo ahí estaba también Boris, en ese otro dominio, en un departamento que alguna vez iba a tener que dejar: ahí estaba también Boris, la noche de cierto jueves, hacía millones de años, hacía tres días. Recordaba el último pequeño ensayo por su cuenta, que había terminado temprano. Ahora va a entrar en la ducha: piensa, como casi cada vez que toma una, que no puede comprender que la gente cante en la ducha. Ha salido, elige su ropa: casi toda está amontonada en la cama. Revisa la lista de invitados, la gran mayoría ha confirmado su asistencia. Coloca el disco de Darulli y el libro sobre Dante y la simetría, que está leyendo, sobre una silla. Se olvida de poner el disco. Anda desnudo por el departamento, silbando, pensando, disfrutando por anticipado. Suena el teléfono: «Nosotros vamos por nuestro lado», dice Francisco. «¿Necesitás que te lleve algo?» Boris dice que no, tiene todo lo que necesita. «Va a ser una hermosa noche ¿no?», pregunta la voz en el teléfono. «Sí», dice Boris. «Va a ser una hermosa noche.» Un momento después, ha colgado. La estufa hace *run-run* en la penumbra del baño. Boris enciende la luz; ya está ante el espejo. Y lentamente, con prudencia, comienza a afeitarse.

La puerta de la habitación se abre.

—Hola, Boris —dijo Mila.

—Estás muy linda, Mila —dijo Boris.

—No cambiaste —dijo Keller.

—Vos estás más flaco —dijo Boris.

—Felicitaciones —dijo Mila.

—Se hace lo que se puede —dijo Boris.

—Esto es bastante raro —dijo Keller.

—Siempre es así, al principio —dijo Mila.

—Esperaba verlos antes —dijo Boris.

—Tengo algo terrible que decirte —dijo Mila.

—No será para tanto —dijo Boris.

—Yo sé que la esperabas —dijo Keller.

—No fui porque encontré a alguien —dijo Mila.

—Me encontró a mí —dijo Keller.

—Nos acostamos juntos —dijo Mila.

—Es una buena noticia —dijo Boris.

—Es espantoso —dijo Keller.

—Disculpen si me río —dijo Boris.

—Reíte cuanto quieras —dijo Keller.

—No entiendo nada —dijo Mila.

—La enfermera dijo que nos esperabas —dijo Keller.

—Y que nos habías esperado la noche del concierto —dijo Mila.

—Sobre todo a ella —dijo Keller.

—Hay un malentendido —dijo Boris.

—Ya me parecía —dijo Keller.

—No te esperaba a vos, esperaba a otra —dijo Boris.

—La mujer con el chico. Pero quién es —dijo Mila.

—¿Por qué no se sientan? El horario de visitas dura hasta la tarde. Es mediodía. Ya iremos contándonos la historia... —dijo Boris.

«...durante varios días, en cada uno de los ratos en que su mujer no está presente, pero a veces con ella delante incluso. Es algo casi mágico la intimidad que existe entre los dos; cuando los veo, como dos ciudades de noche, intercambiando señales y pequeños silbidos entre la cama y la silla donde ella se sienta, comprendo muy bien por qué hablan poco, de la manera en que nosotros lo hacemos. Casi estoy un poco celosa, mientras discuto con él toda la historia, reconstituyendo paso a paso esos tres días, y sabiendo que ella está ahí, al lado, callada, unida a Boris por algo más profundo que un cordón umbilical. Ella y el mocoso, que por cierto es de una belleza y un ingenio fuera de lo común. Tiene solamente dos años, pero parece de cinco; sabe *silbar*, Keller, cosa que es más que suficiente para inspirar mi admiración y mi envidia eternos. Espero no aburrirte con estos detalles. Espero también que no consideres como simple coquetería de mi parte el escribirte, en vez de llamarte simplemente por teléfono. Sé que estás ocupado preparando tu viaje, y también redactando notas sobre nosotros tres. Me parece justo contarte a mi vez lo que sé, y el papel siempre parece algo más definitivo...»

Por cierto, esta y otras cartas de Mila van a serme de utilidad. Pero no ahora, me temo. Llevo escritas muchas páginas y no parece que sea posible agotar lo que puede saberse acerca de un solo minuto de existencia de un solo hombre; qué decir de tres días, tres existencias separadas. Desde hace varios días juego con la idea de que este manuscrito, documento válido o no, se quedará como está: en borrador. La causa no es sólo esta conciencia de infinito, que dudo en llamar fracaso. Es también que otra certeza me ronda: la de que Mila, tarde o temprano, escribirá su propia versión de los tres días. Encontraremos de nuevo a Boris, igual y diferente al mío. Leeré la historia de las agonías de Mila. Me encontraré de nuevo actuando, hablando, acaso en primera persona, o cualquier otra forma que ella elija.

En este punto otra idea me hace sonreír. Es la de que, en rigor, Mila *podría* haber asumido *ya* la tarea de escribir la historia. Podría haber simulado mi voz, y hablado por mí, en primera persona. Podría estar haciéndolo *ahora*. O acaso algún otro, por completo ajeno a la historia, nos escribiría a los tres. El hipotético lector de estas notas no tendría modo de saber quién es, en realidad, su autor. Así, al intentar, como lo hice yo al comenzar estas páginas, convertirse uno mismo en espejo de otros, lo que hace es *abolir* el principio de individuación: todo adquiere un valor de reflejo. Esto es bastante deprimente; ningún editor querría publicarlo. Sin embargo, si estas notas diesen lugar a una novela, ése sería un final posible.

Y además lo sabía, ya al principio: nuestra historia, por el solo hecho de ser contada, debía cambiarnos. ¿Acaso soy el mismo que escribió las primeras líneas? Vuelvo a la página arrancada de mi diario: científicos, buscamos la materia, ésta nos rehúye. Algo en la oscuridad se rompe, se expande, da lugar a la pluralidad, se contrae, vuelve a la nada; quien empezó escribiendo solo vuelve a escribir solo, y aún no podemos jurar que todo no haya sido un sueño. ¿Fue un sueño? Fijo la atención en un punto; de inmediato se me escapa. Y algo te dice siempre que la vida es otra cosa; que hace falta *constancia*. ¡Constancia! Aún no podemos jurar que todo no ha sido un sueño. *Nunca, en ninguna circunstancia, podemos jurar que no fue un sueño.* Y si el universo por su parte nos observa, al otro extremo del telescopio, no puede estar en modo alguno más seguro de nosotros. Sólo un tercero, ajeno y atento a las ilusiones de ambos, podría despejar el equívoco. Como el universo es infinito, un tercero es imposible. El arte, sin embargo, no participa de su infinitud; luego, no podemos descartar la posibilidad de un tercero. ¿Dónde está? ¿Qué ha sido de él?

Lunes. Nueva carta de Mila: ha recibido el paquete con las notas completas, que le envié por correo. «...profundamente emocionada, por supuesto, y confusa también. Muchas partes son de una clarividencia diabólica —en especial, aquellas en las que se cuentan cosas que no recuerdo haberte dicho, y que Boris no pudo decirte. También me gustan las exageraciones, los detalles inventados, etcétera. Me dan ganas de ponerme a contar mi versión ya mismo (y me aguanto, desde luego; no sé si te dije, por enésima vez, que tengo serias intenciones de ser escritora; la primera regla del oficio, morder cada cosa sólo cuando los dientes están listos...) Permitime ahora, oh futuro esposo, que te diga lo que me pone nerviosa en este manuscrito. Primero, no dejo de notar que, a pesar de tu intención de narrar las cosas tal como ocurrieron, no pudiste pasarte de cierta forma de orden, o dirección: esos tres largos capítulos suponen una ascensión en la que, a mi parecer, creés con demasiada firmeza. Tu última etapa, que tanto huele a nubes y a redención *all'uso nostro,* cuenta el día en que ciertas cosas se volvieron, por primera vez, muy claras para nosotros. Los dos sabemos que así fue. Pero ¿por qué conformarse —en tal esquema— con ponerlo al final del camino? ¿Por qué asociar el Edén, con tanta insistencia, al esclarecimiento? No digo que no sea una solución válida, pero no es la única. Dicho de otro modo, y ya que te gusta tanto recordar nuestras citas bíblicas: en el primero de los libros sagrados, del que sin duda habrás oído hablar, se cuenta de una pareja célebre que fue expulsada del paraíso, precisamente, por haber comido el fruto del árbol de la ciencia. O sea que tu cumbre podría leerse, según las preferencias, como una caída. Y también tu nocturnísimo infierno, con su indiferencia bien ordenada, podría ser el *desi-*

deratum de más de un estoico o schopenhaueriano insomne... me limito a buscar formas de zarandear tu cuento... prueba de más de mi entusiasmo y mi delicia...

»A propósito, espero que ese asomo de celos que noto en tu última carta no haya prosperado. Es verdad, como adivinaste, que hay una suerte de pasión tardía, de enamoramiento húmedo e impúber, por nuestro ilustre amigo del corazón roto. ¡Keller, tené la bondad de perdonarme este último coletazo o epílogo de una adolescencia frustrada! No se me ocurriría llevar esto a un plano real: me limito a contemplarlo, con el mocoso en brazos, pasándose por el traste la orden de guardar reposo absoluto, y suspiro como una quinceañera en su primer baile. Por lo demás, adoro realmente a la madre de la criatura. Charlamos como vecinas de barrio, y el señor se aburre. Un día (¡no se lo digas a nadie!) tendré uno así, sólo que más lindo todavía, y más rollizo, con *usted*. No creo que tarde mucho en seguirte, dondequiera que andes arrastrando tus nalgas y tus ojazos. Si tengo que aprender un oficio de perros, no veo por qué no hacerlo con alguien de quien estoy, y seguiré estando... pero ya hay bastantes palabrotas en esta carta. Soy tímida para decirte esto, así como para pedirte que seas paciente, ahora. ¡Nadie crece de un golpe y para siempre, Keller!»

Por supuesto que no. Lo cual me lleva a una reflexión, la última, al final de la carta: «...a fin de cuentas, el único que se ha vuelto *adulto,* de los tres, es Boris, y quizás no del todo... por más que pienso en esos tres días, no veo que hayamos alcanzado ninguna forma de madurez duradera, excepto en un sentido: por un momento lo fuimos —en uno de esos temblores de clarividencia, que todos tenemos algunas veces, incluso muchas, en una larga vida, sin por eso adquirir nada permanente, nada que no se olvide y deba volverse a aprender—, y ahora está registrado en tus notas, bajo tu mirada. La tuya sobre nosotros, y la de Boris sobre nosotros, y la mía. *Es la mirada la que hace la madurez,* y la juventud, y la adolescencia. O el paraíso y el cielo, o la soledad y la reunión. O lo que quieras, Keller. Nadie es nunca esas cosas, ni viaja por esos sitios, de manera absoluta. Tengo que pensar de nuevo en esto. Me huelo una puerta abierta para mí, en esas cosas, aunque de momento su sentido se me escapa.»

Desde hace ya unos días no recibo cartas. La habitación está vacía, y los bolsos preparados. A medida que se acerca el momento de la partida paso más y más tiempo afuera: todos los árboles están en flor, y el olor dulzón de los limoneros y las enamoradas del muro llegan incluso hasta los barrios del centro. Ando bajo plátanos cuyas raíces rompen las baldosas, entre vías de ferrocarril que brillan entre los pastos altos, y que no creía haber visto antes. Es muy posible que yo no conozca esta ciudad. En todo caso, tengo la certeza de que un día voy a venir a explorarla, y la encuentro de antemano interesante. Mila habrá querido dejarme este último tiempo para pasearme en soledad; de algún modo está previsto, sé, que voy a encontrarla el día de la partida, lista para acompañarme en el último trecho. Así lo espero, de verdad. No tengo miedo a ponerme melancólico, pero siempre he detestado partir solo.

Está decidido que le mande también estas últimas notas. Ella sabrá qué hacer con ellas, a mí me pesarían. En su última carta acertó de nuevo: la quimera que tanto perseguimos, y que llamamos madurez, es apenas el reordenamiento de unas pocas perspectivas. Me pregunto si Mila se da cuenta de la última respuesta que esto me proporciona.

Antes de haber escrito una sola línea, me preguntaba por qué hacerlo. Las palabras en las que en otra época había tenido confianza me parecían sospechosas, portadoras de un engaño y una decepción en sí mismas. Ahora mismo no estoy seguro, y tal vez no lo esté nunca. Pero sé una cosa: toda historia escrita encuentra su lector. El tercero, el lector, es quien hace la diferencia. Que sean millones o uno solo da exactamente lo mismo. Hoy, en esta tarde gris de finales de los noventa, sé que Boris, Mila y yo podríamos muy bien no volver a vernos nunca. La mirada de cada uno, la que hizo nuestro infierno y nuestra madurez, va a alejarse hacia otros lugares, y acaso llegará el momento en que ninguno recuerde ya, como ahora, los rasgos de los otros. Pero las palabras *tendrán* una segunda oportunidad; y nosotros con ellas. Otros, en siglos más felices, fueron dueños acaso de largas vidas, y de palabras que crepitaban en la intemperie de la historia como grandes fuegos de hojas. Pero nosotros, a los veinte años, sólo tuvimos el paraíso urgente que durará, desde hoy, el tiempo que lleva a otros ojos llegar al final de estas páginas.

ÍNDICE

Premio Biblioteca Breve

Esta edición de *Los impacientes*,
Premio Biblioteca Breve 2000,
ha sido impresa en abril del mismo año
en ROMANYÀ/VALLS, S. A.
Plaça Verdaguer, 1
08786 Capellades
(Barcelona)